《共和国不会忘记——浙江省革命老区
红色故事集》编纂委员会

主 任 委 员：陈铁雄

副主任委员：杨幼平　李良福

委　　　员：赵利民　臧　军　金慧群　张国斌

　　　　　　柳　河　杨大海　周　剑　戴均玺

　　　　　　吴金良　包晓峰　胡向阳　郑汉阳

《共和国不会忘记——浙江省革命老区
红色故事集》编审组

主　　任：李良福

副主任：胡向阳

成　　员：张冬素　金　成　郑锦泉

共和国不会忘记
——浙江省革命老区红色故事集

浙江省革命老区开发建设促进会　组编

李良福　郑汉阳　主编

GONGHEGUO BUHUI WANGJI

ZHEJIANG SHENG GEMING
LAOQU HONGSE GUSHI JI

ZHEJIANG UNIVERSITY PRESS
浙江大学出版社
·杭州·

序　言
PREFACE

　　了解历史才能看得远，理解历史才能走得远。

　　革命老区是党和人民军队的根，是中国人民选择中国共产党的历史见证。《浙江省革命老区红色故事集》等系列图书作为记录发生在浙江的革命斗争故事文集，经过各方努力终于陆续与大家见面了。这是一件十分有意义的事。

　　习近平总书记指出，"我们党的一百年，是矢志践行初心使命的一百年，是筚路蓝缕奠基立业的一百年，是创造辉煌开辟未来的一百年"①。回望峥嵘岁月，浙江是中国共产党领导的革命活动开展较早的地区之一，也是党领导的武装斗争开展较早的地区之一。从上海石库门到嘉兴南湖，中国革命红船在此扬帆起航。此后，盈盈南湖水，百年风云际会。

　　从 1922 年 9 月起，党在浙江的地方组织陆续建立，逐步发展。1927 年 6 月，中共浙江省

① 习近平.在党史学习教育动员大会上的讲话 [J]. 求是，2021（7）.

委在腥风血雨中成立。在党的八七会议精神指引下，全省各地党领导的农民武装暴动风起云涌，中共浙江省委组织工农红军游击队，创建游击根据地，给国民党反动统治以有力打击。

1930 年 5 月，以胡公冕为军长、金贯真为政委的中国工农红军第十三军在永嘉成立，在浙南的温州、丽水、台州和浙中的金华等地广大农村中，先后坚持武装斗争近四年。与此同时，方志敏领导的赣东北苏区也积极向浙西开展工作。1934 年 8 月至 1935 年 1 月，中国工农红军北上抗日先遣队在方志敏、寻淮州、乐少华、刘英、粟裕等人率领下征战浙江。1935 年 3 月，刘英、粟裕率领中国工农红军挺进师进入浙江，开始了艰苦卓绝的三年游击战争，创建了浙西南、浙南游击根据地。同一时期，闽浙赣（后为皖浙赣）省委书记关英等人率领的红军游击队坚持在闽浙皖赣边区斗争。

全民族抗日战争爆发后，闽浙边临时省委与国民党地方当局达成停战协议，将分散在各地的红军游击队集中到平阳山门，改称为闽浙边抗日游击总队，后改编为新四军第三支队第七团队，由粟裕率领开赴皖南集中，奔向抗日战场。刘英等干部继续坚持在浙江斗争。1941年 4 月和 1942 年 5 月，日寇分别发动宁（波）绍（兴）和浙赣战役，浙东和金衢相继沦陷，根据中共中央和毛泽东的指示，华中局、新四军军部派出谭启龙、何克希等干部和武装到浙东，与当地党组织和武装会合，建立了中共浙东区委、新四军浙东游击纵队，创建浙东抗日根据地，设立浙东行政公署，辖 5 个行政区、10 余个县级政权，使浙东抗日根据地成为全国 19 块抗日根据地之一。1945 年春，新四军苏浙军区在长兴成立，粟裕为司令员兼政委、叶飞为副司令员，开辟了包括 4 个地区级、10 余个县级政权的浙西抗日根据地。浙南党组织顽强坚守浙南革命战略支点，在瓯北等地组建抗日武装，开展抗日游击战争。

1945 年 9 月抗日战争胜利后，我省新四军主力奉中央指示北撤，留下部分人员坚持斗争。1946 年下半年全面内战爆发后，党在浙江原各游击区恢复和重建革命武装，开展游击战争，沉重打击了国民党反动派。1949 年春，在解放大军胜利南下的有利形势下，以马青为司令员、张瑞昌（顾德欢）为政委的浙东人民解放军第二游击纵队和以龙跃为司令员兼政委的解放军浙南游击纵队，以及其他地方游击队主动出击，解放数十座县城，配合渡江南下的解放大军为解放浙江全省做出了贡献。

历经二十八载，从嘉兴南湖到宁波四明山，从江山洪岩顶到台州一江山，在浙江这片充满红色记忆的热土上，党领导群众一路栉风沐雨、披荆斩棘，开辟了多个革命根据地，涌现出一大批感人肺腑的革命故事。先后有徐英、刘英等 6 位省委书记（或代理书记）和上万名英烈在这里前仆后继，抛头颅、洒热血；也曾有粟裕、叶飞、谭启龙等老一辈无产阶级革命家在这里排兵布阵、率先垂范，彰显军民融合、鱼水情深之大义……

血脉永续，山河日新。党的二十大报告指出，要发展社会主义先进文化，弘扬革命文化，传承中华优秀传统文化，巩固全党全国各族人民团结奋斗的共同思想基础。浙江革命老区是红色文化发祥地之一，在革命斗争实践中形成的老区精神，已纳入中国共产党人精神谱系之中。站在新的历史起点，我们要以习近平新时代中国特色社会主义思想为指引，"讲好党的故事、革命的故事、根据地的故事、英雄和烈士的故事，加强革命传统教育、爱国主义教育、青少年思想道德教育，把红色基因传承好，确保红色江山永不变色"①。

万里征途远，秣马再启程。当前，浙江正在忠实践行"八八战略"，推进以"两个先行"打造"重要窗口"，建设共同富裕示范区。我们收集整理了发生在浙江大地的部分红色故事，陆续编辑成册，希望广大浙江儿女在革命先烈用鲜血铺就的梦想底色上，用好红色资源，传承红色基因，在感恩奋进中续写中国式现代化的浙江华章。

---

① 习近平. 用好红色资源，传承好红色基因，把红色江山世世代代传下去 [J]. 求是，2021（10）.

目 录

CONTENTS

1

目录

冯雪峰

傲骨如雪，笔墨成峰

冯雪峰（1903—1976），原名冯福春，浙江义乌人。1903 年 6 月 2 日出生在浙中山区义乌市赤岸镇神坛村，是一位经历过二万五千里长征的红军战士，也是现代著名诗人、作家、文论家和马克思主义文论翻译家。他一生高洁无私、傲骨不屈，以笔为剑、以文为刃。至今，"傲骨如雪，笔墨成峰"八个大字屹立在神坛村雪峰书屋西侧的的草坪上，熠熠生辉。

一、初心萌动，逐梦文坛

冯雪峰的童年和少年时光是在神坛村度过的。在那纯真质朴的岁月里，他不仅成绩出类拔萃，更难能可贵的是，他深深领悟了忠义正直的为人真谛。这些品德如同璀璨星辰，照亮了他前行的道路。

1921 年秋，冯雪峰踏入浙江省立第一师范学校，逐梦之路由此启航。陈望道、朱自清、叶圣陶等进步教师曾在这里传播先进思想，受其影响，冯雪峰决心冲破封建思想禁锢，踏上寻求革命真理的征程。也正是在1921年，冯雪峰加入了"晨光社"，这个充满文学气息和进步思想的团体。1922年，冯雪峰与志同道合的应修人、潘漠华等友人共同组成"湖畔诗社"。他们以笔为剑，以诗为歌，在文学的天地里挥洒着青春与热血，想用文字唤起更多人对民主自由和美好生活的向往。

1927年，风云突变，"四一二"反革命政变如噩梦般降临，白色恐怖笼罩整个中华大地。在这个"懦弱者动摇，悲观者消沉"的至暗时刻，革命陷入低潮。然而此时，冯雪峰却毅然加入中国共产党，并愿意为伟大事业奉献一生。

1928年7月，冯雪峰肩负特殊使命回到故乡。他以教书作为掩护，悄然投身地下工作。在此期间，他任教于义乌县立初级中学，担任国文教师。在那看似平静的校园中，他有着不为人知的党内秘密身份——义乌城区党支部书记。他将科学先进、平等自由的思想融入每一堂国文课中，打破了当时迂腐僵化、墨守成规的教风。在课堂上，他旁征博引，讲述古今中外追求自由与真理的故事，引导学生们思考人生的意义。不仅如此，他还积极发展革命事业，在学校里播下火种，为以后革命烈火熊熊燃烧做下充分准备。

1929年，冯雪峰积极参与筹备成立中国左翼作家联盟。他凭借自己在文学领域的深刻见解和对革命事业的热情，为"左联"的成立做出巨大贡献。1931年，他出任"左联"党团书记，承担起领导左翼作家群体的重任。在这个位置上，他充分发挥自己的领导才能，组织作家们以笔为武器，向旧世界发起冲锋。1932年，他出任中共上海中央局文化工作委员会书记，成为左翼文化运动的关键领导人之一。在那段波澜壮阔的岁月里，他与鲁迅、茅盾等文化巨匠并肩战斗，为唤醒民众意识、反抗压迫发挥了不可磨灭的作用。

二、苏区烽火，勇毅前行

1933年底，在复杂而严峻的革命形势下，冯雪峰历经艰辛辗转到达苏区，全身心地投入到革命工作中，先后担任瑞金中央苏区党校教务主任、副校长等重要职务，展现出卓越的领导才能和教育智慧。1934年，在第二次全国苏维埃代表大会上，冯雪峰凭借自身在革命事业中的突出表现和在同志间的威望，被选为中华苏维埃共和国中央执行委员会候补委员。

在此期间，冯雪峰与毛泽东同志交往密切。他们常常促膝长谈，交流对革命形势、战略方针以及文化建设等方面的看法。在对鲁迅的认识上，两人更是有着颇多共识，都深刻理解鲁迅作品在唤醒民众、批判旧社会方面的巨大价值。这种共识进一步加深了两人之间的革命情谊，也为苏区在文化思想领域的建设指明了重要方向。

1934年10月，长征开始，冯雪峰全程参与其中。他经历艰难险阻，翻雪山、过草地、渡江河，始终与战友们并肩作战。长征胜利后，冯雪峰随部队来到陕北，被调至陕北中央党校，继续深入学习和领会党的理论与路线方针政策，为后续的工作积蓄力量。1936年春，怀着抗日救国的满腔热情，他随中国人民红军抗日先锋军渡过黄河东征抗日，担任地方工作组组长。在东征过程中，他深入群众，积极组织和动员当地力量参与抗日斗争，为抗日事业打下了坚实的群众基础。

1936年4月，冯雪峰以中共中央特派员的身份回到上海，担任中共中央上海办事处副主任，积极开展多方面工作。他接受记者史沫特莱的采访，详细介绍红军长征的艰辛历程，让外界得以了解这支伟大的革命队伍所经历的传奇征程。同时，他精心安排斯诺前往陕北采访，最终促成《中国的战歌》与《西行漫记》两部作品的诞生，为中国革命赢得了广泛的国际关注和支持。此外，他还积极与宋庆龄、沈钧儒等民主人士取得联系，向他们阐述党的抗日主张和统一战线政策，积极推动党的抗日民族统一战线的形成与发展。

1936年7月，浙南临时革命委员会（以下简称"浙南临革"）派人与驻上海的中共中央特别行动科取得了联系。8月，浙南临革又派16岁的林秋侠（后改名林心平）将刘英、粟裕向党中央提交的关于挺进师进军浙江的情况报告送到上海，后经党组织转送给冯雪峰，冯雪峰迅速向党中央报告了挺进师的情况。之后，冯雪峰又写信给浙南党组织，指示要按党中央当时的斗争方针、政策开展工作，并将党中央的相关文件传达至闽浙边临时省委。在中断一年半之后，红军挺进师终于恢复了与党中央的联系。

三、狱中抗争，文韵不朽

1937 年 12 月，冯雪峰回到家乡。那片熟悉的土地成为他心灵的栖息之所和创作的源泉之地。他全身心地投入到长征题材的创作之中，试图通过文字重现长征那波澜壮阔的历史画卷。他潜心钻研，精心撰写了反映长征的长篇小说《卢代之死》（初稿），每一个章节、每一个段落都凝聚着他对长征岁月的深刻回忆和对革命先辈们的崇高敬意。

1941 年 2 月，皖南事变后不久，冯雪峰遭国民党顽固派逮捕，被囚于上饶集中营。在上饶集中营的日子里，敌人对他施加了种种酷刑，试图摧毁他的意志。然而，冯雪峰坚贞不屈，始终坚持斗争。在暗无天日的囚牢中，他创作了《灵山歌》《真实之歌》等经典作品。这些作品不仅是文学瑰宝，更是冯雪峰在残酷环境中不屈的呐喊。

1942 年底，经组织营救，冯雪峰以保外就医名义来到庆元县下际村，翌年初迁回云和县小顺村的省保育二院暂时避难疗伤，直至 1943 年 4 月 29 日离开。在疗伤期间，他始终心系党的事业，通过《东南日报》《浙江妇女》等报刊，向当地群众宣传党的抗日主张和统一战线政策，对小顺村及周边地区的抗日救亡工作给予具体指导。在他出狱之后直至 1949 年上海解放，冯雪峰创作出大量杂文和寓言，出版了《雪峰文集》《雪峰寓言三百篇》等书籍。

冯雪峰作为无产阶级文艺理论家，先后出版了《过来的时代》《论民主革命的文艺运动》等文艺理论著作。冯雪峰对文艺与生活、文艺与政治、主观与客观、世界观与创作方法、作家与人民、民族文学与世界文学等马克思主义文艺理论的根本问题提出了精辟见解，代表着当时国统区文艺理论界的最高水平。

冯雪峰故居及其雕像

中华人民共和国成立后，冯雪峰把主要精力放在编辑出版事业上，整理出版了大量古典文学作品和革命烈士遗著，如方志敏的《可爱的中国》、瞿秋白的《瞿秋白文集》等。他亲自主持编注出版了十卷本《鲁迅全集》，系统论述了鲁迅与苏俄文学、欧美文学、古典文学的关系，许广平（鲁迅夫人）称他为鲁迅遗产的"通人"。

　　冯雪峰的一生，是一部充满激情和奋斗的史诗，是对革命精神的最好诠释。他的故事，将永远镌刻在中国现代史的丰碑上，指引着后人不断前行。

义乌市革命老区开发建设促进会供稿，
作者吴优赛，晓夏改编

张培农

浙南农民运动的先驱

张培农（1902—1939），原名张宗培，又名张植，浙江省苍南县霞关镇南坪村（原属平阳县）人。他是中国共产党的早期党员、平阳农民运动的先驱。他以坚定的信念和无畏的勇气，带领农民奋起反抗旧社会的压迫，积极投身抗日战争，为革命事业献出了年轻的生命。

一、早年办学，启迪民智

张培农出身于贫苦农民家庭，从小勤奋好学。1922年，他考入浙江省立第十师范学校（今温州中学），在校期间深受五四新文化运动的影响，思想迅速觉醒，积极参与学生运动，逐渐认识到教育对社会进步的重要作用。他深知只有通过教育才能改变贫困的现状，立志通过教育改变家乡的落后面貌。

1925年，张培农因家庭变故不得不中途休学返乡。他目睹南坪村文化落后、民智未开的现状，于是毅然担任南坪学堂（今南坪小学）校长，并将学堂更名为"蒲南学校"。他积极推动教学改革，立志培养有文化、有知识的农民，唤醒乡民的自强意识。然而，当地经济贫困，学校经费不足，教学设施极其简陋，难以支撑教学活动的正常开展。

面对困境，张培农没有退缩，他通过诉讼，赢得草屿岛行壳捐（一种苛捐杂税）并用作办学基金。此举有效缓解了学校资金紧张的状态，使校舍得以修缮，教具得以购置，学习环境得到改善。但这也激怒了林竹西等地方豪绅，他们对张培农展开疯狂报复，迫使他辞去校长职务，离开家乡。这段经历让张培农认识到，仅凭个人力量难以撼动封建社会的根基。要彻底改变乡村社会面貌，必须投身更广泛的革命斗争。因此，他决心投身革命，彻底改造旧社会，为农民寻求光明出路。

二、投身农运，掀起风暴

1925 年张培农加入中国共产党，成为温州地区早期的中共党员。为深入学习革命理论，他积极响应党组织号召，于次年前往广州参加了毛泽东主持的农民运动讲习所第六期培训班。在讲习所学习期间，他系统掌握了农民运动理论和实践方法，深刻认识到农民在中国革命中所起到的关键作用，明确了将农民运动作为救国救民的主要斗争方式。结业后，张培农被任命为中央农运特派员，回到平阳领导农民运动，为浙南革命事业的蓬勃发展注入了新的动力。

张培农在农讲所期间与他人合影（左一）

　　回乡后，张培农立即着手建立和发展农民协会。面对封建势力对农民的剥削压迫，他提出了"一切权力归农会"的口号，积极倡导减租减息、废除苛捐杂税，并通过农民协会为农民争取切实利益。农民协会的成立激发了广大农民的革命热情，极大地鼓舞了他们的斗志。很快，张培农在平阳、瑞安、乐清等地组织成立了多个农民协会，并在平阳县成立了第一个区级农民协会——平阳县第四区农民协会。短短几个月，平阳各地农民协会如雨后春笋般出现，会员人数迅速增加至数万人。农民运动声势浩大，成为革命的重要力量。

　　面对农民运动的迅速发展，以吴醒玉为首的土豪劣绅进行疯狂反扑，企图打压农民运动。张培农毫不畏惧，亲自带领农民武装开展反击。他率领农民赤卫队发动了一系列反土豪斗争，成功打击了吴醒玉的反动势力。随后，他带领农民冲入县城，将吴醒玉游街示众并押送法办，极大地震慑了敌对势力，为平阳革命事业的进一步发展争取了宝贵的时间和空间，这也标志着平阳农民运动进入了一个新的高潮。张培农以坚强的革命意志和卓越的领导才能，迅速掀起了浙南农民运动的风暴，成为浙南革命史上不可磨灭的英雄人物。

三、三打县城，英勇无畏

"四一二"反革命政变后，平阳政权落入国民党右派林骅[①]手中，县境内白色恐怖弥漫，农民协会被迫解散，大批共产党员和革命人士遭到逮捕和屠杀，张培农被迫转入地下斗争。为打击反动势力，张培农多次组织农民武装反抗，策划了三次攻打平阳县城的行动。

1927 年 6 月 17 日，张培农与叶廷鹏、吴信直等人率领 300 余名农民武装，准备夜袭平阳县城东门。不料途中行踪暴露，被敌军哨兵发现，农民武装受到伏击致多人受伤，不得不撤退。敌人随即展开疯狂报复，查抄了张培农的家。1928 年 6 月 27 日，张培农跟随农民赤卫队在半夜攻打平阳城，但因战机延误，行动再次失利。面对接连的挫折，他没有气馁，继续寻找时机组织更大规模的武装行动。

---

① 林骅，又名林萃青，黄埔军校三期毕业，平阳县昆阳镇人。

1930 年 5 月，叶廷鹏、张培农、吴信直等率领江南、万全等地农民赤卫队 600 多人配合红十三军红一团第三次攻打平阳县城。经过周密部署，他们于凌晨发动突袭，成功击溃守军，夺取县政府大印，打开监狱释放了被关押的 40 多名群众（有些是共产党员、农会骨干），震慑了平阳的反动势力。红一团和农民赤卫队占领县城后，很快遭到国民党援军反扑，因敌众我寡，红一团和农民赤卫队最终撤出县城。这次战斗虽未能完全夺回县城，却极大地鼓舞了平阳及周边地区革命群众的斗志。

随后，张培农率领农民赤卫队与红十三军协同作战，多次打击国民党反动派。他无畏的斗争精神和卓越的指挥才能，成为浙南农民运动的英勇典范。

四、危难时刻，坚韧不屈

1931 年清明，张培农在家乡活动时被蒲门土豪林友森侦悉。林友森悬赏千元，派出打手埋伏在张培农住宅周围，企图将他抓捕。危急时刻，当地乡绅张福东冒着生命危险将张培农藏匿在自家楼上，一家三代齐力将打手拒之门外。之后在一个雷雨交加的夜晚，张培农在前南坪农会负责人柯宝能的掩护下，乔装成农民模样，成功避开敌人岗哨，辗转来到长沙岙，再从蒲城搭渔船南下福州，最终到达上海。但由于浙南党组织被破坏，他未能与组织接上关系，只得返回平阳，继续领导地下斗争。

1932 年春，张培农在叶廷鹏和陈阜的支持下，协助重建浙南党组织，成立中共浙南委员会，继续开展武装斗争。然而，由于林友森等反动势力的持续追捕，张培农的处境愈加险恶。1933 年春，张培农将平阳的革命工作交托给叶廷鹏，只身前往南京。

在南京，张培农结识了许多革命志士，并通过同乡朱程[①]的支持将居所变成浙南地下党的交通联络站，协助同志们开展革命工作。后来，张培农化名若愚，受朱程推荐到山东兖州车站工作，以看管库房为掩护，继续保持与浙南党组织的联系。1934 年春，朱程出国留学，张培农的革命活动受到国民党高层的关注。蒋介石南昌行营密令提到"农首张植，啸聚成众，势如撼岳"，敌人视其为大患。

五、血洒华北，英魂永驻

1937 年，抗日战争全面爆发。张培农将家人安置在河北后，毅然投身太行山区，与同乡朱程会合，共同组建抗日民军，担任晋冀豫边区抗日民军军需主任，负责军需筹备和对外联络工作。他多次奔走于晋冀豫边区，积极协调八路军与抗日民军的联合作战，确保了抗日民军的物资供应和战略实施，为晋冀豫边区抗日斗争的顺利开展做出了巨大贡献。

---

① 朱程，1910 年出生，温州市苍南县人。黄埔军校第六期毕业后留学日本，1937 年 5 月回国后奔赴抗日战场。1939 年加入中国共产党，1943 年 9 月在山东反"扫荡"作战时牺牲，时年 33 岁。牺牲时担任八路军冀鲁豫军区第五分区司令员。

1938 年，张培农短暂回到平阳，动员乡亲支援抗日，先后四次组织 40 余名优秀青年参军，并动员长子张世祥加入八路军。面对家乡复杂的斗争环境，张培农依然坚定信念、以身作则，鼓励更多青年前往抗日前线，极大地提升了当地群众的抗日热情和支援力度。

由于长期高强度工作、身体过度疲劳，张培农积劳成疾，身体每况愈下，于 1939 年 1 月 11 日病逝于山西省陵川县平城镇，年仅 37 岁。张培农的牺牲令朱程痛心不已，他亲自主持了张培农的追悼会，并致函张家，称赞张培农"一生为革命，光荣牺牲，永垂不朽"。

六、结语

中华人民共和国成立后，张培农被追认为革命烈士。他用短暂而光辉的一生，谱写了浙南革命斗争的壮丽篇章。张培农的名字镌刻在苍南、平阳人民的心中，成为浙南革命史上不可磨灭的英雄。

张培农·赞

浙水苍山育英魂，挥师农运传昆仑。
三攻县府惊豺狼，一举长缨慑敌军。
病殁陵川忠骨在，风传平邑义声闻。
丹心化作千峰翠，浩气长留万世春。

苍南县革命老区开发建设促进会供稿，
作者杨道敏，杨小敏改编并赋诗

寒冬星火

浙西南第一个党组织的诞生

1926 年冬，北风呼啸、雪花纷飞，龙游至遂昌北乡的古道上行人稀少，只见一个手撑油纸伞、肩挎布包袱、身着蓝布长衫的年轻人，独自匆匆赶路。年轻人名叫唐公宪，十年前他从这条古道走出山乡，如今又在寒冬中踏雪归来。

一、浙江最早的共产党员之一

唐公宪（1898—1938），字海潮，学名伯宣，遂昌县梭溪乡庄后村（今属金竹镇）人。1917 年，唐公宪以优异成绩考入浙江省立第一师范学校（以下简称"一师"），第一次看到外面的世界，并在此接触到马克思主义。经过"一师学潮"①、"衙前农民运

---

① 1920 年 3 月 29 日，国民党反动当局要撤换浙江"一师"校长经亨颐，学生们以"挽经护校"为口号，掀起了一场维护和巩固新文化运动的"一师风潮"，又称"一师学潮"。

动"①的锤炼，他在 1923 年 3 月加入了中国共产党，成为中共杭州支部的一员，也是浙江省最早的共产党员之一。同年 9 月，唐公宪担任中国社会主义青年团杭州地方执行委员会委员长，随后又以教师职业为掩护，赴绍兴、严州（今建德地区）、温州等地开展革命活动，发展党组织。国共合作后，他奉命以个人身份加入国民党，并当选为国民党浙江省临时党部候补执行委员。7月，任中共温州独立支部书记。

这次他不顾严寒、匆匆赶路，就是奉命返回家乡遂昌，以指导筹备国民党县党部的名义，创建中共党组织。他沿着蜿蜒的山路不停赶路，终于来到山顶，远远望见久违的小山村，心中感慨万千：家乡已然在望！十年了，梦中的故乡终于展现在面前了！

二、借东风图谋大计

黄昏，庄后村的人们沉浸在游子归来的喜悦中。

"唐老师！"唐公宪听到门口传来喊声，立即迎了出去。

"云巢，你来了。"唐公宪亲切地与来人打招呼并拉着他进屋，迅速压低嗓音道："来得好快啊！"

此人正是在衢州求学、应唐公宪之邀赶回家乡的中

---

① 1921 年春，萧山县的李成虎、陈晋生、单夏兰、周天云等大批农民积极分子与上千农民在衙前村东岳庙集会，成立了《衙前农民协会》，通过了《衙前农民协会宣言》和《衙前农民协会章程》。"衙前农民运动"是中国共产党领导的第一次有组织、有纲领的农民运动。

共党员谢云巢。他20多岁的年纪，瘦高的个子，住在离庄后村15公里外的王川村。

谢云巢见唐公宪压低声音，自然明白此时尚非说话之时。直到夜幕降临，两人一起走进唐公宪的卧室，他才急不可耐地问："老师，这次让我回来，必有重要任务吧！"

唐公宪待他坐下后，才说："云巢，这次我是根据杭州地委和省党部的指示回来的，表面任务是筹建国民党遂昌县党部，实为秘密创建中共组织。任务很重，只好邀你一同开展工作。你这次回来，对校方是如何交代的？安排好了吗？"

谢云巢当然明白唐公宪所说的杭州地委是指中共杭州地委，省党部是指国民党浙江省党部，而且知道唐公宪现在的身份是国民党浙江省临时党部的候补执行委员、金（华）衢（州）严（州）处（州）办事处主任。因此，在接到唐公宪的邀约之时，已有了思想准备。唐公宪一问及，就马上答道："老师放心，校方我已有交代，只是这里的工作，不知该如何开展？"

"云巢，这次两方面的工作都很重要，是得好好考虑一下，我们慢慢商量。"唐公宪接着说道："国共合作后，大革命的形势十分喜人，我们要借此东风，放开手脚开展工作。再说，这里是我们的家乡，基础条件很好，工作一定会很顺利的。"唐公宪被当前形势所鼓舞，对工作开展充满信心，显得特别兴奋。谢云巢也不断点头称是，非常激动。唐公宪又说道："这些年来，我一直在外面，家乡的情况不如你熟。而且，我也没有多少时间可以待在这里，这边的工作只得依靠你了。"

听唐公宪如此说，谢云巢心领神会，明白唐公宪还另有任务，或许很快就会离开遂昌，这里的工作只有以自己为主，最好能在唐公宪离开之前，就有所进展。谢云巢立即表示："老师放心，这既是组织上交给我的任务，也是您的重托，我定当竭尽全力，保证完成任务。有什么情况，会设法联系您。"

接着，两人详细地商量了如何开展具体工作，直至深夜才和衣而卧。第二日清晨，唐公宪和谢云巢一同出发。

"老师，再见。"谢云巢先停下脚步。

"再见，县城见！"唐公宪一脸微笑。

两人按昨夜商议结果行动，唐公宪赴县城开展活动，谢云巢则在乡村以拜访和探望老师、同学、亲友为名，物色人选。

三、中共遂昌支部诞生

这日，谢云巢默默地行进在大柘街头小溪对面的乡间小路上，一抬头就看到了县立第二高等小学。琅琅书声不断传来，谢云巢不由自主地停下脚步，深情地凝望着自己的母校，似在回忆自己就读时的往事，又似在欣赏这幽静的校园。

他很想进去看看，又怕自己贸然闯入会影响到母校的正常教学秩序，低着头静静地伫立在校门前，进退两难。

"云巢！"随着一声呼喊，一位青年教员悄悄走近。谢云巢抬头一看，此人正是自己此行所要探望的老师陈恂，便连忙深深地鞠了一躬，道："老师，您好！"

"云巢，真的是你，你怎么来了？"

"学校提早放假了，昨天刚刚到家，心里惦念着老师，就来了。老师近来可好？"

"好！好！我也常想到你呢！"

"校长、杨老师他们可好？"

"好！都好！校长有事出去了，杨老师正在上课。来，快进来。"陈恂拉着谢云巢，走向了自己的办公室兼宿舍。

陈恂为谢云巢倒上一杯水，说："云巢，既然学校已放假，这天寒地冻的，在家也没什么事，不如在这住几天，看看书吧！"

谢云巢闻此正合心意，立即答道："这当然好，我又可以随时向老师请教了，只是住在这怕给老师添麻烦。"

"不会，你只管住下！"

谢云巢也不再推辞，他此行的目的就是找陈恂、杨立程两位老师。他认为这两位老师与他年龄相仿、思想进步、志趣相投，虽是老师却似朋友，是最理想的发展对象。

谢云巢在母校暂住后，立即与两位老师深入沟通，从学习、生活谈到今后的打算，从母校、家乡谈到社会时弊，从个人命运谈到国家前途。随后，他又选中了该校忠厚、可靠的工友傅九德，向他宣传革命道理。

经过多方了解后，谢云巢心里有了底，借故到县城办事，秘密会见了唐公宪。两人交流了各自的工作进展，都为工作开展得如此顺利而兴奋不已。

接着，唐公宪与谢云巢一起来到大柘泉湖寺的县立第二高等小学，在对3人进行考察后，唐公宪与谢云巢介绍陈恂（化名陈实甫）、杨立程（化名杨则时）、傅九德加入中国共产党。

1927年1月的某个夜晚，县立第二高等小学的师生都已就寝，白日的喧嚣退去，只有呼啸的风声传来。陈恂的房间里，亮着微弱的灯光，几位年轻人肃立在一排，庄严宣誓。这是一个不寻常的时刻，浙西南第一个党组织——中共遂昌支部诞生了！

这就是党在浙西南播下的第一颗革命火种，是遂昌寒冬中闪耀的星光。

遂昌县革命老区开发建设促进会供稿，
作者周德春，周晚改编

周福图
一枚银圆串起两代革命者

在文成烈士纪念馆的展陈柜里，静静地躺着一枚微微发黑的银圆。这枚银圆的背后，深藏着文成第一个农民党员周福图可歌可泣的英勇事迹，承载着父子二人前仆后继干革命的家族记忆，更是革命老区文成波澜壮阔革命史上的一段传奇。

一、出身贫寒，在"少东家"影响下投身革命

文成地处温州市西南山区，交通闭塞，经济文化落后，周福图的出生地西坑乡上垟村更是一个仅有二三十户人家的小山村，全村贫苦农民都是鳌里村地主的佃户，过着"镰刀挂上壁，眼下没得吃"的生活。

母亲年过四十，才生下了周福图。老来得子，全家欢天喜地，只是双亲已日渐年迈，租种三亩薄田日夜操劳，也难以维持一家四口的生活，更别提以后为周福图娶妻生子。百般无奈之下，两位老人只得把长女提早嫁给邻村的农民，又到景宁抱来一个弃婴作为童养媳。家

里虽穷苦，好在一起长大的两个年轻人相处融洽，日子也似乎有了盼头。

贫寒的生活，让周福图的父母积劳成疾、妻子产后体虚无补，三人竟先后相继去世，只留下出生没多久的独子与他相依为命。为了活下去，周福图只得把幼子交给姐姐代为抚养，自己则去了鳌里村一户地主家做长工。

1924年，文成县的革命先驱周定大学毕业后返乡，在鳌里村南屏小学教书，积极传播先进思想，鼓励女子入学，并"劝说"地主减少田租。周定常与家中长工们共同劳动，谈笑风生，毫无主仆之分。周定是周福图东家的儿子，比周福图小，称福图为兄，而福图也敬称周定为志贤哥，两人结为知己。1926年，周定在上海加入中国共产党，随后回乡秘密从事革命活动，宣传救国救民道理，发展党员。受周定的影响，周福图逐渐意识到"只有共产党才能解救穷苦农民"，革命思想日益成熟，周定遂介绍吸收周福图为中共党员。此后，两人不仅是兄弟，更是成了同志。

一次，周定从外地回来，与福图促膝长谈，鼓励他在与农民们共同劳动的时候，宣传共产主义主张，动员他们与地主作斗争，并利用一切机会向附近贫苦群众宣传"减租减息"，铲除穷人受苦富人享乐之不平等的根源，平时做好准备，时机成熟时放下锄头，投身革命。周定每次外出参加革命活动，临别之际都会嘱咐福图，叫他边耕作边革命，争取时间到附近的田坑、上垟、石门、叶岸等地去发动劳苦群众，为日后组织农民暴动作准备。

1927年11月，周定接二连三收到王家谟（时任浙江省委代理书记）的来信，要他速到温州商议实施暴动事宜，准备举事行动。由于浙东暴动计划泄露，周定一到温州，即被密探跟踪抓捕。收到消息的周福图舍生忘死，以船夫身份陪同周定妻舅进出牢门，想尽办法营救，但为时已晚。1927年11月18日，周定与王家谟、郑敬衡一起牺牲在温州华盖山。

噩耗传来，周福图悲痛欲绝，痛哭不止。他强忍悲痛赎回周定的遗体，协助料理完后事，便带着儿子离开鳌里，回家暂避风险。

二、乔装卖布客，跑遍山山水水

1930年，浙南各地农民暴动风起云涌。如今失去了周定的领导，周福图深感悲痛，自己就似断线的风筝，与组织失去了联系。为了让儿子不至于像自己一样，被没文化缚住了手脚，他送儿子回南屏高等小学住校就读，自己缩衣节食，省下粮食送给儿子。

直到1935年，刘英、粟裕率领的中国工农红军挺进师来到文成。周福图喜出望外，自己与党组织失去联系八年之久，如今与红军相逢，仿佛孤儿寻回了亲娘。他不分昼夜，不断打听部队的消息，终于见到红军

首长，表明自己身份，取得了党组织的信任，重新回到
了党的怀抱。周福图受派任地下交通员，负责带路、筹
粮、探听敌情，跑遍了西坑、岭后、上垟、东家寮、石
门、吴坳和景宁梅岐等偏僻村落。

周福图的老家上垟地势险要，处于泰顺、青田、景
宁交界地带。刘、粟部队利用这有利地带，训练新兵和
召开会议，做好周围的群众工作，建立了地下交通网。
为了便于工作，周福图乔装成"卖布客"奔走于各地。
红军干部遇到被敌人跟踪盯梢的情况，他常以合伙卖布
为名掩护他们脱险。

三、送儿子奔赴延安，为革命坚贞不屈惨遭活埋

西安事变后，国共两党第二次合作，共同抗日。听
说延安成立了抗日军政大学，周福图欣喜万分，决定送
儿子周光裕奔赴陕北，以求得更大的进步，将来在革命
斗争中发挥更大的作用。临行前，周福图掏出一生的积
蓄——两枚银圆，交到周光裕手中，叮嘱儿子紧要关头
才能用。

周光裕珍藏多年的银圆

　　送走独子后，周福图没有了后顾之忧，更加心无旁骛地投入革命工作，还担任了上垟村党支部书记。1946年，浙保五团李玉飞分队进驻上垟"剿共"，地头蛇对周福图怀恨在心，乘机告密报复，周福图不幸被捕。

　　在狱中，周福图受尽百般酷刑，被打得死去活来，但仍紧咬牙关不吐一字。8月下旬，被折磨得奄奄一息的周福图，与东家寮另一名交通员，被敌人活埋于西坑垟头一个坑穴里，英勇牺牲，时年53岁。

　　周光裕没有辜负父亲的期望，经过一年多的艰辛跋涉，于1938年7月到达延安，如愿进入抗大学习，毕业后任八路军115师晋西独立支队作战参谋。在一次对日作战中，周光裕身负重伤，痊愈后先后在鲁艺学院、延安大学学习，毕业后在部队担任文化、理论教官。中华人民共和国成立后，先后在浙江省财委、省财政厅任职，为建设家乡做出贡献。

　　在文成烈士纪念馆筹建之际，周光裕拿出这枚珍藏多年的银圆，交到相关负责人手里，让更多的人了解革命历史，缅怀革命先烈。

　　　　　　　文成县革命老区开发建设促进会供稿，童未泯改编

潘心元

长眠乐清湾畔的工农运动领袖

玉环市清港镇苔山南湾山坡上有一座坟茔，当地村民原先只知道墓主人潘先生是湖南人。直到20世纪80年代，玉环县委党史研究室在搜集整理地方党史资料时才发现，这位潘先生竟是当年叱咤风云的中共早期领导人潘心元。他参加过毛泽东领导的秋收起义，曾担任中国革命军事委员会委员、浙南红十三军政委等要职。

一、长沙城里求真谛

潘心元，1903年1月出生于湖南省浏阳县北盛团伍家渡（今永安镇岐岭村）。1922年春，他转学到长沙岳云中学，不久加入中国社会主义青年团，后在毛泽东等筹办的文化书社读到了马列书籍，思想境界得到升华。10月，他与田波扬、彭晓人等创办浏北新民社，出版《新民》社刊，宣传马克思主义思想。

1923年3月中旬，全国掀起抵制日货浪潮。潘心元积极联络浏北同学会，投身封锁码头、巡查商店、禁运日货等斗争。6月1日，日本驻湘领事馆公然指使日本水兵开枪射击长沙市民，制造流血事件。潘心元积极联络各校同学，参加外交后援会发起的全城三万人示威大游行，被夏明翰称为"一员打头阵的虎将"。后经夏明翰、田波扬介绍，潘心元加入中国共产党。

9月，潘心元将妻子周坤元接到长沙，他的住处成为革命活动据点，夏明翰、田波扬等人是常客，毛泽东、夏曦①、郭亮②等人也时常来指导。潘心元想方设法筹措党的活动经费，甚至向在长沙的浏阳北乡人筹款，让他们回浏阳拿借据到潘家兑现。

二、浏阳河岸播火种

1925年初，潘心元以教师身份作掩护，与田波扬回浏阳协助夏明翰发展地下党组织，开展工农运动，建立浏阳特别支部。还以个人身份加入国民党，组建北盛区国民党区分部，先后成立乌龙团农民协会、丰裕团农民协会，开展抗租抗债和减租减息、阻止粮食外运等斗争。潘心元动员母亲核减佃户的租息，主动将积谷分发给附近缺粮的农民，还带头去清算岳父的账，帮助佃户减租减息。7月，浏阳县推行平民教育，潘心元以北乡国民党区分部常务委员和教师的合法身份，大力发展地

---

① 夏曦（1901—1936），毛泽东的同学，曾和毛泽东一起参加湖南革命运动，曾任中共浙江省委书记，1931年3月被派往湘鄂西苏区接替邓中夏的领导工作。
② 郭亮（1901—1928），经毛泽东介绍成为湖南最早入党的党员之一，组织发动粤汉铁路全路大罢工，曾代理中共湖南省委书记。

下党员。至秋季，先后建立中共北盛高小、东山里及蕉溪与沙市区联合党支部。

1926年5月，北盛团农民协会成立。下旬，潘心元借北盛团防局换届之机，助推国民党左派周首生当选团总，使共产党完全控制北盛区政权。7月下旬，北伐军进驻浏阳县城。在独立团开拔前夕，潘心元选送200多名农会骨干参军，介绍中共党员李莉华到团部担任秘书。8月中旬，国民党浏阳县党部建立，潘心元等中共党员被选为执监委员，潘心元任宣传部部长。潘心元通过县党部筹建县总工会和县农民协会，并以宣传部名义，举办政治讲习班，培训工农运动骨干。8月，浏阳县总工会成立，组建工人纠察队，与各地农民自卫军互相配合，成为浏阳人民革命斗争的中流砥柱。9月，浏阳县农民协会成立。不久，浏阳农会会员发展到30万人，居全省首位。10月下旬，中共浏阳地方执行委员会成立，潘心元任书记。

1927年2月，潘心元在得知县警察队和浏阳乡村的团防局武装正与反动军阀勾结预谋袭击革命力量，而浏阳的农民自卫军、工人纠察队武器极少的情况下，召开县委会议研究制定方案，并借请各团总吃春酒之机，将团防武装和团练经费缴归农会，瓦解了县警察队和团防局武装。3月，建立浏阳县特别法庭和浏阳工农义勇队，潘心元兼任浏阳工农义勇队党代表，处决了7名罪大恶极的土豪劣绅。县警备队队长唐秉忠依仗县长萧骧支持，私自放走反动团总张梅村。特别法庭表决核准，处决唐秉忠，驱离萧骧。潘心元通过国民党县党部民主选举邵振维①为政务委员会主席，代行县长职权，成为全国第一位中共女党员县长。

5月，为反击许克祥发动的"马日事变"，潘心元率近万名浏阳农军围攻长沙。由于受右倾机会主义思想影响，造成浏阳农军孤军深入，虽击毙国民党反动派10多人，但自损100多名战士，只得撤回浏阳县城。许克祥指挥反动军队加紧"清乡剿共"，长沙附近各县白色恐怖严重。

此后，中共湖南省委迁往江西省萍乡县安源镇，毛泽东任省委书记，潘心元为委员。

三、乐清湾畔整旗鼓

1930年8月，中共中央派遣潘心元以巡视员身份赴浙南巡视党组织和红十三军（中国工农红军第十三军）发展情况。潘心元深入瑞安、海门等地乡村进行调研，发现浙南党组织力量薄弱，工作难以开展。于是回上海向党中央如实汇报，以便重新计划。

中共中央在纠正立三路线错误之后，10月19日再次派潘心元赴浙南，任命其为红十三军政委，接替因身体不好、在温州养病的原红十三军政委严仆，受命重整红十三军。

---

① 邵振维，女，1905年2月出生于湖南省浏阳县丰裕乡，1927年11月6日牺牲。

红十三军是土地革命战争时期列入中央军委序列的十四支红军队伍之一，1930年5月上旬在永嘉成立，下设三个团，鼎盛时全军达6000余人。其中：第一团（师）由永嘉西楠溪游击队整编而成，不久后瑞安、黄岩、仙居、青田和缙云等地的部分游击队也编入其中，最多时达3200余人；第二团（师）以温岭县坞根游击队为基础组成，辖坞根、青屿、楚门（海上）游击大队和一个直属分队，700余人；第三团（师）由永康、缙云、仙居游击队组编而成，1500余人。红十三军在浙南坚持斗争四年（余部斗争达十年之久），活动遍及温州、台州、金华地区20余县。

此时，由于受"左倾"盲动影响，红十三军不顾敌强我弱实际情况，频频进攻中心城镇，屡遭失败，损失惨重，红十三军军长胡公冕自乌岩战斗后返沪一直没有归队，部队在敌人严酷"清剿"下，分别被压缩在偏僻的山区、海岛上，斗争十分艰难。

潘心元深知此行道路艰辛。到达温州后，在他的建议下，浙南特委召开紧急会议，贯彻中共六届三中全会精神，总结立三路线给浙南工作带来的严重后果和深刻教训，分析形势，讨论部署下一步工作。

11月中旬，潘心元在浙南特委宣传委员兼红二团政委赵胜（杨敬燹）的陪同下，来到地处乐清湾沿海的温岭坞根红二团驻地，找到红二团负责人柳苦民，听取了关于红二团现状的汇报。

当时，红二团的主力部队退驻在玉环县苔山岛上。潘心元又与赵胜在11月下旬来到苔山，一方面了解红二团海上游击大队的训练情况，另一方面继续开展红军内部的思想教育和纪律整顿工作。

12月初，潘心元接到迁址瑞安的中共温州中心县委的通知，要他赴温州参加温属扩大会议。4日晨，潘心元与红二团一名战士乘卷底船，在九眼江换乘外塘货船。就在他们找了一处偏角的位置刚想坐下，突然从船舱里冲出一群荷枪实弹的国民党浙江保安四团水警，将潘心元与红二团战士团团围住。

潘心元烈士墓

原来，这位红二团战士的岳父母因旧事对他怀恨在心，他们得知女婿要去温州治病，便假惺惺地到苔山探望，并主动为他联系了外塘便船，而后向国民党浙江保安四团水警队告密，想借国民党之手杀掉他。实际上，这些国民党兵根本不认识潘心元，更不知道他是红十三军政委、被湖南省国民党通缉的"十大暴徒"之一。

枪声响了，一群惊飞的海鸥发出阵阵凄凉的悲鸣。潘心元倒在这块他乡的土地上，时年 27 岁。苔山渔民冒雨从芦浦分水山麓的滩涂上将潘心元的遗体运回，安葬在苔山岛最高处的旧城墙遗址南麓。

玉环市革命老区开发建设促进会供稿，晓夏改编

张秋人
视死如归的省委书记

1927 年 4 月 11 日，国民党右派开始在杭州大肆搜捕共产党员，许多同志牺牲了，浙江省委机关遭到严重破坏。正是在这样一个严峻的时刻，同年 8 月，中央决定派张秋人任中共浙江省委书记。张秋人知道自己的政治身份早已暴露，而且在杭州熟人很多，随时都有被捕牺牲的危险，但他接到通知后，依然将个人的生死安危置之度外，义无反顾地奔赴杭州。临行前，他对战友风趣地说："看来，我的头是要砍在杭州了。"

张秋人

一、千钧一发之际，将党员名册踩进西湖底淤泥中

1927 年 9 月 27 日，张秋人和爱人从上海来到杭州，肩负着重建党组织、壮大革命力量、进行坚决斗争

的重任。

在杭州城站华兴旅馆住下后，张秋人顾不上休息，便开始联络党员同志，当晚就在皮市巷嵊县会馆举行秘密会议。与会者先听取了中央特派员王若飞的政治报告，然后听取原省委组织部负责人王家谟的工作报告。在这次会议上，正式改组了中共浙江省委。张秋人决心和省委其他同志一起，尽最大努力，在抓紧恢复、改组、整顿全省党组织的同时，迅速贯彻中央政治局八七会议的精神，积极准备力量，组织发动各地农村的秋收暴动，以革命的武装斗争回击国民党反动派。

张秋人到杭州工作的第三天上午，他带着爱人又约了几位同志一起外出，到达湖滨后，迎面碰上了几名熟悉他的黄埔军校反动学生。张秋人当即租了船，准备坐船脱身。

当船划到西泠印社附近时，张秋人发现那几个反动学生还一直紧跟着，便叫船工用力划桨。船在刘庄靠岸，张秋人一个箭步上岸，几名反动学生也急忙上了岸，并假惺惺地问张秋人："张教官，什么时候到杭州的？住在哪里？想请你到黄埔军校同学会去玩一玩。"张秋人之前曾在黄埔军校担任过政治教官，这几名学生中，有人听过他的课。张秋人一边镇静地回答："好！你们同学会在哪里？我有时间就去看你们。"一边回头用英语对爱人说："我们遇到危险了，不要慌张！你脱身回去，赶快想办法把放在旅馆里的文件销毁或转移出去！”

这时，反动学生迫不及待围了上来，张秋人甩掉皮鞋，纵身跳下西湖，把藏在身上的一份党员名册踩进湖底淤泥中。接着，他奋力向湖中游去，紧追的反动学生大喊大叫：“抓共产党！”“抓共产党！”张秋人被包围了，不幸被捕。

张秋人的爱人和另外两位同志在一片混乱中脱身。等到反动派在全城进行突击搜查，派军警来到华兴旅馆时，他的爱人已从房中枕头芯中取出了党的文件，走下楼梯，因为反动派不认识她，得以再次脱身，党的机密文件保住了。

张秋人被押送到警察局的“优待室”，之后又被转押到浙江陆军监狱。在杭州的黄埔军校反动学生，联名指控他是著名共产党员。不久，又因中共浙江省委机关被破坏，张秋人中共浙江省委书记的身份被暴露。他被当作“要犯”，戴上脚镣手铐，并禁止一切探监。党组织和他的爱人、亲友虽然想尽各种办法力图营救，但因“案情”重大，没有成功。

二、狱中坚持学习，成为“监狱大学”启蒙导师

被捕入狱后，张秋人虽然料到必死无疑，却依然以自己豪放爽朗的性格、生动风趣的谈吐和高度的革命乐观主义精神，不断鼓舞同狱的难友。

他见同狱的“政治犯”中，有不少是参加革命不久

的青年，就经常向他们讲述世界各国的革命史。从巴黎公社到俄国十月革命，每个历史事件、人物、时间、地点，他都讲得清清楚楚，并且不时穿插生动的故事。直到牺牲前一天的晚上，他还详细讲了"二七"大罢工的经过，给难友上了最后一课。

他以坚强的毅力，每天在狱中坚持读书学习五六个小时。难友们问他："你既然等着枪毙，为什么还要天天孜孜不倦地读书呢？"张秋人说："我们共产党人，活一天就要为革命工作一天，就要认真学习，岂能坐以待毙！"这些言辞极大地激励和鼓舞了广大难友，增强了他们寻求真理的信心和勇气。

当年和他关在同一间牢房里、合盖一条棉被的薛暮桥少年失学，正是在张秋人的鼓舞下，养成了心无旁骛的学习习惯。监狱里、禁闭室中，薛暮桥都旁若无人、如醉如痴地沉浸在书本里，最后成长为新中国第一代经济学家，是国务院经济研究中心的创始人，曾担任国家统计局局长、国家计委副主任等职。薛暮桥在回忆录里写道："这是终生难忘的教诲，我一生没有忘记他的教导。"

1928年2月8日，张秋人和薛暮桥正在下棋，突然听到敌人大喊："张秋人出来！"张秋人知道生命的最后时刻来到了，他整了整衣服，从容地走出牢门。他轻轻地把近视眼镜取下来，送给了一位同情革命的看守，随即大声地向牢房里的同志们说道："同志们，今天要同你们永别了，你们继续努力吧！共产党万岁！"
整个牢房的难友都被张秋人这种正气凛然的精神所深深
感动，他们含着热泪、跟着张秋人唱起了雄壮的《国
际歌》。

敌人把张秋人押到法庭上。法官问他："你叫什么
名字？几岁了？"张秋人嘲弄地大声回答："老子张秋
人，今年30大寿！"说罢，他向前抓起法官桌上的砚
台，用力向法官头部掷去。法官惊恐躲避，法庭秩序大
乱，敌人慌忙把张秋人押向刑场。张秋人奋力甩开敌人
的手，放声大笑，昂首阔步向刑场走去，他一遍又一遍
地高呼："马克思列宁主义万岁！中国共产党万岁！中
国革命必然成功！"

罪恶的枪声响起，我党早期杰出的宣传家、浙江省
委书记张秋人，身中数弹，壮烈牺牲，时年30岁。

三、为党早期事业做出杰出贡献

1898年3月19日，张秋人出生在诸暨市牌头镇
水霞张村。祖辈务农，父母省吃俭用，供他上学，希望
将来不再受地主欺压。1915年，他考入绍兴越材中学。
1917年转入宁波崇信中学，中学毕业时就积极参加了
五四运动。

1920年，张秋人到上海求职，结识了陈独秀、俞
秀松等人，很快接受了马克思列宁主义。他积极参加
党团组织领导的各种活动，不久就加入了中国共产党。

1922 年 2 月，他在党创办的上海平民女校任教，并将家中的童养媳钱希均介绍到这里学习，引导她走上了革命道路。后来，钱希均成为参加二万五千里长征的 30 位女战士中的一员。

1923 年 8 月，在中国社会主义青年团第二次全国代表大会上，张秋人被选为团中央候补委员。他参加了上海的国民运动委员会，帮助国民党改组，为实现国共合作的统一战线做了大量的工作。

1924 年 6 月，张秋人任中共江浙皖地区兼上海执行委员会书记。在他的直接指导下，建立了宁波、芜湖的党团组织，在这些地区发动群众、团结国民党左派，掀起了轰轰烈烈的国民革命运动。同时，他还是政治宣传战线上的一员猛将，他的文章在广大群众中产生了巨大影响。

1931 年，毛泽东在瑞金时曾回忆说："张秋人同志是个好同志、好党员，很有能力，很会宣传，很有群众基础，可惜他牺牲得太早了！"半个多世纪后，已经闻名全国的经济学家薛暮桥，仍然以无限崇敬的心情，缅怀他在"监牢大学"里的启蒙导师张秋人。他说："张秋人同志同我们永别了，但他为党勤奋学习的精神，永远铭记在我的心里。"

张秋人牺牲后，他的二哥将其遗体运回故乡水霞张村的山坡上安葬，中华人民共和国成立后迁葬于现址。1957 年，张秋人烈士母校同文中学（现为牌头中学）

为纪念他，设立了纪念碑。2018 年，建立了张秋人烈士纪念馆。张秋人坚决服从中央决定、在危难险急时刻担任浙江省委书记的感人事迹，被人民传颂至今。

诸暨市新四军历史研究会、诸暨市革命老区
开发建设促进会供稿，童未泯改编

郑和斋

丽水早期党组织的缔造者

千年古村新屋村地处丽水市莲都区与金华市武义县交界处，原属宣平县，1958年连同宣平南乡区（今老竹畲族镇、丽新畲族乡一带）划归丽水县。新屋村居民以郑、陶两姓为主。村落四周青山环绕，中间田野平坦。村民房屋都坐落在村庄东北方，白墙红瓦的新房，青砖黑瓦的老屋，风格迥异、错落有致、花草鲜美、鸡犬相闻，显示着现代文明与传统文化的完美融合、和谐统一。新屋村不仅景色秀丽、民风淳朴，还是有着光荣革命传统的红色乡村，这里有一位极富传奇色彩的革命英雄——郑和斋。

一、从青帮领袖到南乡区委创建者

郑和斋（1891—1930），又名郑士俊、郑跃明，本是宣平县梁村人，4岁时被新屋村郑家收养。养父非常疼爱聪明机灵的小和斋，常常给他讲《水浒传》里梁山好汉的故事以及家乡明代矿工领袖陶得二起义的传奇事迹。年幼的郑和斋对故事中劫富济贫的英雄人物非常崇拜，他悄悄地告诉养父："长大后，我也要当大英雄！"

清光绪三十四年（1908），青年郑和斋性情豪爽、仗义疏财，平时喜欢结交丽水、松阳、宣平一带的青帮兄弟，这让原本不丰厚的家产所剩无几。清宣统二年（1910），宣平青帮兄弟拥戴郑和斋为头目，在丽（水）松（阳）宣（平）一带劫富济贫，为受欺凌者打抱不平。处州府、宣平县的官员对郑和斋的义举极为痛恨，下令缉捕他。于是，郑和斋为避难辗转来到严州（今杭州市桐庐县、淳安县和建德市一带）、杭州等地，结识了一批革命志士，接受了新的革命思想。

郑和斋不仅在青帮成员中有权威，在村民群众中也有很高的威信，因此成为党组织的重要发展对象。1927年10月，中共宣平县委成立，经县委书记曾志达、委员陈俊介绍，郑和斋在宣平城内的东街协盛酱园光荣地加入了中国共产党，成为当地第一个加入党组织的青帮首领。第二年春天，宣平县委委员陈俊来到南乡，与郑和斋共商创建南乡党的基层组织。郑和斋向陈俊汇报了工作开展情况，并介绍李定荣、肖政等进步青年入党，后又发展了数名党员。不久后，中共南乡区委在新屋村成立，郑和斋任区委书记，肖政、李定荣为委员，下设马村、新屋、老竹3个支部。区委成立后，郑和斋努力发展党员，南乡党组织迅速壮大。

二、从改组青帮到开展"二五减租"运动

在郑和斋的领导下，南乡区委组织发动广大群众进行土地革命，与封建地主阶级作斗争。郑和斋在新屋村口的树林里，秘密召集各支部骨干开会，布置当前中心工作。在斗争中，发挥青帮的作用，将青帮的活动由秘密逐渐引向公开，使之成为党领导下的外围群众组织。对新入会的人员严格把关，对一些好吃懒做、不务正业的人不再吸纳为会员，对一些违法违规、损害青帮声誉的会员予以清除，提高青帮的声威。同时，发展农会组织，开展"二五减租"，让群众得到实惠。

周边畎岸村有一陈姓地主、宗族长，人称"太上老君"，以村民陈田儿违反族规为名，将每年清明、冬至分发给他的猪肉、馒头无端扣除。为了帮陈田儿讨回公道，在冬至这天，郑和斋召集青帮200多人到畎岸，顺利将几年里被扣的食物一并要回。这一行动，彰显了青帮的实力，打击了地主的威风。由此，附近村庄的青年都争相加入青帮，使其组织在南乡得到迅速发展。

1928年3月，郑和斋发动群众，在南乡横塘村正式成立区农民协会组织，确定郑光文、陈田儿等10人为联络员，此后各乡均成立了农民协会。有农协组织的地方，遇到减租、改佃、契约、婚姻、产业继承等方面的问题，都能妥善解决。在短短的几个月里，南乡全区就有千余人先后加入各级农会组织。特别是一些进步青

年加入农会后，郑和斋十分重视他们的教育培养，先后发展 30 多人入党，他们也逐渐成为中坚力量，为推动全区的农民运动发挥了重要作用。在郑和斋的带领下，农会组织打土豪、斗地主，与乡、保长进行针锋相对的政治斗争。针对全区人均耕地少、土地高度集中在大地主手中、苛捐杂税名目繁多的情况，农会组织开展了"二五减租"斗争。

针对地主随意撤佃的行为，郑和斋在横塘村倡导成立了南乡初级佃业仲裁会。仲裁会召开群众大会，宣布地主将田地租给佃农耕种要严格按照规定实行"二五减租"，不得随意撤佃。南乡初级佃业仲裁会，在调解佃业纠纷、为佃农撑腰等方面做出了重要贡献。

三、从筹资策划武装暴动到被捕入狱英勇就义

1928 年夏天，郑和斋按照党组织指示，积极筹措经费、购置武器，准备建立农民武装。他在马村主持召开支部党员大会，对全体党员讲述建立农民武装的必要性，要求党员每人上缴银圆 1.3 元，其中 0.3 元作为支部的活动经费，1 元作为购置武器经费。同时向新加入青帮的人员，每人收取 1.3 元会费。中共马村支部共筹资金 260 元，其他支部也以类似形式筹集了一定的经费，在短短几个月时间里，郑和斋在全区共筹得经费800 多元。

随后，郑和斋和陈俊携款到杭州购买武器。他们通

过同乡新屋村人郑仲衡的关系，向青田的项潘兰采购。
项潘兰曾在国民党浙江省主席夏超手下当过军需官，手
头有从上海德商洋行里购买的武器。他们购置了8支
捷克式手枪，为后期武装暴动作准备。就在郑和斋打点
行装准备返回时，宣平党组织紧急派人到杭州向郑、陈
二人通报情况。国民党宣平县政府在获悉共产党武装暴
动的计划后，带领省防军和县保安队、县警察队大肆搜
捕共产党员和革命群众，宣平县已处在一片白色恐怖之
中。面对敌人的悬赏通缉，县委领导曾志达等人全部离
开宣平，到上海等地隐蔽。在这危急时刻，郑和斋、陈
俊暂时将枪支存放在杭州西大街永宁寺巷6号项潘兰家
的水井中。此后因郑和斋在杭州被捕牺牲，这批枪支最
终未能运回南乡。

　　1929年初，由于党内叛徒出卖和南乡土豪劣绅举
报，郑和斋在杭州遭国民党军警逮捕，被囚于陆军监
狱。在狱中，敌人对郑和斋严刑拷打、威逼利诱，要他
交代党组织情况和暴动计划。但郑和斋始终坚贞不屈、
视死如归，他还和其他难友一起，积极参加狱中的各
种反迫害斗争，参加绝食、组织越狱，但都未能成功。
1930年8月27日早晨，郑和斋和中共浙江省委书记徐
英、中共浙江省委代理书记罗学瓒、共青团浙江省委书
记裘古怀等19人，被秘密枪杀于杭州浙江陆军监狱。

老竹畲族镇新屋村南乡革命纪念馆主题雕塑《新屋郑氏双杰》
（左为郑和斋，右为郑智诰）

　　烈士虽已牺牲，但党和家乡人民从未忘记他们的英勇事迹。2015 年，丽水市莲都区老竹畲族镇党委谋划建设了南乡革命纪念馆，展现各个时期中国共产党领导南乡人民进行革命斗争的光辉历程和革命先辈的英勇事迹。是革命英雄用生命换来了我们今天的美好生活，我们更应该铭记历史，弘扬浙西南革命精神，继承和发扬优秀作风和光荣传统。

丽水市莲都区革命老区开发建设促进会供稿，

作者吴志华，周晚改编

金丁亥

为革命奉献一生的"老丁伯"

"水通南国三千里，气压江城十四州。"金华是一方具有灿烂历史文化和光荣革命传统的土地，在这块神奇秀美的土地上，孕育了一方勤劳、善良、勇敢、坚毅的百姓，涌现出许多动人心魄、感人至深的革命故事。其中，永康"老丁伯"的故事传承至今，影响着一代又一代年轻人。

老丁伯，原名金丁亥，1891 年出生于永康县金坑村。1927 年 5 月加入中国共产党，曾先后担任中共永康县委委员、中共永康中心县委书记等职。因金丁亥留有胡子，长年累月地奔走在山区，与人民群众打成一片，于是大家都亲切地尊称他为"老丁伯"。

一、积极投身革命运动

金坑村地处永康、东阳、义乌交界处，山高林密、交通不便，生活条件非常艰苦，玉米、番薯是村民的主要食粮，还常常吃了上顿没下顿。正如民间的一句俗语,"两年吃三年的粮,三年睏两年的床"。

金丁亥8岁时就到地主家干活,穿着补了不能再补的破衣服上山放牛、割草,还常常被地主打骂。于是他从小立下誓言:一定要走出大山,成为一个有用之人,让父母亲过上好日子,吃饱穿暖。金丁亥十多岁时,一个偶然的机会,走进了国民党永康县政府,当了一名工友。

金丁亥虽然农民出身,可他思路清晰、聪明伶俐,言语谈吐都非常有条理。在县城工作期间,金丁亥有机会与进步人士接触,思想发生了极大变化,更加积极努力探寻改变命运的道路。1927年5月,金丁亥毅然选择投身革命,由浙江大学学生王佳孙同志介绍加入中国共产党。随后,在永康西北部及义乌山区地带发动广大的贫苦农民及山民组织农民协会,积极发展新党员并建立基层党组织。1928年2月,金丁亥在义乌县赤岸乡的鱼曹头村、永康县峡源坑村等地建立农村党支部,并带领大家与土豪劣绅进行斗争,迫使他们减租减息,此举受到人民群众的积极拥护。

在金竹绛村,金丁亥慷慨激昂地对村民说:"我们是共产党领导下的队伍,目的是推翻压在人民头上的三座大山。革命胜利后,还要进行土地革命运动,把土豪、地主、富农的田地和房屋都分配给穷苦人民,让大家都有田种,有饭吃,有衣穿,有房住。"看到有好多青年人,他又说:"希望你们青年人踊跃加入共产党的队伍，我们是为打倒反动派、推翻地主的剥削而战斗的。"字字句句、打动人心，赢得了劳苦大众的支持，触动了年轻人的心弦。

一次次地宣传革命，一村村地建立中国共产党领导的工农革命武装组织，一次次地带领共产党员、游击队打击国民党的反动统治，金丁亥受到中共省委书记徐英及中央巡视员卓兰芳的工作指导，并获得卓兰芳同志的高度评价。

1929年初，金丁亥受永康县委书记胡斗南指派，指导鱼曹头村党员朱金则同志组建农村革命武装，并与当地的保卫团斗争。金丁亥曾引导劫富济贫的绿林好汉吕思堂向农民武装革命方向发展，使这支永康境内最大的民间武装脱胎换骨，成为永康第一支受共产党领导的工农军。

1929年8月，在卓兰芳等同志的指导下，中共永康中心县委成立，主要领导永康、东阳、缙云、义乌、武义、宣平6个县委工作。金丁亥任中共永康中心县委书记。在担任书记期间，中央每月发给金丁亥12块银圆，他分文不取，全部用于革命工作。在党组织资金短缺时，他甚至把祖上留下的水稻田卖掉，为党组织筹措活动经费，家中妻儿只能去山上垦荒或是给人做佣工艰难度日。

二、战斗在永义边界山区

1930年9月6日凌晨，为配合全国革命武装力量对国民党反动势力的打击，红十三军三团组织部队攻打缙云县壶镇，金丁亥率队参加战斗。当天恰遇山洪暴发，仙居红军武装未及时赶到支援，负责正面进攻的三团战士只能选择从壶镇大桥（贤母桥）强攻，由于敌人早有防备加之反动民团武装从后背袭击，我红三团参战人员损失惨重，烈士们的鲜血洒遍壶镇大桥。

1931年冬，金丁亥潜回金坑老家，与鱼曹头村的朱金则同志一起，集结红三团和工农军余部60余人，在永康的金坑、下位和义乌的鱼曹头、东田一带山区活动，狠狠地打击了欺压穷苦农民的地主、土豪劣绅以及反动民团武装。

1931年12月13日晚，金丁亥、朱金则率部袭击东阳南马保卫团，击毙保卫团班长和团丁数名，缴获枪支和弹药。当夜，金丁亥带领部队乘胜追击，先后镇压了金坑、下位和东阳林村的一批土豪劣绅。打击了国民党的气焰，红军游击队的旗帜再次在革命老区飘扬。

1932年1月，金坑村的金正标伙同地主、保长组织联合村保卫团，配合国民党保安队对游击队继续进行疯狂"清剿"，先后捕杀红军10余人。金正标带领保卫团把金丁亥家洗劫一空，金丁亥4岁的儿子金长春被投入井中活活淹死，13岁的大儿子金正金被松阳县大岭山

回龙寺僧人带走逃生，其妻带着 2 岁的小儿子金岳良逃
奔他乡。后来，金丁亥在回龙寺找到了大儿子金正金。
就在金丁亥和朱金则准备整顿队伍、重新战斗之时，国
民党保安队又向松阳扑来，打散了刚聚集起来的队伍。

1935 年 7 月，金丁亥化名在福建浦城石陂街开了
一家小客店，隐蔽工作。1946 年夏，金丁亥返回永康，
继续从事革命活动。1948 年春，金丁亥担任路南地区
党组织与浙东临委的政治交通员，为了解决革命经费短
缺问题，他以卖虎骨膏为掩护，多次往返于永康与四
明山之间，为永康的解放、新中国的诞生做出了重要
贡献。

三、无私奉献的一生

1949 年 5 月 8 日，永康解放了。驻扎在永康的国
民党二〇三师六〇八团团长柳继元和国民党永康县县
长王泰来深知末日来临，慌忙带着身边人员逃往唐先方
向，妄图依靠金正标的地方武装，继续与共产党对抗。
5 月 17 日，浙东人民解放军第六支队第八大队配合驻
永康的解放军十二军三十四师的一个团，前往唐先追剿
国民党残部。在战斗中，国民党军队向金坑方向逃窜，
我军缴获了王泰来的座驾——一辆雪佛兰轿车。

时任永康县县长的应飞，第一时间想到应该将缴获
的汽车让给红军老革命金丁亥乘坐。他对党忠心耿耿，
一生为革命工作劳碌奔波；他平易近人，从不以老资格

自居；他关爱同志，对年轻人给予生活关心与理想教育。组织上曾推荐他担任第一届中国工农红军第十三军第三团政委，他都婉拒并推荐了楼其团。应飞深知金丁亥的大公无私，于是让60多岁的"老金伯"担任永康县人民政府审判长和永康县人民政府救济院院长。

应飞县长带着文书、警卫员，由驾驶员开着雪佛兰轿车，来到救济院，面对金丁亥深情地说："你是老革命，为党的工作奋斗几十年，现在永康解放了，你也60多岁了，理应享享福了，这辆轿车就归你使用吧。"

金丁亥考虑到要节约政府的财政开支，考虑到上级领导更需要交通工具，并未使用这辆雪佛兰轿车，只留下驾驶员从事院内其他工作，后又将车辆上缴金华公署。1950年9月，金丁亥由于长期从事革命工作积劳成疾，加之曾数次遭受敌人严刑拷打留下旧伤，最终在工作岗位上溘然离世。1962年3月，金华专员公署特别批准追认金丁亥同志为革命烈士。

永康县革命老区开发建设促进会供稿，
作者金连升，周晚改编

江小妹

高山上的红杜鹃

江小妹，1935 年参加革命工作，曾任安徽省贵秋县一区妇女主任、中共江南特委妇女部长、开化县委妇女领导干部等职务。1936 年 10 月 23 日，被叛徒出卖在开化县城牺牲时年仅 21 岁。中华人民共和国成立后，被安徽省人民政府追认为革命烈士。

一、大鼓讲书受启发

江小妹（1915—1936），又名陈小妹，化名胡春香。1915 年 11 月出生在安徽省秋浦县（今东至县）高山乡一个贫苦农民家庭。小妹刚满 4 岁，父亲因积劳成疾一病不起，无奈之下把她送到邻村朱家当童养媳。头几年，她因年幼活泼，很得朱家喜欢，年纪稍大一些后各种家务重担便纷至沓来。她每天从两眼一睁忙到熄灯，吃的是冷饭剩菜，穿的是粗布破衣。无奈之下，只能咬着牙、含着泪，年复一年地熬着。

1931 年中秋节，村里来了说书人，讲太平军大鼓书，全村人都围着听，小妹也挤在人群里越听越入神。当说到翼王石达开大战鄱阳湖，逼得清兵头子曾国藩跳水自杀的情节时，全场一片欢腾。这夜，她躺在床上辗转反侧，脑海里不断浮现故事中的英雄人物。她暗下决心：有朝一日，我若能像太平军英雄们那样有本事，就可以向财主造反，救穷人翻身！

小妹所在的高山乡，有着光荣的革命传统。早在1927年，国民革命军第六军军长程潜和中共党代表林伯渠就率部来到这里，组织发动群众进行反帝反封建、抵制日货等革命斗争，播下了马列主义的火种。后来，党组织在这里建立了苏维埃政权，成立江南红军独立团、赤卫队等革命武装组织，领导人民打土豪、分田地。江小妹也逐渐懂得了红军闹革命的意义。

1935年5月间，20岁的江小妹在周成龙、欧阳斌等同志的帮助下参加了革命。7月底，特委决定让江小妹进干部训练班学习，她高兴极了，第二天就去报了名。有一次，已过了晚饭时间，大家久等不见小妹回来吃饭，怕出了什么事，都很着急，就到处寻找。原来她独自一人坐在屋后的小山坡上写学习笔记。大家见她一本正经的样子，便开玩笑地说："天快黑了，你不怕被老虎给吞了。"仅一个多月的时间，小妹就能认上千字。

1935年8月，贵秋县第一个区苏维埃政权建立，组织上派小妹担任妇女主席，后又任命她为中共江南特委妇女部长。她深感责任重大。不管天晴下雨，她都东奔西走积极宣传革命道理，动员妇女剪头发、放大脚，带领妇女为红军做军鞋，鼓励男女青年参加红军。"八一五"秋收暴动中，她为组织传送情报，或化装回娘家，或打扮成走亲戚，或结伙上山砍柴，凭着机智勇敢，她一次又一次冒着生命危险顺利完成任务。

二、光荣入党打游击

1935 年 11 月，江小妹光荣加入中国共产党。同月，小妹被调到红军独立团，跟随短枪队毕队长练枪习武、学习军事知识。她枪法进步很快，每次射击比赛都获得优秀成绩。

1936 年 2 月中旬，国民党反动派从贵池、青阳等地调动大批军队，从东西两面向高山阵地大举进攻。因敌强我弱，红军主力不得不撤离高山阵地，留下短枪队和贫农团保卫特委机关。因江小妹勇敢机智、地形熟悉、在群众中有一定威望，特委决定将保卫特委机关的艰巨任务交给小妹和短枪队毕队长。

红军主力一撤离阵地，小妹便协助毕队长部署好兵力，并率领 30 多名短枪队队员登上高山，埋伏在进山的路石门哨口严阵以待。待国民党反动派步步逼近冲到石门口时，她立即建议毕队长下令开枪。在我军火力猛烈阻击下，国民党反动派伤亡惨重，高山保卫战获得胜利。

几天以后，国民党反动派又从东流、祁门等地集结了大批军队扑向高山，咬住红军不放。形势严峻，特委召开紧急会议，决定放弃高山，整编部队，进行战略转移。面对去留，小妹毅然决定，跟随红军干到底。作为唯一的女同志，组织批准她的申请，将她编入挺进纵队，负责宣传、后勤工作。从此，她踏上了游击战争的征途，跟随部队活动在皖南山区和江西、浙江一带。

三、终为革命献青春

一夜，大雪纷飞。红军挺进纵队来到江西浮梁境内的一个山林里，战士们已多日粒米未沾，加上日夜行军，饥寒难耐。此时，山下国民党反动派封锁严密，搜索得紧，稍有差错就有全军覆没的危险。小妹见状，顾不得自身安危，提出化装下山找粮食，几经请求，才得到同意。她顶着刺骨的寒风，机智绕过国民党反动派的道道岗哨，终于摸进了村，同村里地下党支部书记取得联系，表明来意。党支部书记立即派人将隐蔽的粮食取出，并让几个人挑着粮食，同小妹一起走小路连夜送上了山。战士们看到满载而归的小妹，分外激动。

1936 年初，经过两个多月的迂回行程，江小妹与丈夫杨春标（红军皖浙赣独立团挺进队队长）同红军挺进纵队终于胜利到达浙江省开化县境内，与闽浙赣省委取得联系。省委留她在机关工作，她还兼任福岭山中心县委副书记。她辗转于何田的福岭山、大智头，长虹的库坑、北源村、十里坑，中村的茅岗、大源头、汪坑、源口及齐溪等地，宣传革命，组织贫农团和妇女会，建立党组织，发动群众开展游击战争。

同年4月，在柴家村村民大会上，江小妹积极组织发动农民暴动，人们兴高采烈、奔走相告，革命形势发展迅速。10月23日上午，小妹正在十五都源口区区长邹春华家里同区干部商量红军伤病员转移的事。由于叛徒张耀庭告密，她不幸被捕。伪巡查队将江小妹连夜押送开化县城，伪县长李则渊听说抓住了江小妹，亲自审讯。先是用金钱利禄引诱，说什么只要小妹讲出省委去向，就把她送到上海，官升三级，享受荣华富贵。但伪县长得到的只是小妹的痛斥和嘲笑。国民党反动派见软的不行就来硬的，灌辣椒水、坐老虎凳、滚钉板……用尽酷刑。三天三夜后，一无所获的国民党反动派终于对她下了毒手。1936年10月26日上午，江小妹被杀害于开化县城南门外河滩上。

烈士的鲜血染红了大地，群山在呼唤，松涛在悲鸣，人民群众在为烈士洒泪哭泣。江小妹烈士永远活在开化老区广大人民的心中！

开化县革命老区开发建设促进会供稿，晓夏改编

黄景之
满门忠烈的红色爱国律师

在丽水城内刘祠堂背街区梅山弄，有一座二进合院式建筑，是抗日战争时期丽水著名律师黄景之的律师事务所。这个院子，表面上是律师事务所，实际上是党组织的地下联络站。中共浙江省委的很多重要会议在这里举行，一些重要文件和资料在这里油印，各地党组织联络员来这里秘密联络。国难当头，黄家满门忠勇投入革命，虽有牺牲却义无反顾，只为追求革命的真理和心中的正义。

一、鸿鹄志远，追求真理

清光绪十二年（1886）农历十月十九，在丽水和松阳交界的吴山坳，黄品琳的妻子杨氏生下一子，全家人都沉浸在喜悦之中。黄品琳依据家谱给儿子取名开潮，字景之。

黄景之10岁那年，来到离家7公里外的碧湖保定村高鹏私塾接受启蒙教育。高鹏是丽水西乡知名贤达，思想开明，深受"戊戌变法"影响，对民生疾苦极为关注。高鹏十分喜爱聪明伶俐的黄景之，经常勉励他要追求进步，将来通过变法来改变中国的落后面貌，他还建议黄景之把名字改为"希宪"。清光绪三十一年（1905）秋天，黄景之不负恩师厚望，以第一名的成绩考中丽水县秀才。

浙江省委机关旧址黄景之律师事务所

　　在高鹏的教导和鼓励下，黄景之立下"为天下事打抱不平"的志向。清光绪末年，黄景之与老师高鹏一道考入位于杭州的浙江政法专门学校。1912年，他们毕业后返回丽水，高鹏在老家创办了西乡种植学校，而黄景之在丽水城内创办了黄景之律师事务所，后将律师事务所迁至花园弄 2 号。不久后，黄景之成为丽水城内著名律师，并因仗义执言、伸张正义而闻名处州。1922年，黄景之当选为县议会议员。

二、减租减息，扶弱济贫

1927 年，高鹏被推选为西乡佃业理事会理事长，他率先对自己的出租田实行"二五减租"。随后应高鹏之邀，黄景之来到丽水的碧湖镇苍坑村领导佃农开展"二五减租"。但因为威胁到地主、富农的利益，受到多方抵制。黄景之便与高鹏一起到丽水县署据理力争，最终让丽水县署同意实行"二五减租"政策，大大减轻了农民的负担。

黄景之出庭辩护图

黄景之作为一名执业律师，坚持正义、不畏强权，常常为贫苦农民打抱不平，广受丽水百姓称赞。抗战前夕，庆元有一农户的田地被地方豪强霸占，农户为此提起诉讼，要求返还被强占的土地。经县法院和浙江省高等法院审理判决，该农户败诉。黄景之得知此事后义愤填膺，免费帮助农户将案件申诉至南京大理院，最终胜诉。

黄景之还长期担任《浙江妇女》期刊的法律顾问，免费解答读者来信提出的法律问题，维护妇女儿童的合法权益。

三、忠诚于党，英勇牺牲

1938 年春天，中共党组织在丽水开设的新知书店销售马克思、列宁的著作，黄景之常常出入书店，买了《大众哲学》《二万五千里长征记》《资本论》等进步书籍。他从中受到启发，开始追寻革命真理。通过与丽水中共地下党员周源、蒋治等人不断接触，逐渐接受革命思想。1938 年 7 月，黄景之经中共处属特委委员周源介绍，加入中国共产党。入党时，他将自己的名字改为吴樵，意为吴山坳的樵夫，愿为人民当樵夫。周源曾长期借住在黄景之律所内，并在此召开丽水县委会议、处属特委会议。

抗日战争全面爆发后，丽水成为浙江抗战的大后方，众多机关学校和难民迁至丽水。黄景之就以自己律师的合法身份作掩护，积极投入抗日救亡工作，担任丽水县抗敌后援会副主席，积极为抗战筹措经费，为难民解决吃住问题。他经常到丽水城区、碧湖镇等地进行演说，发动各界捐款支持抗日，鼓舞群众的抗战热情。后期日军飞机持续轰炸丽水，他回到老家吴山坳村躲避轰炸，每天下午翻山越岭到5公里外的南坑村与中共地下党员丘昔光一起办农民夜校，向农民讲解抗日救亡、民族解放的革命道理，夜里又摸黑赶回家。

中共浙江省委迁至丽水后，为不被敌人觉察，选择黄景之律师事务所作为省委秘密机关，在这里组织召开省委宣传工作会议、省委机关支部大会等重要会议。刘英（时任中共浙江省委书记）的临时住所也在这里。黄景之以律师身份，利用社会关系和业务上的便利，为中共地下党组织活动打掩护。为了组织和同志的安全，黄景之夫妇和女儿轮流站岗、放哨，完全不顾及个人安危。一次敌机轰炸丽水城，新知书店被炸毁，黄景之从大火中抢救出两大箱中共地下党组织的文件和材料，并搬回家中存放。

1940年5月，国民党顽固派掀起反共高潮，在丽水的各级党组织处境日益严峻。考虑到黄景之为党积极工作的情况有所暴露，党组织决定调他去皖南的新四军军部工作。但此时黄景之已年过半百，积劳成疾、身体虚弱，他决定先动手术，等病愈后再出发。就在他前往卫生所时，驻守丽水的军统得到消息，于是派遣特务潜入卫生所，在治疗时给黄景之注射毒针，将其残忍杀害。

四、满门忠烈，受人景仰

黄景之牺牲后，他的妻子周玉梅为了不给党组织添麻烦，毅然带着女儿黄素姬回到吴山坳老家，靠几亩薄田糊口。吴山坳村地处丽水、松阳交界处，山高路远。周玉梅依旧坚持为往来的革命同志提供落脚地，收留伤病员，多次掩护革命同志。

黄景之的儿子黄学圃不仅学习成绩优异，而且在其父亲的影响下，从小就有报国之志。黄学圃在考入省立第十一中学后，为自己取字"稼轩"，立志如民族英雄辛弃疾（号稼轩）一般精忠报国。中学毕业后，他毅然报考军校，后积极投身抗战，于1939年6月牺牲于长沙会战。

黄景之的女儿黄素姬从小就随父母为省委机关秘密工作，为秘密会议站岗、放哨，为省委机关传递文件、情报。1941年，经丘惜光介绍，黄素姬加入中国共产党。1943年，黄素姬与国民党军官刘先文结婚。1949年，刘先文在松阳县担任军事科长期间，积极参与国民党松阳县长祝更生发动的松阳起义，并取得胜利。

黄家女儿、女婿继承父兄遗志为党效力，黄景之身上体现出的浙西南革命精神、清廉为民的高贵品质在其家人中继续传承。

　　1983 年，黄景之被民政部追认为革命烈士。2005年，黄景之律师事务所旧址与厦河刘英旧居、兴华广货号旧址合并为中共浙江省委机关旧址，是目前仅存的原址，被列为第五批省级文物保护单位。这幢中西合璧的老式建筑，见证了白色恐怖下共产党人艰苦卓绝的斗争历史，在浙西南革命斗争史上具有重要意义。

丽水市莲都区革命老区开发建设促进会供稿，

作者吴志华，周晚改编

北区烽火

张余来与红军游击队的抗争篇章

一、少年英姿，投身革命洪流

张余来，1902 年出生于瑞安市潘岱乡长山村，自幼便展现出与众不同的活力与胆识。他酷爱拳术、奔跑跳跃及攀爬，弹弓技艺更是炉火纯青、百发百中，赢得了村民们的广泛赞誉。随着年岁增长，正值瑞安北区（陶山、湖岭、桐浦、潘岱）农民运动风起云涌之际，20 多岁的张余来毅然加入农民协会，迅速成为农会骨干。他与会员们一起积极参加禁赌、破除迷信、"二五减租"等革命活动。

1927 年初，北伐军东路军第十七军在军长曹万顺（共产党员）率领下，由闽入浙，经过瑞安。张余来积极响应共产党号召，加入了由 1500 多人组成的运输队（编为三大队九个小队），每日不辞辛劳地往返于福建福鼎与瑞安之间，为军队输送物资。

二、党旗下的誓言，领导农民抗争

1927 年冬，时任中共瑞安特别支部书记林去病[①]来到陶山，与共产党员金缄三以桐浦小学教师的身份作掩护，开展党的秘密工作，积极在斗争中发展党组织。1928 年 3 月，张余来由金缄三介绍加入中国共产党，任河东村党支部书记。从此，他全身心地投入到领导农民反抗反动军阀的斗争之中。

1929 年，浙南发生了历史上罕见的大灾荒，人民生活困苦。国民党政府却加征苛捐杂税，激起了民众的强烈反抗。中共温州独立支部成员陈卓如创建驮山农民赤卫队后，张余来和中共瑞安县委委员杨德芝等人在中共瑞安县委的帮助下建立了北区农民赤卫队，开展一系列打土豪、建农会、抗租税、闹暴动的革命行动，对反动地主和国民党政权予以了沉重打击。

1930 年 1 月 30 日至 2 月 1 日，张余来、杨德芝参加了在瑞安肇平垟召开的永嘉中心县委第二次扩大会议，并参加了会后举办的短期军政培训班。返回瑞安后，在桐浦乡桐溪村保福堂召开北区党骨干会议，迅速传达并贯彻了会议精神。此后，他们带领农民赤卫队在多地展开行动，成功缴获敌方枪支，不仅有效地武装了自己，更壮大了革命队伍的力量。

---

① 1927 年 2 月 4 日，北伐军由闽入浙后，省党部派宣中华（共产党员）来瑞指导，在瑞安城关西河桥右营署公开召开瑞安县第一届国民党代表大会，正式选举产生国民党瑞安县党部。林去病被选为常务委员兼组织部部长。

同年 5 月 6 日，瑞安北区组建了由部分赤卫队员组成的红军游击队，张余来任队长，杨德芝任副队长。张余来率领 500 名队员，以 143 支枪支为武装，开始了更为激烈的战斗生涯。

5 月 22 日，张余来带领红军游击队配合由红十三军军长胡公冕、第一团团长雷高升率领的部队攻打陶峰镇，成功俘虏警察所长谭怀升等 3 人。次日，红十三军在桐田小学隆重召开群众大会，庄严宣布瑞安苏维埃政府的成立，并张贴布告，宣告了新政权的诞生。北区的农民武装紧密配合红军部队，深入各地捉拿土豪劣绅，经过公审，将恶霸地主张建中、警察所长谭怀升、巡官鲍元、警长吴芝培等 4 人就地正法，可谓大快人心。

5 月 23 日傍晚，张余来带领的赤卫队冒着倾盆大雨，火速赶往桐田码道村，准备参与杨德芝率领的赤卫队配合红十三军攻打平阳城的战斗。然而，当他们抵达时，红十三军和杨德芝率领的赤卫队早已过江而去。眼看追赶无望，张余来果断调整策略，把斗争矛头转向了当地反动势力。他率领赤卫队员和农民群众，集中在外桐乡"大伏堂"，成功镇压了恶贯满盈的青帮头子陈其松。接着，赤卫队又转战桐浦村，放火烧毁了董夏村青帮头子李华儿的 7 间房屋，并公审枪决了桐溪西岙村恶霸地主缪永宝和桐溪村谢勉斋。此外，他们还焚烧了桐溪青帮头子许阿宝、外桐恶霸叶雨臣、黄叔玉以及桐浦张建中等人的房屋。赤卫队到达潘岱村，驻扎在潘岱小学内，召开群众大会，高呼"打倒土豪劣绅""耕者有其田"等口号，当场烧毁地主恶霸林伯龙（午岙村）、黄志强、黄仲强（上溪村）等人所藏匿的田契、债券、据册等物件。

红十三军攻打平阳城之后，国民党派一连武装进驻桐浦，疯狂抓捕农民骨干，还烧毁了金缄三、张余来、杨德芝等同志的房屋。然而，革命群众和共产党员并未因此屈服于反动派的镇压，他们依然坚定地投身于革命斗争的洪流之中。

1930 年 7 月 16 日，浙南特委在瑞安陶山举行了反军阀游行示威和拥护苏维埃运动大会，会场中间搭建了讲台，四周飘扬着红旗。来自永嘉、瑞安两县群众数万人参加了大会，见证了浙南革命委员会正式成立这一历史性的时刻。

张余来、杨德芝率领的陶山赤卫队，余声斋率领的湖岭赤卫队以及来自永嘉的会昌队，共 900 余人到会执勤。他们设置了严密的警戒哨位，一直延伸到 1.5 公里里路外的金丝桥，确保了大会的安全进行。当驻温的国民党省防军闻讯前来镇压时，赤卫队配合红军游击队迅速展开阻击。愤怒的群众齐声高呼："打打打！打'狗儿'（群众对省防军的蔑称）去！"在激烈的战斗中，他们取得了辉煌的胜利，击毙了国民党军排长 1 人、士兵 10 多人，其余仓皇逃窜。虽然原定的游行示威活动未能举行，但这次大会的胜利召开和赤卫队的英勇表现，无疑为浙南地区的革命斗争注入了新的活力。

三、英勇就义，革命烽火永远燃烧

1930 年 8 月初，红十三军一部在陈文杰[①]、陈卓如的率领下驻在永嘉娄桥白云寺（今属瓯海区），张余来等人前往白云寺共同商讨歼敌对策。不料，夜晚遭遇了国民党军队的包围。国民党反动派狡猾地分三路包围了白云寺，对红军的岗哨发动了偷袭。当红军部队察觉到敌情时，为时已晚，形势万分危急。陈文杰迅速指挥部队进行突围，尽管突围过程中伤亡惨重，张余来也不幸身负枪伤，但红军战士们仍奋勇抵抗、誓死不屈。

就在这危急关头，陈卓如灵机一动，果断地将袋中从土豪手中缴获的银圆撒向人群。月光下，银圆闪烁着耀眼的光芒，贪婪的国民党反动派见状纷纷争相抢夺，原本整齐的阵型瞬间混乱，他们趁机冲破敌军的包围，成功突围。

张余来在突围后，突然想起一份至关重要的文件仍遗留在寺内。他毅然决定孤身潜回白云寺，取回文件。然而，寺内国民党反动派众多，张余来孤身难敌，加之身负枪伤，最终不幸被俘。国民党反动派畏惧他传说中的武功（相传他擅长飞檐走壁），竟残忍地将他的手脚

---

① 陈文杰，又名柴水香。1930 年 5 月到楠溪，与胡公冕、金贯真一起组建中国工农红军第十三军，任政治部主任，6 月任中共浙南特委军事委员。

钉在门板上，甚至割掉他的一只耳朵。随后，敌人用专车将他押送至温州，途中对他施尽了各种酷刑，还残忍地将他暴晒在烈日之下。张余来意志坚定，宁死不屈。最终，在温州紫福山的刑场上，张余来英勇就义，年仅28岁。

1937年底，刘英到了沙门山革命根据地，得知张余来同志的英勇事迹，既感动又悲痛，到其家里进行了亲切的慰问。

张余来为革命献出了年轻的生命，他英勇不屈的革命精神必将永垂史册。

瑞安市革命老区开发建设促进会供稿，

作者方步翰，郑心怡改编

郑家兄弟
一门三英烈前仆后继跟党走

　　温州市瓯海区丽岙街道泊岙村有一户郑姓人家，为了革命事业，多人献出了宝贵的生命。郑岩贵和郑岩朋、郑岩友兄弟三人，是早期的共产党员，对革命赤胆忠心，在与反动派的坚决斗争中，先后于 1930 年和 1942 年遭敌人枪杀，后被追认为烈士。可谓是，郑氏一门三英烈，用生命和忠诚，谱写了前仆后继跟党走、坚定不移为革命的壮烈篇章。

一、大哥郑岩贵，对革命赤胆忠心

　　郑岩贵（1897—1930），又名郑式，1897 年 3 月 5 日出生，家中兄弟五人，他是老大。穷人的孩子早当家，他从 15 岁起就给地主当长工，帮助父母养家糊口。郑岩贵性格倔强，为人正直，敢打抱不平，富有反抗精神，喜欢为穷人办事，深受贫苦百姓们的信任。因此，被地主豪绅所仇视。

　　1927 年初，共产党员郑馨受中共浙江省委书记夏曦派遣，来到温州整顿浙南地区的党组织。郑馨回到家乡瑞安，联络林去病、陈卓如等同志，深入农村从事农民运动，先后在白门、丽岙等地组织农民协会，发展共产党员，宣传打倒土豪劣绅，废除苛捐杂税，减租减息，号召农民组织起来闹革命。苦大仇深的郑岩贵，在斗争中大胆勇敢。1927年11月，由林去病介绍他加入共产党，同时加入的还有丁岩庆、丁新年、徐知奎、朱定标等人。他们成立了泊岙村党支部，由郑岩贵担任支部书记。

1927年秋，郭夷九、林去病、郑景藩领导了白门秋收斗争。经过宣传发动，白门农民协会会员发展到200多人，郑岩贵任村农会主任，积极进行"二五减租"，农民运动蓬勃发展。大家团结一致，拿起大刀、锄头，白天在白门山隐蔽，夜里下山袭击地主住宅，扰乱军警驻地，使反动派不敢轻举妄动，有效打击了敌人气焰，使农民扬眉吐气。1928年春，郑岩贵在林去病、陈卓如等同志领导下，积极发动党员和贫雇农，组织了"插田团"，抢种了地主的土地归己所有。

1930年3月，郑岩贵在陈卓如领导下，组织30余名党员、农会骨干，建立泊岙农民赤卫队。他们于3月22日深夜攻入盐警所，歼灭负隅顽抗的警长1人，缴获枪支弹药和银圆，用缴获的武器武装农民赤卫队。5月24日，郑岩贵等30多人参加攻打平阳县城的战斗。8月初，参加白云寺突围战斗。

经过几次战斗，泊岙农民赤卫队威名远震，但同时也暴露了一些同志的身份，加上地主联名告密，农民赤卫队骨干成为反动派镇压的重点目标。8月12日，郑岩贵在田头劳动时被反动派发现，反动派四面包围，步步逼近，子弹从他头上呼啸而过，郑岩贵最终无法逃脱，不幸被捕。郑岩贵被押解至温州，关在永嘉县警察局。国民党反动派立即审问："你为什么参加共产党？"他怒目相视，响亮回答："共产党是穷人的救星，反动派是穷人的死对头！"反动派拍案又问："落在我们之手，还敢强硬。你们有多少人？谁是领导人？从实招来，免得皮肉受苦。"他怒从心头起，高声地说："我们人马有千万，共产党是杀不完的！"

1930年8月22日，反动派恼羞成怒，决定杀害他。临刑前，反动派再次问他："你要说还来得及，究竟有多少余党？"郑岩贵面对凶残的反动派，视死如归，愤怒斥责："我早已说过，要杀就杀，何必啰唆！"上午10时，反动派将他绑赴刑场，他坐在人力车上，从容不惧，沿途高呼："共产党万岁！打倒国民党反动派！"群众无不被他大义凛然的精神所感动，他牺牲时年仅33岁。

二、大弟、二弟，前仆后继跟党走

大弟郑岩朋、二弟郑岩友，在大哥郑岩贵革命行动的影响下，于1927年12月由陈卓如、李英才介绍加入中国共产党。他们的父母亲和三弟郑岩生都积极支持革命，一家人同心协力，积极为农民协会站岗放哨，接送过往同志，为红军战士烧茶煮饭，郑氏家族成为当时的红色堡垒。

泊岙村（温州郊区，今属瓯海区）地处永（嘉）瑞（安）交界，水陆交通方便，是从温州城通向桐溪、驮山、帆游、肇平垟等革命据点的中转地带。郑岩贵一家对革命赤胆忠心，他们的家成了我党与红军的联络站。上述地区红军游击队、赤卫队急需的枪支弹药、服装、药品和供养以及过往同志，多通过他们家中转。

1930 年 5 月，郑岩朋、郑岩友担任红军游击队的联络员兼暴动队员，主要任务是侦察敌情，向党组织传递文件，转送军用物品，伺机组织暴动。红十三军主力攻打平阳县城前后，郑岩朋、郑岩友、郑岩生三兄弟，乔装改扮，用箩筐装着枪支弹药和红军服装，上面盖着一层番薯丝干，翻山越岭，连夜运到陶山等地。

郑岩贵等一批同志牺牲后，腥风血雨笼罩泊岙，有的同志转移到福建、宁波等地隐蔽，郑岩朋全家受敌通缉追捕。他们不畏强暴，埋葬了长兄的骸骨，擦干身上血迹，藏身于白门山上，坚持隐蔽斗争，等待革命高潮来临。

1937 年，刘英到瑞安后，革命烈火又炽热燃烧起来。接着李英才等同志先后以传授拳术为掩护，频繁来到泊岙，传达恢复和发展党组织、广泛开展抗日救亡活动等指示。郑岩朋、郑岩友以宝林寺为活动中心，发动群众，扩大革命力量，进行抗租、抗税、抗丁斗争，宣传党的抗日主张。利用到温州城区探亲访友和卖菜的机会，把党组织交给他们的传单、标语和秘密文件，送到地下交通站，在街头巷尾张贴抗日标语，在商店、居民住宅散发抗日传单，为宣传教育鼓动群众和震慑反动派做出积极贡献。

三、郑氏全家，没有一个是孬种

1942 年初，国民党反动派到处搜查共产党人和革命群众，郑岩朋、郑岩友一家是当地出名的革命家庭，加上他俩频繁外出，引起敌人注意。

3 月 14 日深夜，一阵狗吠之后，出现了杂乱的脚步声，郑岩朋、郑岩友的家被国民党反动派包围，兄弟俩遭逮捕，被关押在温州监狱当夜审讯，他们拒不回答反动派问话。第二天，国民党反动派把他俩分别隔离审问，要他们说出有多少人马等等。他俩口供一致地说："我们人马很多，天下穷人都是，你们作恶的日子不多了！"敌人对他们用尽各种酷刑。郑岩朋、郑岩友牢记党和兄长郑岩贵对他们的教导，在凶恶的敌人面前坚贞不屈，咬紧牙关、一字不吐，严守党的机密，始终坚定地说："你们可以打我皮肉，但不能叫我说出你们需要的东西。"国民党反动派一无所获，于同年 5 月 11 日将郑岩朋、郑岩友两兄弟杀害于温州紫福山。

　　郑岩朋、郑岩友壮烈牺牲后不久，三弟郑岩生也被诱捕，关押在瑞安狱中。他在敌人面前坚持不露真情，坚决捍卫党组织的秘密，被关押数月后，敌人始终拿不到证据，只得将他取保释放。郑岩生在狱中受尽折磨，身体每况愈下，次年在家病故。幼弟郑岩伍也因为有"通共"嫌疑，被国民党反动派逮捕，好在不久后他便机智逃出。

　　郑岩贵、郑岩朋、郑岩友烈士一家，对党无限忠诚，为革命事业无畏牺牲，做出了可贵贡献。他们可歌可泣的英勇事迹在当地广泛传颂，他们的大无畏革命精神永远留在人们心中。

　　　温州市瓯海区革命老区开发建设促进会供稿，晓路改编

胡 秀

富家子弟投身农民运动

有父辈打下的产业和积下的财富，妻贤子孝、家庭和睦，他完全可以过着富家子弟的生活，边读书、边习武、边品茶论酒……是 20 世纪 30 年代革命新思想、新文化的传播，彻底改变了他的人生。他选择投身轰轰烈烈的农民运动，他选择披荆斩棘的游击生活，他选择彻底背叛自己的阶级。他拿出家产建立农民武装，组织农民加入农会，加入工农红军第十三军英勇奋战，成为一位优秀的指挥员。在革命低潮时，由于叛徒告密，1932年他在杭州被国民党反动派杀害，年仅 26 岁！他就是永嘉县碧莲镇茗岙村的胡秀烈士。

一、弃学回乡组织农会，带头减租减息

1906 年底，胡秀出生在茗岙一个殷实的地主家庭。父亲胡香亭从小习拳练武、武功高强，是清末武生员，远近闻名的乡贤。胡秀是这个大家庭的大儿子，从小特别受宠爱。家人希望他长大成人能一枝独秀，故取名

胡秀。

胡秀 14 岁时，从碧莲普育小学毕业，在家一边读书学习，一边练拳习武。1926 年，胡秀考入温州艺文中学读书。学校采用现代教育方式，思想开放。1927 年，胡秀在温州遇到红十三军军长胡公冕，胡公冕向胡秀讲解全国革命形势，传授马列主义思想。正好北伐东路军进入温州，受革命思潮影响，胡秀决定回家乡宣传革命思想，建立革命队伍。

1928 年春，胡秀离开温州艺文中学回到茗岙家里，恰逢中共永嘉县委委员李振声、瑞安县委委员雷高升来茗岙组织农会，宣传减租减息，发展党组织，建立农村革命武装队伍。胡秀积极响应，他说："'二五减租'是应该的，我家要带头实行。"胡秀家是当地有名的地主，财力雄厚，在温州城里的双桂巷拥有 13 间房子，在茗岙有大量田地。他首先去温州说服父亲从自家开始实行减租，还支持、鼓励农户减自己家的租息。

在李振声、雷高升的引导下，胡秀积极向中国共产党靠拢，协助组织农会。1928 年秋，在李振声、雷高升的介绍下，胡秀光荣地加入了共产党。因表现出色，胡秀不久就担任中共永嘉县西内区区委书记。

胡秀在当地秘密组织青年学习马克思主义思想，宣传中国革命形势，自己掏钱请铁匠打造了许多大刀、长矛，从外地秘密购头了一批枪支弹药，带领青年练拳术、习刀枪。他希望和这批青年一起练就一身好本领，组建一支革命武装队伍，为革命斗争做好长期准备。

胡秀首先发展了陈明善、胡经桃、胡继顺等为农会会员，以这几名骨干力量为中心，组织起了30多人的茗岙农民武装队伍。接着向周边村庄发展，联合赤岭、荆州等地力量，形成了一支较大规模的农民武装，使茗岙、昆阳、碧莲3乡的农民武装运动轰轰烈烈地开展起来。

胡秀的组织才能受到了上级的充分肯定。1929年春，上级派胡秀与李振声一起到仙居县，帮助当地发展党组织。他们和中共永康县委联系，共同计划把永康、仙居、永嘉的革命组织联结起来，建立党组织，开展武装斗争。

二、组织农民武装暴动，点燃革命烈火

1927年11月13日，胡秀、陈明善等组织了周围84个村庄4000多人，发动了西内、钟山农民大暴动。大家手臂缠上红布，从茗岙出发。第一天，到郑庄村收缴了反动民团头子徐敏臣家里的财产，打开徐家粮仓，把粮食分给贫苦农民。接着又与国民党浙江省保安队交战，一举捣毁了国民党驻永嘉昆阳分局，并将队伍拉到溪下村改编为浙南红军游击队。

胡秀成为浙南红军游击队下属4个中队其中一个中队的队长，与林朝督一起领导茗岙、昆阳一带的红军游击队。胡秀的革命行动得到了家人的全力支持，父亲胡

香亭在温州双桂巷 35 号家里，秘密接待红十三军军长胡公冕等人，胡家也成为红十三军的一个秘密联络点，军部领导人还在这里召开重要会议。胡秀在茗岙家里多次接待胡公冕、金贯真、雷高升等红军领导人，一起研究武装斗争经费来源等问题。

1930 年上半年，是西内、钟山革命武装最活跃的阶段。1930 年 3 月，浙南红军游击总指挥部（后改编为红十三军）攻打丽水回来。在胡公冕、李振声等人的直接指挥下，胡秀、陈明善决定 4 月攻打碧莲的国民党团部。胡秀作了充分的战前动员，向战士和革命群众宣讲："我们是穷人的队伍，革命的目的就是打倒土豪劣绅，分田分地、减租减息，让穷人得翻身。"群众很快被发动起来，周围村庄的妇女捐助了小麦并连夜磨成面粉、做成麦饼，把麦饼送给红军当干粮。胡秀、陈明善带领的队伍英勇善战，同驻碧莲的国民党军进行了激烈的战斗，打退了他们，缴获了一批武器弹药。

9 月初，红十三军主力 1000 多人在陈文杰、雷高升率领下攻打缙云胜利回师，沿瓯江而下，势如破竹。到达桥下街，红军召开大会准备攻打瓯渠。胡秀率领300 多人作为先锋，发挥了重要作用。不到 5 个小时，就攻克了瓯渠，缴获了一批武器。

三、寡不敌众不幸被捕，坚贞不屈从容就义

游击队的凌厉攻势震动了国民党反动政府，国民党

浙保四团纠集地方反动武装，疯狂"围剿"红十三军。攻占茗岙后，敌军把胡秀家的7间房屋全部烧毁，连胡秀父亲在温州的13间房屋都被拍卖充公，还抓走了胡秀最小的弟弟胡希炼。国民党地方武装到处通缉追捕胡秀。胡秀把两个大一点的孩子送到别人家里抚养，自己和妻子各带一个孩子，继续隐蔽下来。

1930年9月底，面对风云突变的严峻形势，胡公冕组织召开龙溪会议，组织决定采取"化整为零、分散行动、保存实力、伺机再起"的应变方针，通过出走、上山、隐蔽、潜伏等多种办法，将队伍暂时疏散隐蔽下来，保留革命火种。

会后，胡秀等在仙居、缙云、永嘉等交界山区隐蔽下来。1931年春，胡秀来到仙居县溪口村暂住。因叛徒告密出卖，仙居国民党武装当夜派兵围捕，将胡秀的住处紧紧包围。胡秀发现敌情后，从二楼跳下，不料脚受重伤。他举枪向敌人射击，想冲出包围，终因寡不敌众，不幸被捕，被押至杭州关在国民党陆军监狱里。

在狱中，胡秀受尽酷刑折磨，人不能坐立，手不能拿筷子，头发全部掉光。但他始终守口如瓶，只说自己叫孙良云，是做生意的老百姓。而永嘉西内区的土豪劣绅，还派人到杭州控告胡秀。

1932年7月4日，胡秀身戴链铐，被押向刑场。一路上，刽子手不断催促："土匪快走！"胡秀凛然回击："今天你们说我们是土匪，20年后，人们会说你们是土匪强盗，说我们是真正的好人。"到了刑场，他仍高呼革命口号，从容就义，年仅 26 岁。

1956 年 8 月 20 日，浙江省人民政府追认胡秀为革命烈士。

永嘉县革命老区开发建设促进会供稿，

作者麻玉发，童未泯改编

楼其团

斯人已逝丰碑不朽

在革命老区永康市舟山镇舟山村江瑶山上，赫然矗立着"楼其团烈士墓"。永康土地革命时期历经磨难、叱咤风云、坚贞不屈、视死如归的革命烈士——中国工农红军第十三军第三团政委楼其团长眠于此。

楼其团（1906—1934），永康市舟山村人，1928年加入中国共产党，因其较强的组织能力和指挥才能被党组织倚重，数次被选拔到上海党的中央培训班接受培训。先后担任永康红军游击一中队、三中队两个中队的党代表，1930年7月起担任中国工农红军第十三军第三团政委。1932年7月因叛徒出卖被捕，于1934年在浙江陆军监狱被国民党反动派折磨致死。

一、戏场的一场精彩演讲

1928年冬，永康舟山下东桥村正在进行"打罗汉""迎胡公"，远近村民都赶来戏场看戏。

这天晚上，戏班在戏台上按程序表演"文武八仙"。

通常戏班到一个地方演戏，先是闹花台，接着是排八仙，最后才是演正本戏文。戏班刚排好八仙，观众们等着看戏班的正本演出。这时，一个方脸型、中等身材的青年人突然从戏台旁纵身跃上了戏台，台下看戏的人一眼就认出这是"衣裳老师"（裁缝）楼其团。

楼其团因家境贫寒，9岁才勉强上学，小学未毕业就停学出门学做衣裳。由于聪颖好学，他用了不到6年时间就成为永康出名的衣裳老师。因楼其团手艺精良，能说会道，深得当地村民喜爱，更受到当时在武平区一带搞农民运动的中共永康县委的重视。经党组织引导，楼其团很快就参加了革命工作，并于1928年秋由徐英湖（时任永康农民革命军缓岸中队中队长）和地下党员王金标介绍入党。

当时，中共永康县委正在组织农民武装运动，准备建立红军游击队，急需招纳人才。在了解到下东桥村要"打罗汉""迎胡公"的消息后，楼其团决定不放过这个宣传和发动群众的好机会，并做了充分准备。

面对台下的观众，楼其团放开喉咙，朗声说道："农友们，同是人生，为什么我们要受穷？说到底，就是这个社会是一个人剥削人、人压迫人的社会，就是因为我们手中没有土地！共产党帮助穷人闹革命，就是要带领大家消灭人剥削人、人压迫人的制度！我们穷苦人民要团结起来，打倒地主，打倒土豪劣绅，我们要从他们的手中夺回土地……"

一席火辣辣的话，顿使整个戏场沸腾起来，大家都说楼其团讲得中听、有道理。

接着，楼其团不失时机地继续鼓动说："农友们，青年朋友们！红军游击队是穷人的革命队伍，是我们农民自己的队伍！我们一定要参加这支队伍，拿起枪杆子！"

听了楼其团简洁有力的演讲，许多青年再也坐不住了，纷纷报名参加红军游击队……

二、机智运送一台油印机

1929 年秋，楼其团因工作出色，深得来永康指导工作的党中央巡视员卓兰芳的青睐。1930 年初，卓兰芳推荐他与徐英湖一起赴上海参加中央训练班。

1930 年早春，楼其团在中央训练班受训结束，刚好赴上海汇报工作的永康中心县委书记应焕贤也要返永，两人就一道同行。

当时，永康中心县委因工作和斗争的需要，急需一台滚筒式油印机，此前永康仅有推式油印机，印刷效率低，效果也不好。应书记决定在上海购置后带回永康。要将一台油印机带回永康，这在当时是极其困难的。因此，应焕贤与楼其团在上海购买好油印机装入行李箱后，认真细致地分析行程中可能遇到的困难。

一路上，他们小心躲过国民党反动派设置的一道道关卡。临近义乌地段时，他们发现国民党反动派的盘查越来越严，但对骑马坐轿的"阔人"们却是格外放心。为避开敌人耳目，应书记雇了一匹马，把藏有油印机的行李箱包往马背上一绑，两人轮流骑马赶路。

快到东阳城门口时，楼其团发现东阳的盘查更严，遂提议应书记带着行李箱骑马通过，他背着包袱徒步掩护，分散盘查官兵的注意力。果然，守城的国民党兵注意到了楼其团，并把他拦下故意说怀疑他是坏人，要抓他，意欲抢夺楼其团的包袱。恰在此时，楼其团注意到后面来了几个挑担的，他就利用反动派见钱眼开的心理，顺手把包袱一松，这些官兵夺得包袱后就懒得再搭理他，转而涌向了那几个挑担的。楼其团趁机逃脱，终于掩护应书记把油印机带回了永康，顺利地完成了任务。

三、一次拍案而起

1930 年 6 月，周凤岐（时任国民党第二十七军军长）派人来到永（康）缙（云）边境的永康红军游击队三中队驻地。

当时，永康中心县委已有红军游击队一中队和三中队，楼其团同时兼任两个中队的党代表。在楼其团的带领下，永康红军游击队活动频繁，对国民党地方当局构成很大威胁。国民党地方当局妄图拉拢楼其团，遂派认识楼其团的一名说客前来游说招安。

说客来到了三中队驻地，向楼其团说明了来意，转达了周凤岐的意思——只要楼其团同意改编，要官有官、要钱有钱、要枪有枪……了解说客来意后，楼其团拍案而起，怒斥道："岂有此理！周凤岐是军阀，残害人民，无恶不作，是货真价实的刽子手！"他亮明自己的立场，说道："我们是为穷人撑腰、打土豪劣绅、杀恶霸官僚、分地主财产的工农红军，绝不可能与周凤岐这些人民的死对头同流合污！"说客被楼其团骂得哑口无言，只好灰溜溜地逃出游击队驻地。

1932年7月底，楼其团赴上海中央局汇报工作，8月中旬从上海返永，途经台州海门一带，一下轮船便被国民党反动派抓捕。出卖他的是永康舟山同乡黄锡畴，他曾任中共永康县委书记，后叛变并因出卖楼其团"立功"受奖。

被捕后，楼其团被关进杭州浙江陆军监狱。身陷囹圄的他依旧心系革命，坚贞不屈，一直鼓励难友坚持斗争。在狱中，国民党反动派对他软硬兼施，变着法子逼他变节并许以高官厚禄，均遭到楼其团的严词痛斥。敌人花样用尽仍无法动摇他的意志，无奈将他处以无期徒刑，并从生活上、精神上、肉体上对他百般折磨。不久后，楼其团病逝于监狱中。

楼其团作为永康党组织和红军游击队的优秀组织者和领导者，其贡献被后世永远铭记。斯人已逝，丰碑不朽。

永康市革命老区开发建设促进会供稿，晓夏改编

从意外到惊喜
红军战士乐清越狱记

1930年3月，国民党温岭县政府纠集驻温省防军和县保安团数千人，扑向坞根，"围剿"红军游击队。红军化整为零、分散活动，出没在浙南的崇山峻岭之中。敌人到处搜寻红军，一嗅到风吹草动就四面包围过来，欲置红军于死地。

一、"歪打正着"意外入狱

3月16日深夜，雁荡山南碧霄寺晚祷的钟声已响过，众僧散去，香客入睡，只有佛像前的长明灯忽明忽暗地闪着。突然，"哗啦啦"一声巨响，寺门被猛地撞开，一群全副武装的国民党匪兵冲了进来。霎时，喊叫声和哭骂声此起彼伏，火把将寺院照得通红。

住在二楼厢房里的18名香客中，有8名是坞根红军游击队战士。听闻响声，他们立马翻身操起武器。小队长程方明率先冲到楼梯口，探头一看，马上退回来通报说："是省防军，大约有100人，带着机枪，正在楼下搜查。"

"冲出去！跟他们拼了！"战士程阿毛身高力大，脾气莽撞。

"不行，敌兵已经包围了这地方。"程方明思索片刻，命令道："看来我们尚未暴露。大家立即藏好武器，伪装成互不认识的香客。"

战士们刚刚将手枪藏入寺庙的屋瓦下面，敌人就上楼了。他们把厢房里里外外搜了个遍，又对房内18名香客一一搜身，可是什么也没有找到。

国民党连长正感到失望，忽听得一声"报告"，一哨兵跑来说，围墙外发现一包被抛出的衣服。国民党打开包裹一看，里面不多不少正是8支手枪，还有2包金银首饰。

战士们心中一惊，程方明立刻明白，这些香客之中还有土匪。

"谁是大佬（土匪）？"国民党连长眼睛一亮，朝香客们喝问。大家都不吭声。僵持了一会儿，国民党连长下令将18名香客统统抓走。

押解途中，程方明暗中命令战士小程佯装解手，乘机溜下山逃脱。小程当晚赶到毛竹岛，向游击队负责人柳苦民报告了情况。

敌军将抓捕到的人统统转移到乐清县城，把他们关进监狱，严刑审讯。两天后，那伙土匪受不住拷打，都招供了，同时供出程方明他们是红军。瞎猫碰见了死老鼠，国民党连长抓土匪却抓到了 7 名红军，顿时大喜过望，一面呈文请功，一面宣布禁止保释、严加看管。

二、机智求援遇变数

7 名红军被关入一间坚固的地牢里。这牢没有窗，只有黑铁门上的一个小洞漏进几点光。牢里已经关着 32 个"犯人"，他们进去后，更显得拥挤不堪。战友们知道组织上一定会想办法与他们联系，于是一面积极地在难友中活动，寻找可传递消息的人，一面试着买通管牢的头目朱癞子，争取能允许家属前来探监。

"长官，区区 20 元实在拿不出手，等我哥哥来探监后，再好好孝敬您老吧。"程方明将收集到的银圆偷偷塞进朱癞子手里。

"唔……"朱癞子拿了钱，眼光和顺了些，"这个嘛，上头说你们是'共案'，关系重大，不准探监的。"

"兄弟知道长官的难处，只求写封信给外面，打点的费用，好商量……"

"嗯，总要 300 银圆吧！信还得先让我过目。"朱癞子说。程方明抓住机会，巧妙地写了一封信。

第二天，柳苦民接到了狱中来信：

大哥并呈王先生：

弟于 16 日晚误入土匪住地，被省防军一并抓了进来，实是冤枉。现要 300 银圆急用。

另外住的地方还算方便，只是吃得不便。望带
三只鸭腿和红枣若干来治病。

弟方明字

柳苦民将信反复看了几遍，忽然悟出了其中的奥秘。"鸭腿"就是手枪，"红枣"一定是子弹了，他们想武装越狱！他分析，"住的地方还算方便"，是说牢里的情况便于越狱；"吃得不便"，是说要吃饭的家伙，也就是要武器！

同志们恍然大悟，立即商定了接应越狱的计划。先派程方福带上 300 银圆，去送武器。

次日，朱癞子先收到了程方明给的钱，当即兴冲冲地去酒馆了。下午探监时，他接过程方福递过来的沉甸甸的包裹，见里面是 3 块厚厚的麦煎饼，也不再检查，随手将其挂在牢门口，走开了。

程方明拿了包裹，偷偷地掰开麦饼，取出里面三支装满子弹的手枪，又摸到 7 把开镣铐用的铁撬，另有一张纸条。纸条上写着：18 日夜半，若肚子痛起来，可往东面看郎中。

他冷静地收好东西，用眼睛示意战士们迅速围拢，把他遮在中间。他低声说："柳苦民同志今夜来接应我们。大家先做好准备，等我的信号，一起撬开脚镣手铐。然后放开所有的囚犯，一起越狱。程老砍和程阿毛带两支手枪在前开路，出狱后一直往东跑。"

这天，红军故意在乐清城里放出风声，说红军要来攻城，使城中的敌人把注意力全集中在守卫县城上，狱中守备空虚。夜里，柳苦民集中了100多名红军战士，分乘3艘大船，来到乐清万桥港。他们趁着夜色，悄悄地潜伏到城边。

万事俱备，只等越狱的枪响。

但是，二更天没有动静，三更天也没有动静。眼看夜色欲尽，时机将失，柳苦民和战士们心急如焚。

四更时分，城中依然无声无息。红军的兵力薄弱，天亮以后若被敌人发现，会造成更大的损失。柳苦民无可奈何，命令部队由原路撤回。

原来，狱中发生了意外。

同牢一名叫王国的老囚犯，是个惯匪。他久居监狱，索性勾结朱癞子，干起了另一种买卖——在囚犯中放高利贷。在红军战士准备越狱的紧要关头，他想到的却是犯人们越狱后，他的350元高利贷收不回来，就恶狠狠地说：“叫朱癞子来，我要向他报告。”几个帮手围在他身边，准备与红军战士搏斗。你一言他一语，眼看事情要闹糟，程方明便利用王国和朱癞子之间的矛盾，走到另一个叫胡熊的难友旁，“熊老哥，你在地方上有面子，给我们做个担保吧！红军亏待不了你。”

胡熊是个青帮头子，王国平时也忌他几分。他考虑了一下，上前与王国谈判。当那土匪犹豫不决时，程方明及时上前劝说。王国终于收下胡熊的一根嵌玉腰带作凭证，答应不再阻拦。但这时约定时间已过，程方明估计接应部队已经撤回，只得放弃当夜越狱的计划。

三、成功越狱见曙光

天亮以后，牢房里空气紧张。程方明深知夜长梦多，牢里人员复杂，只有依靠自己的力量迅速越狱，才能避免更大的损失。他毅然把越狱时间定在当天傍晚。

下午5点左右，狱内快放风了，红军战士悄悄撬开了脚镣和手铐。一个狱卒走上来开门，他刚刚打开沉重的铁门探头进去，早埋伏在门两边的程方明和程阿毛就猛扑上去，掐住他的脖子，一支枪顶住他的太阳穴。

"别……别！求大佬饶命！"

"老实点，我们是红军！"

"哦，红军大爷，饶命！"

"现在外面有几个人？"

"4个！"

"岗楼上呢？"

"岗楼上没人，朱癫子到他姘头那里吃饭去了。"

"快！大声喊，就说有人在赌钱！"

那狱卒乖乖就范，把外面的4个狱卒都骗进牢内。众战士一拥而上，把他们都严严实实地绑了起来，还用他们的武器武装自己，胆气更壮了。随后，他们给难友们打开脚镣手铐，编好越狱队形。

等了片刻，天色渐暗，程方明第一个冲出去，一枪击毙了在第一道门站岗的一名狱卒，战士们排枪齐发，又打倒了另一名小头目。其他狱卒见状吓得赶紧丢枪逃命。

7名红军战士在前开路，难友们手持木棒，直往城外冲去。这支队伍如入无人之境，丝毫没受到阻挡。原来城内的敌军折腾了一夜，今天白天又去城外搜寻了一整天，这时刚刚吃了饭躺下休息，哪里还起得来！

队伍冲过县政府大门时，里面的岗警用机枪乱扫，打倒了一名难友。红军回敬几枪后，岗警也不敢追赶，越狱者顺利冲出了东门。

红军战士划船向外海驶去的时候，城里才隐隐约约地传来敌人集合的军号声，那响声仿佛是在为战士们送行。

乐清市革命老区开发建设促进会供稿，
作者智谋，晓夏改编

宣平南营

通济桥上的红色印记

武义是革命老根据地县，是金华乃至整个浙江红色资源最为丰富的县之一。宣平南营红军驻地旧址，位于武义县柳城畲族镇南端的前湾村。柳城南一座历经近千年风雨的通济桥横跨西溪河，国民革命的熊熊烈火是通过它进入宣平县城的，它也见证了宣平南营红军与国民党武装及地主豪绅封建势力之间的殊死搏斗。

一、攻打曳岭，区署开仓济贫

1930年8月，宣平县委军事委员会委员王湘到前湾村组建红军，8月20日前湾村党支部书记潘成波在前湾村夫人殿召集党员骨干、农民协会积极分子会议，商议组建第三大队（南营红军）相关事宜，并通知前湾村党支部所辖各村党员骨干、农民协会积极分子中愿意参加红军的，带上鸟铳、土铳、大刀、梭镖等武器，于当天下午兵分两路前往龙虎山殿集中。当时，前湾村200人，加上沿途荷叶山头、梁家山、江下村、底章、大溪口村、岭脚村，共计500余人参加。他们集中后宣告成立宣平南营红军。番号为"中国工农红军第十三军浙西第三纵队第三大队"，潘成波任指挥，王湘任党代表，下设三个中队。

1930年9月3日，根据群众强烈要求，南营红军组织攻打国民党曳岭区公所。队伍从三岩寺出发，经丁村、赤坑、石头、溪滩，直逼安岭脚村。包围该村后，下午5时许，他们捣毁区公所，伪区长逃跑。红军砸毁区公所牌子，烧毁区公所房子，当场开仓济贫，把粮食分给了农民。三大队旗开得胜，影响较大，各地群众纷纷前来报名参加红军。9月6日，为做好下一步工作，三大队在老鼠窝召开会议，潘成波、王湘、朱生民、潘瑞年、涂八弟、涂坛水等人参加。会议研究了今后活动方法、行动路线，并将红军分成两路，一路由潘成波带领在曳岭活动；另一路由朱生民带领，在黄弄山村一带活动。不久，潘成波所带领的一路红军回到山下鲍村一带扎营，准备迎接新的战斗。

二、敌强我弱，血溅三岩寺

当时红军的口号"打倒土豪劣绅"深受民众拥护欢迎，却让地主豪绅惊慌失措，恨之入骨。畎岸大地主、号称"太上老君"的陈继均，受到红军惩罚逃往碧湖后，进行幕后策划。他勾结各村大小土豪劣绅，用银圆收买驻丽水的国民党省防军，串通遂昌火柴厂老板郑宝林，谋划镇压南营红军等事宜。

9月15日，驻丽水国民党省防军2个排60多人，乔装打扮，由当地地主豪绅为向导，兵分两路向三岩寺的红军驻地进攻。一路经太平、巨溪偷袭西畈学堂，另一路袭击三岩寺的红军，妄图一口吃掉南营红军。

这天凌晨，细雨蒙蒙，山上浓雾弥漫。偷袭西畈学堂的省防军，被红军哨兵发现并及时报警。朱民生指挥红军迅速投入战斗，在敌强我弱的形势下，把省防军击退，实现我军的安全转移。

另一路省防军伪装成老百姓，经张村、周坦、梁村等地到达雾岭头，趁雨雾天袭击三岩寺。为防范敌人偷袭，南营红军在三岩寺外的马腰坛设有流动哨，监视山下和雾岭头方向。这天下着细雨，高山周围迷雾茫茫，视线很差。国民党省防军沿着小溪向三岩寺逼近，路上抓住卖豆腐的村民应付红军哨兵盘查。当省防军摸进马腰坛时，红军哨兵才发现，马上喝问："哪一个？"王卖贤连忙回答："我是卖豆腐的。"因红军的供给都是由山下送的，豆腐也不例外，哨兵便信以为真。

当发现省防军尾随其后时，哨兵欲开枪报警，省防军随即开枪，哨兵当场牺牲。山上把守头门的炮手听到枪声，连忙点火开炮。但由于雨天，导火线受潮一时点不燃，他们被冲上山的省防军开枪击中，当场牺牲。

省防军占据三岩寺洞口，其中一个士兵便举枪向洞内扫射。一名红军战士义愤填膺，呼地一下扑向省防军，紧紧抱住省防军士兵跳下悬崖，同归于尽。红军战士的英勇使省防军大为震惊，一时不敢贸然进洞，这也为洞内红军赢得了备战时间。为保存战斗实力，除一部分红军战士留在洞内继续战斗外，另一部分红军战士攀抱树枝、毛竹跳崖进行了突围。

三岩寺岩洞——宣平南营红军战斗旧址

　　双方僵持一阵后，省防军趁机集中火力，几挺机枪一齐向洞内红军战士扫射。由于通往洞外的唯一出口被封锁，红军战士只能在洞内与敌人展开激战。战斗中，红军战士堆放在洞内的土火药被击中燃烧起来，霎时整个洞内硝烟弥漫。红军战士在窒息的浓烟中顽强拼搏，战斗延续了 6 个小时之久。他们宁死不屈，继续与省防军展开肉搏战，直至战死。省防军冲进胡公洞后，还用刺刀一一去扎倒在地上的红军战士尸体，将洞内物品全部点燃，红军战士被烧得惨不忍睹。三岩寺一战，南营红军指挥潘成波及 30 余名战士壮烈牺牲。

三、突出重围再战斗

突围的红军战士在王湘的指挥下，撤往遂昌一带，还有百余名红军在姜云龙带领下，先与四大队（东营红军）会合，后与一大队（北营红军）会合，参加攻打后树的战斗。

南营红军党代表王湘在三岩寺战斗中右手受伤，伤愈后不顾个人安危，重新四处联络，组织队伍，开展斗争。正当王湘四处奔忙的时候，不幸被叛徒出卖。

1930年10月15日，省防军和保卫团兵分三路包围了桃溪镇西坞村。叛徒将王湘骗到村口塘边逮捕。在宣平监狱里，审讯人员用烧红的铜板烫王湘，用烧酒灌他的鼻孔。敌人见他忠贞不渝，宁死不屈，于是恼羞成怒，将王湘的背脊骨打穿，并用绳子穿进去来了个五花大绑。他的肩上也被钉了铁钉，插蜡烛"点天灯"，游四门，最终壮烈牺牲。牺牲时，他年仅21岁。

忆往昔，在武义这片红色土地上，无数革命英烈用生命践行了共产党人为人民谋幸福、为民族谋复兴的初心和使命担当，值得我们铭记于心，深切缅怀。

武义县革命老区开发建设促进会供稿，晓夏改编

壮怀激烈

红十三军仙居游击队的卓绝斗争

1930年9月，为整合仙居境内各股武装力量，红十三军军部指派李振声和红三团（师）政委楼其团来仙居，在独湖村（今属横溪镇）召开仙居境内各支游击队负责人会议，宣布成立中国工农红军第十三军仙居游击队，任命金永洪为队长。从此，仙居境内的各支游击武装均归红十三军仙居游击队领导，开启了仙居游击队在缙（云）仙（居）永（嘉）边界艰苦卓绝的斗争。

一、与敌周旋，步步为营反"清剿"

1930年9月21日，红十三军红一团（师）攻打黄岩县乌岩镇，金永洪奉命率十多名在军部集训的红军骨干投入战斗。攻克乌岩镇后，红一团（师）在准备攻打黄岩县城途中遭到国民党浙保五团截击，于是撤回永嘉，金永洪亦奉命率部撤回仙居境内开展斗争。

10月上旬，国民党浙保五团进入仙居，在地方反动民团的配合下，从东南向西部逐乡搜查、渐次推进，

红十三军仙居游击队成立地——横溪镇独湖村

"围剿"仙居游击队。11月，楼其团率部退入仙居与金永洪会合，因多次遭敌人"清剿"，决定"化整为零"，与敌周旋。

1931年6月，红一团（师）团长雷高升率部进入仙居，与金永洪、楼其团部会合，改用"中国浙南红军十三军游击队"番号。金永洪重新组织队员，并发动永嘉、仙居、永康等边境山区贫苦农民参加红军游击队。其间，雷高升率领队伍先后在黄皮、章山、十三都等地打击国民党地方民团，巩固了永（嘉）仙（居）边区根据地。随后，这支革命武装每到一地，都会积极开展革命宣传活动，发动群众、打击土豪，极大地激发了根据地群众的革命热情。受此影响，游击队员人数又迅速增加到 300 多人，游击活动区范围也迅速扩大，让永嘉、缙云、仙居、永康边境地区的国民党地方政权近于瘫痪。

中国工农红军第十三军臂章、军旗

温、台地区国民党地方武装获悉雷高升、金永洪等人动态，又立即调兵遣将，开展跟踪追击。8月7日，驻温州的国民党浙保四团二营在永嘉县九乡团配合下，聚集500多人进攻仙居溪口乡（今淡竹乡）龙潭头村。雷高升、楼其团、金永洪等人立即指挥在五山坑的要隘设伏，当敌人进入伏击圈时突然枪声大作，敌人猝不及防、伤亡惨重。此次战斗共毙敌12人，伤敌15人，迫使其退回永嘉。

8月22日，驻仙居的国民党浙保五团二营，进入十三都地区"清剿"红军，一营则从万竹王坑和六都坑分两路进攻溪口乡新罗村（今属仙居县横溪镇）。结果偷鸡不成蚀把米，一营被金小奶弟指挥的武装在溪头岗、横岩下坑等地阻击，死2人、伤6人。二营被王钦段（曾任磻滩保卫团团长）部诱至流头岭伏击，死4

人、伤 5 人。10 月，国民党浙保五团一营进驻黄皮地区"搜剿"红军，抓走 50 多名村民为其运粮。金永洪立即派小分队在四都坑稻田垄、杉树园等处设伏，毙、伤押运官兵各 1 人，截获粮食 50 多石。

二、疯狂"围剿"，重压之下举步维艰

国民党地方武装大规模的"围剿"并没有消灭红军，于是他们改变策略，由军事"进剿"转变为"剿抚兼施"，由长驱直入转变为步步为营，或采取诱骗方法对付红军。

1932 年 1 月，国民党调集浙保四团和浙保五团，以及永嘉、仙居两县的地方民团计 2000 余人，成立"温台剿匪指挥部"。在 2 月至 5 月，采取"分进合击"的战术，对仙居游击队展开大规模"围剿"。4 月 11 日，雷高升、金永洪率部在龙潭头击退国民党浙保五团二营机枪连的进攻。敌人随即增派兵力，于 4 月 13 日国民党浙保四团和永嘉县民团近 1000 人又向龙潭头发起进攻。雷高升、金永洪部立即组织指战员占领制高点，在村里设下埋伏，红军游击队和群众内外夹击，共毙敌 10 余人、伤敌 20 余人，缴获步枪 8 支，敌人被迫逃回永嘉。同日，国民党浙保五团和仙居民团亦组织近 1000 人，分三路进攻新罗。因红军游击队主力不在，损失惨重，赤卫队员多人牺牲，全村 130 多间民房被烧成一片废墟，财物被洗劫一空。

为了将红军游击队赶尽杀绝，国民党浙江省政府不惜动用多于红军数十倍的兵力，将其围困在人烟稀少、方圆不足 100 平方公里的山区内。国民党仙居、永嘉两县当局绞尽脑汁，大肆封官许愿诱降，胁迫游击队员的宗亲、朋友进山劝降，或是以"通匪罪"恐吓群众，将红军与群众隔离，致使红军给养短缺、陷入孤立无援境地。雷高升与金永洪等人商议后，决定突破敌人包围，分散行动。

5 月初，雷高升率 100 余名战士突出重围后，返回永嘉一带活动。他们刚进入永嘉便遭到敌人追击，被困在杳无人烟的小横坑深山里。5 月 23 日，雷高升受国民党欺骗，率 70 余人至永嘉岩头村东宗祠堂，结果遭遇袭击，22 名游击队员牺牲，雷高升等 7 名指战员被捕，这就是血腥的"岩头事件"。

7 月，面对严重的白色恐怖和国民党的威逼利诱，吴小胡（曾任八乡团团总）率部叛变。8 月 6 日，王钦段也率部投降。接着，中共仙居县委委员曹和卿在横溪被捕后叛变。这些人叛变后，均充当敌人的向导。金永洪部遭遇前所未有的困难，但这也让指战员们更加坚定了斗争的决心。

三、英勇无畏，战斗至最后一刻

8 月 24 日，国民党浙保五团二营机枪连与仙居县基干队、保卫团共 500 余人，再次深入新罗、溪口等地

"搜剿"红军。金永洪率20多名队员，在骑马坑口要隘处设伏，毙敌6人、伤敌6人，缴获步枪10余支。这是红军游击队自"岩头事件"以来取得的第一次反击胜利。9月初，金永洪又率部袭击了国民党上井保卫团、章山保卫团以及永康县八字垟保卫团。9月16日，金永洪再率部奔袭到枫田，将上井村地主张胡多等地方武装歼灭。10月，为便于隐蔽，金永洪安排永康、永嘉籍队员返回原籍活动，自己率50多人，在六都坑和万竹王坑地区坚持斗争。10月29日，国民党浙保五团二营又到新罗、溪坪、老屋基一带"搜剿"红军。金永洪部在景凤岩要隘设伏，毙敌3人、伤敌5人。11月，国民党地方当局的军事"清剿"进一步加剧，金永洪部在举步维艰的情况下，仍坚持与敌周旋。

1933年1月24日，金永洪趁敌人过春节放松警惕之机，率20多名队员突破封锁，直插皤滩袭击徐庆祥基干队，毙敌2人，缴获步枪2支。5月，国民党浙江省政府调集浙保一、四、五、七团，和永嘉、仙居、永康、缙云、东阳、天台6县地方民团，成立"永仙等六县剿匪指挥部"，专事"清剿"仙居红军游击队。国民党浙江省保安处、浙保五团和仙居县政府还制订了"剿匪奖励办法"，对金永洪活动区实行"村村驻兵，步步为营，移民并村，设卡封路，焚毁林木，暗哨瞭望，逐山搜剿，逐村清乡"，安排各村驻兵日夜轮流搜山。在敌人的疯狂"清剿"下，金永洪的警卫员吕家俭、吕佳佑及游击队员 30 余人牺牲，数百人被捕。金永洪等仅存的 11 名游击队员被迫各自隐蔽在深山里，完全失联。8 月 3 日，国民党浙江省政府又对金永洪等人发布"购缉令"，以每人 300 块到 50 块银圆不等的价格，悬赏红军战士的头颅。

8 月 20 日清晨，因生火时冒出烟雾，金永洪在金坑口石力坑山洞中被敌人哨兵发现并包围。金永洪沉着应战，在击毙一名敌兵后手枪卡壳，不幸被捕。9 月 10 日，金永洪在仙居皤滩英勇就义。至此，仙居游击队活动全面停止。

金永洪领导的红十三军仙居游击队，在白色恐怖高压下，以顽强的革命意志坚持武装斗争，曾一度致使国民党地方政权处于瘫痪或半瘫痪状态。这期间涌现出无数英勇悲壮、可歌可泣的英雄人物，他们的革命意志和斗争精神，为仙居后来的革命斗争奠定了坚实基础。

仙居县革命老区开发建设促进会供稿，
作者朱士新，周晚改编

方广荣

铁血硬汉开启红色征程

方广荣，1880年11月4日生于开化县林山乡林源村方家坪。他出身贫苦农民家庭，57岁英勇就义，临刑前高呼"中国共产党万岁！红军万岁！"在动荡岁月中，他以不屈意志书写壮丽篇章。1988年8月29日，浙江省人民政府追认其为革命烈士。

一、苦难岁月，投身革命

民国初年，方广荣父母积劳成疾，相继离世，他担起了全家8口人的生活重担，在苦难中挣扎。为生活所迫，他带着弟妹租荒山开垦种粮。尽管成年累月拼命干活，一年收获的粮食除交租外所剩无几，加上苛捐杂税和地痞恶棍敲诈勒索，一家人过着吃不饱、穿不暖的凄凉日子，有时甚至只靠挖野菜充饥，但也锻炼出他刚毅倔强的性格。

一次，他和穷苦兄弟何樟海外出，路经西山村时被恶棍占柏林缠住，硬要他交出五块银圆过路钱才肯放行，何樟海坚决不给，恶棍便将他捆绑吊打。方广荣被激怒，毅然拔刀相助，迫使恶棍赔礼放行。

有一次，田后村的流氓无赖徐崇会闯入方家坪村偷剥桂皮（中药材），被村民杨某抓住，徐崇会在事实面前百般抵赖，还挥动柴刀行凶。方广荣忍无可忍，挺身而出，将他按倒在地，狠狠揍了一顿，直到对方求饶为止。

方广荣虽是条硬汉子，但在反动势力猖獗的黑暗社会，他越来越感到身单力薄、难以应对。

1934年秋天，方家坪先后来了两位"客人"，一位是补碗的周金土（中共党员），一位是行医的温云仔（中共党员）。他们常在方广荣家里进出、住宿，与他聊家常，进而宣传革命道理。1935年春天，方广荣经温云仔介绍，加入了中国共产党。自此，他按照党组织的指示，与本村杨顺松、何樟海、何银富、汪树林等一帮穷兄弟团结在一起，为红军游击队购买紧缺物资，打探敌情、传递消息。

1935年初夏，温云仔随同刘森林（刘篾匠，中共党员）来到方家坪，与方广荣一道研究如何开展舜山地区的工作。他们商定出分片负责发展骨干的工作方案：方广荣负责大山、桃花寺、溪滩、杨家等村；温云仔负责楠柯、横排、西山、大源等村；刘森林负责田坑、舜山、梅岭、琅川等村。他们以行医、做篾匠、帮人挖山和采茶叶为掩护分头深入各村，接触贫苦农民，宣传革命道理。经过数月的秘密串联，发展了何樟海等 20 余名贫农团骨干，为进一步开展工作奠定了基础。

1935 年底，中共开（化）婺（源）休（宁）中心县委为发展壮大革命力量，开辟新的游击区域，指派程元海、董日钟等一批干部，率领游击武装深入到衢（县）遂（安）寿（昌）常（山）开（化）交界的千里岗山区活动。不久，董日钟带领一支游击分队到了常山西源地区，与温云仔、方广荣接上线，并一道开展工作。按分工，方广荣以方家坪为联络点，负责林源、舜山、西山、梅岭等村的工作。

1936 年春季，一场宣传革命、唤起民众的运动在西源地区轰轰烈烈地开展。方广荣按照组织分工，与组织骨干刘森林、何樟海等分头到开化县舜山各村秘密串联，召集贫苦农民开会，宣传党和红军的革命主张，积极发展革命力量。他白天亲自动手赶搭红军棚，晚上奔波于附近各村，筹集活动经费，部署采办军需物资。到了夏天，林源、西山、舜山、大源等村，参加红军的村民达 800 多人，占这几个村青壮年总数的半数以上。

二、发展力量，开展游击战争

1936 年 8 月 1 日，开婺休中心县委书记赵礼生和游击大队长邱老金率部队 360 余人，从遂安白马乡曲源头翻过松坞尖，进入开化舜山地区的大山。他们停留 4 天后，在何银富家召开干部扩大会议，吸收方广荣、刘

森林、何樟海等 20 多名地方干部参加。赵礼生在会上
分析了当时的形势，强调了党的纪律和保密工作的重要
性，要求到会干部团结一致，努力工作，发展党员，尽
快建立党组织，广泛发动群众，开展游击战争。会后，
方广荣带领党员骨干分赴各村，宣传会议精神，同时把
发展党员和组织贫农团的工作，进一步扩展到石桥、大
举、小举、俭口、溪口、黄沙等村。至此，舜山地区发
展党员 45 名，建立了方家、楠柯、田坑、舜山、大源、
梅岭 6 个党支部。

8 月中旬，根据中共浙皖特委和开化县委的指示，
在常山县徐坑（麻山）建立了中共西源区委和西源区苏
维埃政府。方广荣任区委委员，负责区委和区苏维埃政
府的后勤工作。随后，区党政领导在方家坪红军棚，召
开舜山地区 10 多个村的 30 多名党员骨干参加的会议。
区委书记董日钟在会上宣布舜山乡苏维埃政府成立，由
方广荣任主席。与会同志庄严宣誓："服从命令，严守
秘密，努力革命，牺牲个人，永不叛党，如有二意，炮
子穿心。"展现出对党的革命事业的无限忠心。

9 月初，方广荣在舜山后山的占家炎家召开乡游击
队和贫农团成立大会，参加大会的有各村党员、游击队
员和贫农团骨干共 60 多人。会上选举刘森林为乡游击
队队长，刘荣贵为乡贫农团团长。会后，游击队 50 余
人在乡苏维埃政府的领导下，在乡贫农团的配合下，打
土豪、筹军款、平债抗租，反复与国民党的地方恶势力

较量，为保卫红色苏区而斗争。

9月中旬，舜山乡游击队30多人配合西源区游击队，攻打常山下徐村的土豪徐田牛家，缴获一批财物，开仓济贫。下旬，他们又配合浙皖独立营打进舜山村的乡长占家惠家，缴获银圆180块，开仓分粮。月底，他们在贫农团的配合下，分别两次打击官塘村土豪徐式年和叶坑村土豪钟孝法，缴获许多银圆和物资。

10月初，乡游击队40多人出击小举村，抓获叶坑村的逃亡土豪钟山根，押回楠柯，收缴银圆460块。接着转战俭口村，缴获土豪鄢高法的许多不义之财。同月中旬，他们进攻田后村恶霸郑能礼家，抓获郑能礼，押回方家坪处决，为民除了一大害。月底，又在舜山村抓获国民党派来苏区的敌探一名，押至西山雷公坞处决。

11月初，舜山乡游击队和贫农团共80余人，攻克桂岩乡，缴获大批银圆和物资，开仓济贫。舜山乡游击队前后共打大小仗36次，毙敌40名，处决土豪11名，烧毁土豪房屋19幢，缴获步枪8支，银圆2300多块，开仓分粮1850余公斤。其间舜山乡苏维埃政府还输送郑樟云、徐枫昌等近20名党员骨干加入皖浙赣红军独立团和浙皖独立营。

三、英勇就义，彰显硬汉风范

1936年12月，国民党派重兵对皖浙赣边区实行"清剿"，国民党军五十五师一部、开化保安队和壮丁队共六七百人，采取分进合击、移民并村、搜山烧山、联保具结等毒辣手段，向舜山地区发起疯狂的进攻。在这危急关头，方广荣首先考虑的是同志们的安危。他组织党员骨干转移隐蔽，自己却一直留在方家坪，白天穿梭于丛林中、岩洞下，观察敌情，晚上往来于楠柯、大山、阳鹿坞等联络点，盼望能与上级恢复联系。可是一个多月过去了，仍未成功。此时，敌军已占领舜山、梅岭、田后、徐坑、芙蓉等村；大山、楠柯、高山、横排等村的房屋全被烧光，百姓被迫并村。杨顺松、刘荣贵、汪春荣、黄贵仔、黄荣富等党员骨干不幸被捕杀害，穷凶极恶的敌人还用刀逼着方广荣的小弟，到处搜捕方广荣。

1937年1月24日，方广荣怀着悲痛的心情，默默告别了方家坪，沿着山岗到遂安铜山一带寻找党组织和红军队伍，落脚在遂安木花坑村妹夫家里。

2月16日傍晚，田后村的流氓徐崇会突然出现在木花坑村，与方广荣打了个照面就溜走了。第三天，天刚蒙蒙亮，一群白匪将方广荣的妹夫家团团围住，方广荣不幸被捕。国民党开化县警察局长亲自审讯方广荣，开始时用花言巧语利诱，遭到方广荣的严词驳斥和拒绝。于是，上老虎凳、灌辣椒水、钉竹签等酷刑统统用上了，把方广荣折磨得鲜血淋淋，几次晕厥、不省人事，但他坚定不移，敌人一无所获。

2月25日，国民党开化县县长李则渊和巡察队队长孙仁义赶到田后村设置刑场。临刑前，再次对方广荣百般劝降，可得到的回答是："我方广荣死何足惜，18年后还是一条好汉。不过，我要告诉你们这帮狗强盗，红军是杀不完的，你们终归要完蛋！"说罢，他昂首挺胸、正气凛然地走向刑场。刽子手提着寒光闪闪的马刀，恶狠狠地站在他的面前，他也毫无惧色。凶残的敌人一刀劈下他的左耳，他破口大骂："狗强盗！"当刽子手再次举起屠刀，痛下毒手的一瞬间，他怒目而视，高呼："中国共产党万岁！红军万岁！"英勇就义，时年57岁。

开化县革命老区开发建设促进会供稿，晓夏改编

北上抗日先遣队

激战淳安铸丰碑

1934 年 7 月，在中央红军主力出发长征的三个月前，一支年轻的军队从红都瑞金出发，在极端艰苦的条件下长途跋涉，孤军奋战，以"血染东南半壁红"的英雄壮举，用血肉凝聚成不朽丰碑，为宣传我党抗日主张，推动抗日运动发展，策应中央红军主力战略转移，做出了重大贡献。

这支年轻的军队就是中国工农红军北上抗日先遣队。从 1934 年 7 月至 1935 年 2 月，北上抗日先遣队曾"四进四出"淳安县，组织了送驾岭阻击战、白马伏击战等战斗，留下了许多战斗遗址和红色故事。在淳安县中洲镇厦山村，青山掩映下的中国工农红军北上抗日先遣队纪念馆里，全面展示了这支英雄部队可歌可泣的奋战征程。

一、先遣队挺进淳安，大战一触即发

九一八事变后，国民党政权无视全国人民的愿望，

实行"攘外必先安内"的政策，与此同时，中央苏区第五次反"围剿"斗争面临重大挫折。1934年7月上旬，为了调动和牵制"围剿"中央苏区的国民党军队，减轻其对中央根据地的压力，红七军团改编为北上抗日先遣队，开赴闽浙皖赣边区活动。7月6日，这支队伍从江西瑞金出发，深入闽浙皖赣4省，经历大小战斗上百次。

9月17日下午，北上抗日先遣队先头部队约500人，从常山县进入遂安县（今属淳安县）白马地区。18日中午，大部队约5000人随后到达。根据中央的意图，先遣队应迅速占领遂安县城，以遂安为中心，在浙皖边境的淳安、寿昌、衢县、开化地区开展游击战争，建立苏区。

9月19日，为掌握遂安县城的具体情况，抗日先遣队派出侦察分队到衍昌一带侦察敌情。此时，国民党陆军第四十九师和补充第一旅已从常山、开化方向尾追而来。国民党浙江省政府也紧急调动军队增援，遂安城内守敌迅速增至2000人。与此同时，国民党闽浙皖赣边区"剿匪"总指挥赵观涛在常山与浙江省保安处处长俞济时策划组成左右两个纵队，会合遂安县城守军，共同"会剿"北上抗日先遣队。俞济时率补充一旅王耀武部和浙保一部为右路纵队，由衢县、寿昌北驰遂安；伍诚仁率第四十九师为左路纵队，从常山、开化向东北推进。当时的《东南日报》在21日声称"大军云集，包围之势已成，今日开始'围剿'"，扬言"三日内将全部消灭红军于白马地区"。

二、送驾岭阻击战，引敌自相残杀

抗日先遣队发现已陷入国民党军队的重重包围之中，中央关于袭取遂安县城的命令事实上已无法执行，遂改向皖赣边境突围。1934年9月22日晚，抗日先遣队从遂安鲁家田、铜山出发后突围至鲁村。24日，北上抗日先遣队准备在鲍家、连岭脚等村宿营，遇国民党第四十九师和补充第一旅共5个团分路追击至送驾岭。为摆脱国民党军追击，北上抗日先遣队决定利用送驾岭有利地形展开阻击战。

送驾岭系白际山脉的支脉，坡陡林密。国民党陆军第四十九师、补充第一旅和浙江保安队组成的左右两个纵队，企图围歼北上抗日先遣队于遂安铜山和白马地区，闻红军已转移，便一路追至送驾岭、钓金山一带。

24日下午3时许，国民党第四十九师二九一团的前沿部队到达送驾岭山脚，见先遣队坚守岭上，不敢冒进。敌军集结完成后，分别从东西两侧，向送驾岭展开全面进攻。之后，补充第一旅的前卫第三团也到达洪家畈，占领北边的宏山岗和南边的山头，派部分兵力沿浪川涧正面攻击。北上抗日先遣队在鲍家村东侧的掩护部队，利用有利地形，一次次击退敌军的进攻。

战至天将黑时，北上抗日先遣队大部队已撤至大连岭，掩护部队也随之撤退，只留侦察连掩护。侦察连转回到送驾岭顶西端的凉亭，派一个班带领两挺机枪到横路东端的岭顶，该班把一面红旗插在凉亭上，全班隐蔽在岭顶突出的山梁上进行射击。国民党第四十九师二八九团发现送驾岭上插有红旗，以为红军坚守不退，便派第二营在靠近送驾岭的山地隔深沟向送驾岭射击。

此时，补充第一旅第二团已占领钓金山东侧山地，发现送驾岭方向战斗激烈，令第二营前出到送驾岭东北的山梁。这样，红军侦察班与两边敌军成斜三角形。二八九团二营以为补充第一旅二营是红军的增援部队，遂向其射击，补充第一旅二营以为红军在隔沟的山上，便进行猛烈还击。天黑后，侦察连奉令撤退。国民党的两支军队依旧在激烈混战。战至半夜，两军吹号联络时方知误会。此战，北上抗日先遣队牺牲30余人，国民党军队伤亡160多人。次日上午，国民党补充第一旅原地休整，第四十九师改以二九四团为前卫继续追击，至连岭脚时，被自家飞机投弹误炸，死伤10余人。9月25日，北上抗日先遣队越过大连岭进入安徽歙县，摆脱了敌人的围追堵截。

三、白马伏击战，粉碎围追堵截

为突破皖浙两省国民党军队的包围夹击，北上抗日先遣队于1934年9月27日，从安徽白际出发，经遂安进入开化县左溪。随后，在安徽歙县、休宁和江西婺源的崇山峻岭间，利用三省边境复杂地形与尾追的国民党军周旋。

1934年10月，中央红军主力撤离苏区，开始踏上长征之路。11月4日，长征途中的中央电令北上抗日先遣队与坚持在赣东北苏区的红十军合编为红十军团，下辖十九、二十两个师，对外仍称北上抗日先遣队。原北上抗日先遣队编为第十九师，寻淮洲（原红七军团军团长）任师长，聂洪钧任政委，刘英任政治部主任。原红十军及地方武装编为第二十师，原闽浙赣军区司令员刘畴西任军团长兼第二十师师长，乐少华任军团政委兼第二十师政委。原红十军团和闽浙赣省委主要负责人方志敏担任闽浙赣苏维埃政府主席兼军区司令员，粟裕任军区参谋长。

整编后的北上抗日先遣队第十九师3000余人，于11月18日东出江西怀玉山，突破封锁线，进入浙江常山。23日下午，红军第十九师进抵遂安县白马地区，构筑工事，准备击退一路尾追的国民党保安纵队。

浙江保安纵队由副指挥官蒋志英率领，辖第三团、第四团、第七团共3000余人，于11月24日早晨6时，从常山芙蓉出发。为防止被红军伏击，国民党军队出动飞机，于8时许飞抵白马上空，投下炸弹进行火力侦察。随后，保安纵队以第四团第三营为前卫，沿途搜索前进。至11时30分，在凤凰庙村后，与红军便衣遭遇。红军边阻击边向白马后山撤退，诱敌深入。当浙保第四团跟进至白马东南端山麓时，潜伏在芙蓉山至乳洞山一线的红军一齐开火，发起猛烈攻击，敌人被打得晕头转向。

为了歼灭进入伏击圈的敌军，红军第十九师一路从正面攻击，另两路向左右翼进行包围。浙保第四团凭借精良武器进行顽抗，战斗异常激烈，敌我双方在阵地上进行了3次肉搏战。由于火力不足，红军第十九师未能迅速将浙保第四团一举歼灭。随后跟进的浙保第三团迅即占据道路两侧，并占领大坪山对面制高点，以机枪封锁道路，营救四团撤离。在双方激战中，红军派出一支部队突袭浙保后卫部队欲断敌军归路，蒋志英见状大惊，慌忙指挥后卫部队占据大桥头南端阵地，拼命抵抗，战斗一直进行到深夜。第二天拂晓前，红军一部再次向浙保纵队发起猛烈攻击，激战约1小时，蒋志英被打伤，不得不率部退回常山县。

在这次战斗中，红军战士表现得异常英勇。为了夺取余村后面的敌军机枪阵地，9名红军战士前仆后继，在连续牺牲8人的情况下，最后一名战士奋不顾身地冲上去，与敌机枪手展开肉搏，硬是夺取了这把机枪，拿下了机枪阵地。

在白马伏击战中，红军第十九师利用有利地形，歼敌100余人，其中击伤击毙浙保纵队连长、排长多人，缴获机枪2挺，步枪百余支。国民党反动派的围追堵截，再次落了空。

北上抗日先遣队英勇奋战，在皖浙赣边境牵制住近10万国民党部队，打乱了蒋介石的军事部署，策应了中央工农红军主力的战略转移。同时，红军指战员们严格遵守纪律，给老百姓留下了深刻印象，在皖浙边界播下了革命的火种，为随后的三年游击革命战争创造了条件。红军战士浴血奋战的英勇无畏，在当地至今仍佳话传颂，丰碑高耸。

淳安县革命老区开发建设促进会供稿，童未泯改编

馒头岭

红军巧用"石楼"智胜来敌

馒头岭（今属遂昌县王村口镇吴处村），地处闽浙交通要道，早年为军事战略要地。

1935 年秋，国民党反动派纠结大批部队，进攻遂昌县馒头岭，企图占领馒头岭战略高地后，借此进兵摧毁驻扎在浙西南山区的红军挺进师游击根据地。红军发动群众，利用漫山遍野的石头与树木野藤，巧妙制作大批"石楼"部署在各关隘，当诱敌进入"石楼"，隐蔽在暗处的红军果断砍断牵拉的绳索，瞬间"石楼"里的石头倾泻而下，砸得敌人丢盔弃甲、疯狂逃命。红军以少胜多，成功阻击了敌人数次进攻，战术上拖延了 3 天时间，确保了大部队安全转移。

一、敌人装备精良、来势汹汹

以刘英为政委、粟裕为师长的红军挺进师，于1935 年秋在浙西南建立了游击根据地，领导广大农民群众开展轰轰烈烈的"打土豪、分田地"运动。蒋介石为此十分震怒，抽调嫡系部队陆军第十八军和浙闽保安团共40个团的兵力，由第十八军军长罗卓英统一指挥"围剿"浙西南游击根据地。罗卓英部署第十四师开往遂昌，第十一师开往龙泉，第九十四师开往松阳，"剿共军"第二纵队开到江山遂昌边境，第六十七师开往云和，形成包围圈，企图在4个月内，将红军挺进师围歼。

国民党军来势汹汹，而挺进师只是一支游击队，在人数和装备上都无法正面与其抗衡。刘英、粟裕立即制定了"敌进我进"的作战方针，留下第二、第五纵队在根据地配合地方游击队坚持自卫战，其余主力迅速挺至敌后，主动寻找战机，打击、牵制国民党军。

粟裕指示第二纵队政委洪家云、纵队长李重才："你们二纵队除了要坚守以王村口、住溪为中心的西部地区，还要组织王村口的游击队在馒头岭阻击敌人，拖延敌人的行动。争取在3天之内安排好伤病员，做好坚壁清野的工作。"粟裕心情沉重地说："主力部队必须在此期间突出敌人的包围圈，你们的任务很重啊！"

李重才、洪家云齐声回答："坚决完成任务！"

粟裕对馒头岭的地形非常熟悉，他接着说："馒头岭地形好，对我军阻击敌人是有利的。山岭上石头多、树木多，必要时这些都是可以用来对付敌人的武器。"

当天晚上，洪家云和李重才召集会议，在会上报告了敌人开始血洗浙西南游击根据地的严峻形势，传达了师首长布置的任务，经讨论决定兵分两路：李重才率一队人马对付龙泉住溪方向来敌；洪家云率一队人马坚守根据地中心王村口，同时负责指挥王村口游击队在馒头岭阻击来自遂昌县城、大柘、石练的国民党军队。

二、红军依靠群众、发动群众

会后，洪家云连夜和二纵队文书兼王村口游击队队长宣恩金、游击队副队长黄樟贤就如何在馒头岭阻击敌人进行商议。

宣恩金个性直爽，说："国民党军武器装备精良，敌我力量悬殊，要完成这次阻击任务，困难很大。"

洪家云说："宣恩金同志说得对。这一点，粟师长在布置任务的时候，已经估计到了。他要我们充分利用馒头岭有利地形和山上树木和石头来对付敌人。"

宣恩金搔了搔脑袋，说："把馒头岭上的木头和石头变成杀敌的武器，谈何容易？"

是呀！谈何容易！三人都为此伤透脑筋，一时没了声音。这时，墙上闹钟清脆地响起，黄樟贤曝地站起来，到大门墙边，拿来一把晒得白白的苎麻杆，用几根细竹签，将十几段苎麻杆穿起来。随后，他把放在桌上的板栗一个一个垒在上面，瞧来瞧去。

宣恩金见了说："黄队长，你这是……"

洪家云："我猜你这扎的是木排，这栗子表示石头。对吗？"

黄樟贤笑说："对。洪政委，给你猜对了！这叫'石楼'。像不像？"

洪家云、宣恩金异口同声地说："像！"

"你说说，在阻击国民党军的时候，如何用这'石楼'呢？"洪家云问道。

黄樟贤："这个嘛……我想就地取材，馒头岭上粗大的青藤很多，用两根粗大的青藤当绳，一头扎实地系在'木排'的两端，另一头扎在两棵大树上，将木排吊空，然后把一块块岩石垒在木排上，一层层叠好。这样，'石楼'就搭成了。再用树枝把它遮起来。这样一伪装，就算国民党军钻到'石楼'跟前他们都不知道。此时，我们用快刀斩断大青藤，'石楼'上的岩石铺天盖地地向国民党军砸去。你们说，好不好？"

洪家云说："这办法好。情况紧急，马上发动群众和游击队员上馒头岭，今夜月光好，抓紧扎木排、砌'石楼'。同时在各大小路口设置鹿砦（用杂乱带刺树木设置的路障），打一个漂亮的'石楼'阻击战。"

游击队立即带领群众，夜以继日地在馒头岭上垒起一座座"石楼"，又在敌人必经之路设置了鹿砦。一切准备就绪，游击队员们严阵以待。

三、"石楼"严阵以待、威力无穷

拖住国民党军队3天，确保大部队安全撤退，是这场阻击战的重要任务。为完成这项艰巨的任务，"石楼"

发挥了重要作用。

第一天，国民党先头部队来到馒头岭脚，只见大小道路、山口纵横堆积着密密匝匝的杉树、杂木、荆棘。国民党排长向连长报告说："所有路口山道都是共军布下的鹿砦，我军寸步难行。"国民党连长命令全连士兵先拆除鹿砦，殊不知这些鹿砦下埋藏着地雷和陷阱，炸得他们人仰马翻，步步提心吊胆。如此折腾了一天，国民党军还未见到红军游击队的影子，自己先伤亡了不少。

第二天，国民党连长率士兵用刺刀逼着100多名村民清除鹿砦。村民中有一些人参与设置鹿砦，他们清楚哪些地方埋有地雷，哪些地方设有陷阱，搬掉了表面的树木荆棘，却留下了地下爆炸物。傍晚，国民党军再向馒头岭发起进攻，又有一些人掉入陷阱、踩响地雷。士兵们被国民党连长用枪逼着，硬着头皮往馒头岭上冲，进入了游击队的伏击区。游击队员们手拎快刀斩断了一根根粗大的藤绳，无数石块向下滚去，猛砸向国民党军。他们有的被砸碎脑袋，有的被拦腰砸断，有的被砸断了手足，有的被砸成了肉饼。连长见势转头欲逃，被游击队黄樟贤一枪击毙，其余士兵见势不妙，仓皇溃逃。

第三天，国民党军发现馒头岭上红旗不见了，又听说红军游击队已撤走，就决定先派第四、第六两个连做试探性进攻，小心翼翼地向岭上爬去，到了山腰，也未见红军游击队动静。当敌兵进入有效射程时，岭上同时树起几十处游击队旗帜，十多个铁箱里同时点燃鞭炮，一座座"石楼"突然炸开。这场面吓得敌军官兵魂飞魄散，抱头鼠窜。第十四师师长霍揆章得知此事，非常不满，下了死命令："今夜必须拿下馒头岭！"敌人炮兵气急败坏地轰炸馒头岭。过了一阵，只见山岭上硝烟弥漫，红军游击队一点反应也没有。原来，游击队接到洪家云命令，在敌人炮轰馒头岭之前，悄悄撤出了阵地。

国民党军长罗卓英在丽水军部接到"今日占领馒头岭"的电报，仅过去半个小时又接到"粟裕、刘英率300余人，乘十一师与六十七师结合部之空隙突围，在蛤湖偷渡龙泉河，南去闽浙边"的电报，他的参谋长建议部队跟踪追击。罗卓英摇摇头："非也。粟裕这样做有其目的，我们如果跟着他的屁股转，岂不是又要上他的当啦！老弟，他深知我军致命的要害呀！"说着将前一份电报塞进了火炉，把后一份电报交给了机要秘书。

就这样，国民党反动派精心组织的大规模"围剿"行动，在红军大智大勇的"石楼"阵前，彻底失败了。

遂昌县革命老区开发建设促进会供稿，
作者刘宗鹤，晓路改编

血火中铸魂

坪坑村农民保卫战

　　1934 年 10 月，第五次反"围剿"失败后，中央红军被迫撤离中央革命根据地，开始了二万五千里长征。而在此时，位于浙江、福建两省交界处的景宁畲族自治县坪坑村里，有一对活跃于闽东革命斗争的青年农民兄弟——周志苍和周志亮，他们的英勇事迹引起了闽东寿宁县县长叶明琨的注意。

　　叶明琨是国民党中积极"剿共"的人物，当他得知小小的坪坑村竟涌现出了两名红军战士时，便决意对坪坑村实施"清剿"。

　　坪坑浴火血战的故事，由此而起。

一、红军连长周志苍：草根英雄的崛起

　　坪坑村是一个古老的村落，村民们在宋代建村时将山体挖平，形成了一块平坦的空地，因此得名"平坑"。后因"平"与"坪"的发音相同，逐渐演变成了今天的坪坑村。

在那个年代，坪坑村地处景宁、寿宁、庆元三县交界处，看似远离世俗喧嚣、与世无争，实则风波不断。三个县的大事，经常在村民中口耳相传。

坪坑村的东北方向属景宁县域。早在1915年，当地畲汉群众便因反抗县烟酒稽征所的暴行，掀起了"打酒局"的风潮。1927年，数千畲汉群众在景宁举行了声势浩大的示威游行。1930年，畲汉农民们又展开了"打盐霸"的斗争。坪坑村的西南方向属寿宁县域。自1930年起，中共地下党就在寿宁地区组织了农民协会、妇女联合会、儿童团等革命团体，持续开展革命斗争。而坪坑村的西面，则属庆元县域。1933年，景宁人胡正礼在庆元白柘洋村建立了该县第一个革命政权——白柘洋村苏维埃政府。

青年农民周志苍、周志亮是堂兄弟，出身贫苦，自幼便历经生活的艰难。兄弟俩在坪坑村耳闻目睹了许多革命事件，对不公正的社会制度产生了不满情绪。其中，对他们影响最深的，是同乡胡正礼的革命事迹。胡正礼活跃于庆元县白柘洋村一带，时常返回景宁家乡开展革命活动。通过与胡正礼的接触，周志苍和周志亮逐渐认识到，红军是穷苦百姓的队伍，只有追随红军闹革命，才能真正翻身做主。

经过深思熟虑，周氏兄弟于1934年春毅然告别家人，前往福建投奔红军。当时，中央苏区正陷入第五次反"围剿"的困境，但早在1933年初，闽东革命根据

地便已建立并逐渐壮大，革命活动也在闽东地区如火如
荼地开展。周志苍和周志亮到达闽东后，很快加入了闽
东独立团，成为第十六连的战士。

在一次战斗中，周志亮不幸牺牲。周志苍凭借其机
智和勇敢，很快脱颖而出。到 1934 年 10 月中央红军开
始长征时，青年农民周志苍已成为闽东红军队伍中一名
出色的连长。

二、叶明琨的"清剿"计划：跨越省界的恶行

当周志苍在寿宁地区以游击战术打击敌人时，寿宁
县的政局却在发生变化。1934 年 1 月，原寿宁县长因
畏惧红军弃官逃跑，叶明琨遂接任县长一职。上任后，
叶明琨便迫不及待地要通过"剿共"来证明自己。然
而，当时红军在寿宁的力量强大，不仅有闽东独立团，
从瑞金出发的北上抗日先遣队也于 8 月抵达寿宁。红军
以灵活的游击战术频繁打击敌人的侧翼和后方，使叶明
琨不敢贸然展开大规模的"清剿"行动。

1934 年 10 月，中央红军长征后，国民党军队经过
战略调整，开始集中力量"清剿"闽东苏区。1934 年
冬，国民党调集闽浙两省正规军和地方反动武装十余万
兵力，向闽东苏区发起了全面"清剿"。大批红军游击
队干部、战士及其家属和革命群众被杀害，革命形势急
转直下。

随着局势的变化，叶明琨变得有恃无恐。得知坪坑

村出了周志苍这样的红军骨干，他决意"清剿"坪坑村，这既能显示自己的政绩，又能打击红军的战斗力。况且坪坑村位于浙江省境内，并不在他的行政管辖范围内，这让他更肆无忌惮。于是，1935年春，叶明琨派遣寿宁警察跨越省界，策划了一场突袭坪坑村的"清剿"行动。

三、浴火家园：坪坑村民的奋勇抵抗

1935年2月，叶明琨派出的便衣特务悄悄潜入坪坑村，试图抓捕周志苍的父亲周时选。村民头领周时孝察觉到异常，果断行动，将周时选送往外村躲避。不久，便衣特务便扑进村中，到处搜捕周时选。

搜捕无果，特务们恼羞成怒，抓来了几名村民，将他们吊在树上严刑拷打，企图逼问出周时选的下落。然而，村民们始终守口如瓶，没有透露半句消息。愤怒的特务撂下狠话："如不交出周时选，就踏平坪坑村！"

特务们随即向寿宁县求援，准备调集大部队进行"清剿"。村民们在最初的惊慌之后，意识到敌人不会善罢甘休。这段时间，寿宁"清剿"红军和革命群众的消息频频传到坪坑村民耳中。如今，敌人竟跨越省界对坪坑动手，这无疑是把战火烧到了自家门口。坪坑村民绝不坐以待毙，哪怕付出惨重代价，也要誓死捍卫家园！

周时孝一边派出村民潜入寿宁县城打探敌情，一边

组织村民准备土铳、柴刀、棍棒等武器，随时迎战。果然，消息传来：叶明琨派出的"清乡队"50余人正气势汹汹地向坪坑方向推进。

周时孝立即组织村民，在通往村中的险要道路布置伏击。他们在路边埋伏，静静等待敌人到来。当"清乡队"进入伏击圈时，周时孝一声令下，早已埋伏的村民同时扣动了仅有的6条土铳，坪坑保卫战就此打响！

"清乡队"反应迅速，立即开火还击，子弹在村民头顶呼啸而过。面对装备精良、训练有素的国民党军，周时孝毫不畏惧，率先冲向敌群。村民们虽只有柴刀、棍棒，但仍然舍生忘死地与其肉搏。

然而，由于村民们未受过训练，难以抵抗装备精良的国民党军，很快村民中便有人倒下。国民党军占据上风后，更是气焰嚣张，他们闯入村中，肆意烧杀抢掠。

村里浓烟滚滚，火光冲天。在妇孺凄厉的哭喊声中，几代坪坑人苦心经营的家园变成一片火海。

四、历史回响：一场牺牲唤醒千万民众

这场惨烈的坪坑保卫战，发生在挺进师进入浙西南前夕，是闽浙革命斗争低潮时期的一幕血腥悲剧。关于这场浴火之战，《景宁党史大事记》中这样记载："坪坑村民在自卫反击中，周时选、周志彬、周登孔、周昌明、周圣有、周登乾六人壮烈牺牲，周时新、周圣余二人身受重伤，全村十三幢房屋，除周氏宗祠外，全部被

敌人纵火烧毁，全村二百七八十人口，百分之八十流离失所，沦为乞丐。"

坪坑保卫战遗址

坪坑保卫战犹如一团不熄的烈火，点燃了闽浙边界地区民众反抗压迫、追求自由的斗志。正是在这样的斗争中，坪坑村民与闽东红军、地下党组织建立起了更为紧密的革命联系。

今天，坪坑村依旧屹立在浙闽交界的青山之间，那片被火焚烧过的土地，早已恢复了生机。然而，村民们当年舍生取义、捍卫家园的悲壮故事依旧在口口相传。他们无畏牺牲、誓死保卫家园的精神，已成为世代坪坑人、景宁人民甚至整个浙南地区人民心中的不朽丰碑。

坪坑村农民保卫战·赞

风雷激荡浙闽间，坪坑烈火浴血战。

"清剿"恶潮难撼志，舍生取义卫家园。

青山不语埋忠骨，赤魂长歌震敌胆。

壮士铮声传后代，常燃薪火耀宇寰。

景宁县革命老区开发建设促进会供稿，
作者高上兴，杨小敏改编并赋诗

叶 义

坚定的苏维埃政府主席

1935 年 10 月 26 日，在战斗中身负重伤的松阳县玉岩农民武装暴动领导人、玉岩区苏维埃政府主席叶义，被国民党反动派武装逮捕。面对敌人的严刑酷打、软硬兼施，叶义大义凛然，始终坚定不屈。敌人恼羞成怒，于 11 月 2 日将叶义残酷杀害。他生前工作时使

民国木质印章"叶翊义印"

用的一枚木质印章，至今还珍藏在丽水市松阳县博物馆中。这枚刻有"叶翊义印"的印章，历经近百年时光，默默见证了浙西南苏维埃政权的建立与发展。

一、从小刚强正义，参与农军暴动

叶义（1902—1935），原名叶翊义，曾用名叶勇，1902 年出生于松阳县玉岩村（今属丽水市松阳县玉岩

镇）一个贫苦农民家庭，在姐弟三人中排行老二。在他5岁时父亲去世，全家靠母亲养猪、做豆腐、做米酒等养家糊口，生活艰难。他少时读过几年私塾，从小性格刚强，爱打抱不平。叶义24岁时娶斗潭村的龚关妹为妻，育有一子二女，但儿子在11岁时夭折。

1929年12月，在温州青帮首领邹武庆发动下，叶义随陈凤生、卢子敬、陈丹山等在松阳、遂昌、龙泉边界地区组建青帮组织，并在青帮基础上创建了农军。

1930年3月下旬，他到斗潭村（今属松阳县枫坪乡）参加卢子敬、陈丹山、陈凤生等人召集的秘密会议，商讨袭击玉岩公安分局和开仓济贫等事宜。根据秘密会议决定，叶义担任玉岩一带联络人，他给每个参加暴动的人发了一个红袖章。7月中下旬，他与卢子敬、陈丹山、陈凤生等人两次率农军数百人，手执土枪、大刀、梭镖等武器，袭击玉岩公安分局，缴获老式步枪7支、子弹若干。随后，农军撤至安岱后、枫坪、山乍口等村待命。

国民党松阳县政府接到玉岩公安分局被袭击的报告后，十分惊慌，立即向省府告急求援，请调省保安团进行"清剿"。玉岩村叶姓恶霸地主带了县警察队，伙同省保安团和武装民团，共200余人，窜到斗潭村洗劫了农军活动地点"道堂"，卢子敬、傅兆丰和叶徐元3家的房屋被焚毁。农军在塘鱼岗村附近与警察队、保安团交战，但敌我力量悬殊，农军战士傅昌林牺牲，叶延生等 4 人被捕遭枪杀，其余农军被迫撤出战斗。随后，叶义等 98 名农军遭国民党松阳县当局通缉。8 月，他奉命到宣平樊岭脚联络宣平农军并参加宣平农军活动，获知被通缉后，隐蔽外乡。后经亲属几番疏通，才免予追究。回乡后，叶义受土豪劣绅严密监视，只能打零工度日，等待继续革命的契机。

二、积极支持红军，参加红军革命

1935 年 5 月，中国工农红军挺进师进抵松阳。叶义欣闻红军到来，心情异常激动，对家里人说："穷人翻身的日子到了，我们一定要靠拢红军。"于是，叶义组织徐昌根、徐吉庆等 11 名进步人士主动到溪口迎接红军进玉岩，配合红军奔袭玉岩派出所，与陈凤生等为红军带路转战遂昌、松阳，并参加红军成为浙西南地方工作团成员。组织上了解到叶义参加过农军，对反动势力斗争坚决，很快吸收他为第一批中共党员。6 月上旬，红军挺进师政委会小吉会议后，叶义对革命更是充满信心，以一夜急行到达遂昌县，抓获大地主赖养的儿子，筹集 1700 多块银圆，解决了红军革命活动经费的问题。

7 月初，叶义担任玉岩区游击队总负责人，积极配合红军开仓济贫，把地主、土豪劣绅的稻谷和物资分给穷人。他配合地方工作团在红军驻地"杨氏宗祠"和玉岩镇民房墙上书写"反对国民党抽丁拉夫！""白军士兵兄弟们，不替卖国贼国民党流一点汗一点血！""只有苏维埃才能救中国！"等标语。他还在古桥"普济桥"南端墙上，画了一位左手执着大旗、右手振臂握拳的战士的宣传画。这些画很是吸引群众，宣传效果颇佳。根据红军首长指示，他还率先在玉岩一带筹备成立革命组织，发动贫苦农民建立玉岩村苏维埃政府，稳固浙西南游击斗争的群众基础。

7月15日，红军挺进师各纵队在玉岩大会师时，首长刘英、粟裕到他家探望，叶义倍受鼓舞。随后挺进师迁回其他地方游击，地主恶霸窜回玉岩，勾结保安团、警察分局反攻倒算，扬言"抓'共匪'，捉叶义，追回被分掉的稻谷、物资和猪肉"。叶义向红军传递情报，汇报反动势力的恶劣行径，红军和农民武装游击队密切配合，组织力量处决了作恶多端的劣绅、恶霸及其走狗，并迅速撤离玉岩。此后一段时间，叶义一度化名叶勇，隐蔽开展活动，发展农民游击队。

三、勇于担当责任，誓死忠于革命

1935年7月22日，中共浙西南特委书记黄富武在外南坑宣布成立中共玉岩区委和玉岩区苏维埃政府，叶义被任命为区委土地生产部部长和区苏维埃政府副主席，后担任主席。他在玉岩、交塘一带组建了几十个村苏维埃政权或分田委员会，对根据地建设做出重要贡献。

8月，国民党省保安队宣铁吾部到玉岩镇压捉拿"土匪"农民游击队员。因地主告密，叶义在玉岩被捕。在押解途中，他连续踢翻数人而脱逃。叶义强忍左手腕骨被打断和4处枪伤的剧痛，翻过翠屏山，隐蔽到卢锡圭家。当晚他便转移到直坑源内黄坪源山棚疗伤，继而转移到乌岩村，后与活动到梨步坑村的挺进师第五纵队取得联络。经部队卫生员一段时间的治疗后，坚强的叶义再次投入革命工作。

9月，国民党第十八军九十四师进驻松阳，"清剿"红军和革命根据地。因伤势严重，叶义未随部队行动，转移到西沿头村附近山棚隐蔽，不幸被玉岩村保长侦悉并被其带领的"义勇队"缉捕。

叶义被捕后，于10月26日被押解到上坑源、白沙岗等村受刑示众。叶义始终坚贞不屈，后被押解到驻玉岩的国民党九十四师师部。面对敌人软硬兼施，叶义大义凛然，高喊"怕死者就不会参加革命！"其间，叮嘱探监的妻子说："别悲伤，要向前看，为革命而死有价值、不悔恨，要把孩子抚育成人，将来天下是我们的。"10月30日，叶义被转送至松阳县署监狱。

11月2日上午，叶义被提出牢房，在押往县郊草场圩刑场途中见到同乡农友，还频频呼喊着："过十八年，我将又是一条好汉！"

叶义牺牲后，留下了一枚一直跟在他身边的木质印章，这枚印章是他作为苏维埃政府主席时办理公务使用的，由叶义后人悉心收藏。1959 年文物普查时，这枚印章被叶义家人捐献给国家，现收藏在县博物馆，默默地向人们述说着老一辈英雄人物的革命故事。

松阳县革命老区开发建设促进会供稿，

作者王香花，晓路改编

张小娇

豆腐寮里的映山红

"砰——砰——"几声沉闷的枪声，在山谷里久久回荡，一个秧田村的孕妇，在这枪声中倒下了。鲜血正从她的胸口溢出来，顺着衣襟流淌开来。她一手轻轻捂着高高隆起的肚子，一手紧紧抓着寒风中摇曳的那一簇映山红。

她的名字叫张小娇，是当时仙居横溪镇豆腐寮村的女住户，也是革命事业坚定的拥护者，牺牲时只有32岁。仙居解放后，她被追认为革命烈士。

一、豆腐寮结缘

1935年，刘英、粟裕领导的中国工农红军挺进师第一纵队，在司令员朱宝芬、政委杨金山等人率领下，深入浙东并寻找当地共产党组织和红十三军余部。仙居是一个山区县，崇山峻岭，地形复杂，有利于开展游击战争。因此，红一纵队进入浙东地区后，迅速在仙居、永康和缙云边界地区建立了多个落脚点，并以仙居为中心，组织、武装群众，创建革命根据地。其间，红一纵队纵横驰骋，多次进出台州区域内的仙居、天台等地，有力打击了敌人，播撒下革命火种。

那一年秋冬之间，红一纵队指战员在与国民党地方武装的周旋中，展开了艰苦卓绝的斗争，伤亡不少。当时，大部分同志因伤只能就地住下，还能坚持工作的只有十几名同志，遂由政治特派员张文碧①等率队，继续到仙居境内寻找地方党组织和红十三军失散人员。张文碧率领的队伍再次来到仙居，在豆腐寮李炳贵家里住了下来，并以豆腐寮为据点，在仙居、永康、缙云边界开辟了一块游击根据地。

二、一声"嫂嫂"一家亲

豆腐寮地处深山，当年的张小娇和丈夫李炳贵都很年轻，只有二十多岁。张文碧为便于开展工作，便在他们夫妻二人面前撒了个谎，说自己也姓李，叫李炳桂。"李炳贵"与"李炳桂"，谐音同名，让李炳贵这个质朴的山里人认为，这是上天给他的缘分，感到格外亲切，就与张文碧结为兄弟。因李炳贵的年龄比张文

---

① 张文碧，1911 年 9 月出生，江西省吉水县人。1930 年参加中国工农红军，1931 年 7 月加入中国共产党。曾任红军挺进师第三纵队副政治委员兼特派员，坚持南方三年游击战争。中华人民共和国成立后，任中国人民志愿军第二十七军政治部主任，南京军区装甲兵政治委员，浙江省军区司令员。1955 年被授予少将军衔。

碧要大一些，张文碧就叫李炳贵为哥哥，称张小娇为嫂嫂。

秧田、东坞和豆腐寮这一带是几年前浙西工农革命军第三支队支队长、后任中共缙云县委武装委员会委员的杨岩溪的重要活动区。杨岩溪本是缙云县人，后因与秧田村的群众建立了较为深厚的友情，迁居到了秧田村，并以秧田村为据点，开展革命活动，影响颇大。当地群众一见到红一纵队的同志们，便喜出望外，感情胜似亲人兄弟。特别是张小娇和李炳贵夫妇，尽管冒着被国民党反动派扣上"通匪""窝藏共匪"罪名的风险，仍积极为红军带路，帮助红军侦察敌情和寻找当地党组织。

长此以往，张文碧带领的十几名红军战士，就以帮助张小娇家垦山的农民身份，与他们吃住一起，亲如一家。

张文碧带领的这支队伍，尽管人数较少，却是一支正规部队，大小事情都按部队的规矩行事，官兵一律平等。当轮到张文碧站岗放哨时，张小娇便提议让丈夫李炳贵替张文碧站岗。但张文碧认真地对李炳贵夫妻说："我们红军是有纪律的，不允许叫别人代替站岗。"李炳贵以为张文碧不信任他，便执意表示："我全部家当都在这里了，我不怕，你还有什么好怕的！"

张文碧看李炳贵这样执着，严肃说道："大哥，你这样说，就见外了，不是我们不相信你和大嫂，你们把我们红军留在家里，是冒着杀头风险的，这我们都知道。但我们部队的纪律很严格，谁也不能违反，谁违反了就要受到处分。"李炳贵听懂了张文碧的话，便提着取暖用的小火笼陪着张文碧站岗。此后，每逢晚上轮到张文碧站岗，李炳贵都来陪他。

1936年过春节时，张小娇家里杀了一头猪。有其他部队的领导知道后，也想改善同志们的生活，便向张文碧提出建议，向张小娇借点猪肉，给他带领的那部分战士们改善一下伙食。张文碧十分为难，但还是向他们夫妻开口说："能不能借给我们一点猪肉？"

李炳贵以为是张文碧的队伍要借猪肉，便说："借什么！我家有肉吃，还少得了同志们的份！你们几个同志与我们一起吃就是了！"

张文碧连忙解释："我是这里的负责人，其他地方还有部分同志住着，我也要管。"张文碧所指挥的其他队伍，驻在仙居与永康边界永康一侧一个叫胡坦佑的地方，离豆腐寮不远。

于是，李炳贵问道："住在别处的，还有多少人？需要几斤猪肉？"张文碧不好意思地说："有十几个人，给他们十来斤行不行？"他们夫妻二人二话没说，就砍了一个猪大腿，叫张文碧送去，钱分文不收。

三、分别竟成永别

年后不久，张文碧率领的队伍因在北岙村（今仙居县官路镇北峃村）打土豪筹粮行动暴露了行踪，需要转移到缙云和永康那边去开展工作。离别时，张小娇夫妇对他们依依不舍，李炳贵握着张文碧的手，千叮咛万嘱咐："弟弟，你能到我们家来，是我的福分。以后，你们不管到什么地方，都得给我们写信。"

为了李炳贵一家的安全，张文碧告别时，还专门安排李炳贵到外地去躲一躲。此时，张小娇已身怀六甲，行动很不方便。张文碧认为敌人不会对孕妇施刑，留她在家里风险不大。但张文碧他们走后不久，国民党仙居保安队就搜索到豆腐寮。他们一到豆腐寮就包围了张小娇家并搜出一顶红军帽，一怒之下放火烧了她的房子。他们还不顾张小娇怀孕在身把她吊在梁上，边拷打边逼供，整整折磨了一个通宵要她说出红军的下落。张小娇面对敌人的酷刑，面不改色，斩钉截铁地说："你们这帮畜生，从古至今，就有'刑不上孕妇'的说法。我现在身怀六甲，你们还这么狠心！你们的良心被狗吃了！你们要问我红军去了哪里，我不知道。你们要命，我这里有两条！"保安队无计可施，第二天撤离时，把全村百姓的财物抢劫一空，还将张小娇五花大绑拉到秧田村的菜地。

她回头深情地凝视了一眼乡亲们……几声沉闷的枪声响了，张小娇和她未出生的孩子倒在了血泊中，鲜血染红了土地。

在革命战争年代，张小娇和她的家人以其质朴的情怀，拥护共产党，拥护革命，一心一意为红军做事，为此做出了巨大牺牲，值得我们永远怀念。

仙居县革命老区开发建设促进会供稿，
作者朱士新，晓夏改编

粟　裕
担架上的指挥员

在烽火连天、硝烟弥漫的革命年代，中国大地上涌现出无数英雄豪杰，他们以坚定的信念、无畏的勇气和不屈的精神，谱写了一曲曲壮丽的革命史诗。其中，粟裕以其卓越的军事才能和坚韧不拔的革命意志，成为那个时代最为耀眼的星星之一。特别是 1936 年 4 月 15 日在丽水云和县岚头岭的那一战，更是将粟裕的风采展现得淋漓尽致。即便是在担架上，他依然连续指挥了三场重要战斗，书写了革命战争史上的一段传奇。

一、岚头岭上的铁血突破

1935 年夏，革命的火种已经熊熊燃烧，点燃了这片古老土地的希望之光。这引起了蒋介石的恐慌，国民党集中了总计 40 个团约 8 万兵力，于 9 月开始血洗浙西南，妄图彻底摧毁我浙西南革命根据地。面对强敌环伺、危机四伏的严峻形势，粟裕果断采取了"敌进我进"的游击策略。挺进师决定留下第二、第五纵队就地坚持，其余主力部队迅速跳出敌人的包围圈，与闽东红军会合，以积极的作战行动吸引敌人、调动敌人。这一战略转移，不仅有效吸引了敌人的注意力，更为浙西南革命根据地的巩固与发展赢得了宝贵的时间与空间。

1936 年初春，中共闽浙边临时省委在泰顺召开会议，决定以挺进师主力组建浙西南独立师，重返浙西南，恢复浙西南革命根据地，粟裕作为省委代表暂兼师长。粟裕深知肩上的责任重大，没有丝毫懈怠。同年 3 月下旬，他率领由近 200 名红军战士组成的独立师重返浙西南，开始了新一轮的游击战争。他们从福鼎、平阳一带出发，辗转于丽水青田、缙云、云和、景宁、龙泉、庆元以及福建浦城等地区，一边寻找并收拢失散的老部队，一边不断给敌人以沉重打击。每到一处，粟裕都深入群众之中，宣传革命道理，激发民众的抗日热情，使得红军队伍日益壮大，士气高昂。

当年，红军一般都在各县的边界线上行军。位于云和、景宁、青田交界的岚头岭一带，是连接云和、景宁、青田、龙泉、庆元并通往福建的重要通道。作为青田、景宁、云和三县交界的制高点，岚头岭可以说是这条重要通道上的"要隘"，并因其独特的地理位置成为敌我双方争夺的焦点。青田和云和的国民党军队已在岚头岭一带挖了战壕，在山坳处设下埋伏构筑封锁线，企图给红军以重创。4 月 14 日，粟裕率部进入云和。4 月 15 日，他们又从云和县梅湾村出发，由梅湾村农民毛云祥带路，向岚头岭进发，决心拔掉这颗插在红色心脏上的钉子。下午2时，红军独立师（挺进师）来到岚头岭附近。粟裕战斗经验非常丰富，拿着望远镜一看前方的岚头岭山坳就觉得有些异常。面对突如其来的情况，粟裕凭借丰富的战斗经验和过人的胆识，迅速指挥部队兵分两路进行反击。一路正面吸引敌人火力，以掩护主力部队的侧翼安全；另一路则绕至国民党军后实施突袭，直捣敌军指挥中心。经过一番激烈的战斗，红军终于成功击溃了国民党军，但粟裕却在激战中不幸左脚踝中弹，鲜血瞬间染红了鞋子。战士们见状迅速上前将他抬上担架，准备转移治疗。然而，这位铁血将军却坚持要在担架上继续指挥战斗。他一边忍受着伤痛的折磨，一边镇定自若地指挥战士们打扫战场、收集战利品并分发给当地群众。岚头村的老李头，就分到了一条军用毛毯，后来一直用了二十多年。粟裕这份对革命的无限忠诚和对人民的深厚情感，让在场的每一个人都深深感动。

二、沙湾镇的突袭奇兵

岚头岭战斗的胜利，并未令粟裕停歇。他深知，只有不断给敌人以出其不意的打击，才能有效牵制敌人兵力，为浙西南革命根据地的进一步恢复、巩固与发展创造有利条件。于是，在脚踝受伤的情况下，他毅然决定指挥部队继续出击，突袭景宁县的沙湾镇。

4月16日凌晨，天色未明，红军独立师在粟裕的指挥下悄然出发，向沙湾镇挺进。他们利用夜色作掩护，迅速穿越山林小道，悄无声息地逼近了国民党军的驻地。随着一声令下，红军战士们如猛虎下山般冲出，迅速占领了有利地形，并对国民党军实施了猛烈攻击。

经过一番激战，红军成功抓获了国民党保长和乡长各1人，其中乡长因罪大恶极，被就地正法。对此，国民党云和、景宁两县事后的情况报告都留下了记录。从当时的记录中我们可以梳理出粟裕率领部队与层层"围剿"的敌军反复较量的过程：岚头岭战斗后，红军独立师在泗洲岭（云景古道）上截断了电话杆，部队有时分开、有时会合，相互策应。16日晨，红军独立师中一支队伍由云和进入景宁标溪、沙湾，抓获保长和乡长各1人，其中乡长被处决。国民党军队组织追击，同时景宁国民党当局由县长带队，组织"壮丁巡察队"50人、"义勇军"100多人在大均堵截，但红军很快又跳出了包围圈。

然而，国民党军队并未就此罢休，他们迅速调集兵力，企图将红军围歼于沙湾镇附近。面对国民党军的疯狂反扑，粟裕再次展现出了他卓越的指挥才能和过人的智慧。他指挥部队灵活机动地与国民党军周旋于山林之间，时而分散行动，以迷惑其视线；时而集中兵力，对国民党军实施致命打击。在粟裕的精心策划和指挥下，红军独立师成功跳出了国民党军的包围圈，并安全转移到了新的根据地，继续开展游击战争。

三、坳头村的英勇御敌

沙湾镇战斗的胜利，并没有让粟裕和他的战士们停下脚步。他们深知，革命的道路充满荆棘和坎坷，必须时刻保持警惕，并准备应对各种突如其来的挑战。于是，在简单休整后，粟裕又率领部队踏上了新的征程。他们绕回到云和南溪乡，并呈S形运动，以迷惑敌人视线，同时寻找新的战机。

4月17日下午4时左右，当红军独立师行至南溪乡东岱村往坳头村的路上时，突然遭到了国民党第18军11师66团两个连的追击。面对困境，他不仅没有选择撤退，反而笑呵呵地鼓励战士们说："请大家吃个点心！"这个风趣而轻松的说法显示了粟裕的胸有成竹，极大地激发了战士们的斗志和士气。战士们迅速占领了一处制高点，并对敌人实施猛烈攻击。经过一番激战，红军成功将敌人击溃，缴获了大量武器、弹药等战利品，又一次给企图一举"剿灭"独立师的国民党军队一记重击。云和国民党政府在《四月份匪情旬报表》（1936年）上是这样记录的："匪首张友昆（时任独立师政治部主任）等，人数一百二十余人（实为200人左右），重机枪一挺、轻机枪三挺、步枪一百余支、木壳枪十余支、手枪三支。"并称"该匪窜至南山，本县据报后通知县机关枪连开往石塘坑等处防御，并连夜由龙泉开来国军一连前往剿击,乃该匪等由山路转至梅湾再向山锦、岚头岭、黄家地、东岱窜至坳头地方。后由景宁、龙泉开至国军约两连前往与匪接触。匪不支,窜景宁西北乡后转窜本县旧第二区商坑下等处,现在所窜报告尚无,容候探明继报。"从这段记录中我们可以看到敌人在表面上试图保持镇定,但内心深处却充满了沮丧与挫败感。

5月20日,粟裕带领部队跳出包围圈后,进入龙泉、庆元、福建浦城一带。在龙泉县岙头山与突围出来的宣恩金等会合;同月,在龙泉县青草坪歪头山与叶全兴率领的广(丰)浦(城)独立营会合。

岚头岭、沙湾镇、坳头村的三次战斗,不仅再次彰显了粟裕卓越的指挥才能和红军战士们英勇无畏的革命精神,也极大地鼓舞了浙西南革命根据地军民的斗志和信心。他们坚信,在粟裕等优秀将领的带领下,一定能够战胜一切困难和敌人,迎来革命胜利的曙光!

四、结语

粟裕的一生是战斗的一生、传奇的一生。他在枪林弹雨中多次中弹负伤却屡次死里逃生,在担架上指挥战斗更是展现了他非凡的毅力和智慧。他的事迹如同璀璨星辰般永远闪耀在历史的星空中,激励着后人不断前进、勇往直前。

今天当我们回顾那段光辉岁月时,不仅要铭记那些为了革命事业英勇献身的先烈们，更要继承和发扬他们那种不畏艰难、勇往直前的革命精神，为实现中华民族的伟大复兴而努力奋斗！

粟裕·赞

烽火连天战地黄，粟公神勇震四方。

浙南岭上挥戈处，血染征袍志更刚。

担架为床谋智策，沙场点兵气轩昂。

岚头岭下伏兵起，前后夹击敌胆丧。

沙湾夜袭如闪电，出奇制胜惩恶怅。

坳头路中逢劲敌，谈笑樯橹灰飞扬。

三役三捷显神威，战神风采永流芳。

后人当继先辈志，砥砺前行铸辉煌。

云和县革命老区开发建设促进会供稿，

作者蓝义荣、魏世荣，杨小敏改编并赋诗

林瑞清

南拳高手，红色"张飞"

　　2023 年 3 月 4 日，中国（平阳）南拳文化园开园，一场别开生面的南拳武术表演，获得了阵阵掌声。平阳自古武风鼎盛，是"全国武术之乡"，更是南拳的故乡，历史上曾出过武状元 15 名，位居全国前列。在平阳出现过这样一位南拳高手，在革命熏陶下，以高昂的斗志、高强的武艺，出生入死，直至献出宝贵的生命。他就是平阳革命史上的传奇英雄，人称"红色张飞"的林瑞清。

一、投身革命的南拳高手

　　1910 年，林瑞清出生于平阳县山门乡（今山门镇）西山村的一户贫苦农家。他自幼替人放牛，13 岁至 15 岁时在山门畴溪小学上学，一边劳作一边开始习武。他在床前挂了 50 多公斤重的沙袋，时常挥拳猛击练习。他还拜名拳师学武，20 多岁时就成了当地有名的彪形大力士。

1935 年，林瑞清经人介绍，到山门乡公所警备班当兵。国民党北港区署头头发现他身材魁梧、武艺高强，便调他到区警备队当班长。1936 年 7 月，中共平阳县委书记郑海啸被捕，关押在北港区署，受尽严刑拷打却始终不屈，林瑞清深受震撼，悄悄和他结下师兄弟之情。在郑海啸的引导下，林瑞清受到了革命启蒙。1937 年 1 月，游击队攻打北港区署，击毙反动区长楼钟声。林瑞清事前提供了不少情报，事后又动员副班长杨青梅携带枪支，一起投奔革命。

1937 年 5 月，林瑞清由叶廷鹏、郑海啸介绍，加入了中国共产党，不久出任平西区委书记。国共和谈成功后，红军在山门集训，并创办抗日救亡干部学校。林瑞清为 200 多名学员做好后勤和保卫工作，还组织十几名裁缝师傅，在大屯村赶制棉衣棉被，保证了数百名红军战士能够按时开赴前线北上抗日。1939 年春，他受浙江省委委派，到皖南新四军教导队学习半年，回来后被任命为平阳县委常委、武运部部长、武装工作队副队长。

二、英勇善战的武工队员

1939 年，抗日战争进入相持阶段。国民党消极抗战、积极反共，调集自卫队 2000 多人，特务分子四五百人，向平西区发起进攻。在腥风血雨中，林瑞清发扬了英勇善战、不怕牺牲的精神，经常鼓励武工队员说："国民党反动军队有什么可怕？他们是公开行动的，我们是隐蔽的。我们看他们清清楚楚，但他们看不见我们。好打就打，不好打就躲。打死他们一个即使自己牺牲也够本，打死他们两个还赚一个。人死留名，豹死留皮，为革命头可断、血可流，志不可屈。"

一次，国民党军一个中队在瑞平交界的包垟发现了林瑞清，马上进行围攻。林瑞清跑到山头上，向国民党军边招手边大声喊："来，来，来。"国民党军用枪向他扫射，他马上埋头蹲下；国民党军枪声一停，他用木壳枪反击。国民党军好不容易追到这个山头，他又跑到另一个山头，戏耍国民党军："来，来，来。"就这样，他在几个山头上来回蹿，把国民党军拖得筋疲力尽。来自敌伪的档案材料上曾有记录：回营时，敌中队长"怒不可抑，竟致立即吐血"。

又有一次，他在山门乡小池村活动，国民党军山门警备班发现后，马上进行搜捕。林瑞清不急不忙，指挥其他同志突围，自己则化装成老太太，牵了一头水牛，在国民党军的眼皮底下，大摇大摆地赶牛上山。他们搜索一阵后，才发觉自己又上当了。

还有一次，他身患重病，行动不便，组织安排他在山门乡红寮疗养，国民党军派了便衣队前来包围，武工队员要掩护他突围，他当机立断对同志们说："我行动不便，留在这里，你们赶快突围。"同志们边打枪边退入深山密林，林瑞清手持短枪，伏在楼上。国民党军听见枪声已远，便搜刮了老百姓家里的一些财物，悻悻然回了城。待硝烟散去，同志们回来看望他时，他安然无恙。

三、爱护百姓的"红色张飞"

1940 年 10 月，党组织以林瑞清为首署名发表《为反对平阳县长张韶舞杀人放火告全国党政军艺学暨各界同胞书》的文章，揭露张韶舞制造反共摩擦、残害民众的丑恶嘴脸。在复杂的斗争环境中，林瑞清带领武工队员镇压反动派，同时执行抗日民族统一战线政策，团结民主人士陈玉川、王扬西、徐玉麟等人，争取土匪头子林玉山，遣散朱超高从南麂带来的大刀会会众 100 多人。

林瑞清不但机智勇敢，而且善于做群众工作。他帮助老年人砍柴、挑水，教中青年练拳术，教小孩唱歌，得到了广大群众的爱戴拥护。他满脸胡子，群众都叫他"小张飞"。他走到哪里，哪里的群众就说："张飞来了，张飞来了。"林瑞清总是乐呵呵地开玩笑："既然张飞来了，你们就应该供奉供奉呀！"

1942 年夏天，林瑞清在蒲岭民主人士王扬西家楼上休息，正好特务头子胡仲廉也来了，坐在楼下吃西瓜。林瑞清居高临下，本可一枪击毙胡仲廉，但他再三考虑，冷静下来：打死胡仲廉可图一时痛快，事后却会给王扬西带来极大麻烦。所以，他克制住冲动，暂时放过胡仲廉一马。这件事，让王扬西深受感动。

1945 年 11 月，林瑞清带领武工队 6 人，到文成县双桂乡双垟包一带开展革命活动。12 月 14 日晨，由于特务告密，他们被敌人包围。他在掩护其他同志突围时中弹牺牲，年仅 35 岁。父亲牺牲时，林瑞清的大儿子林兴毅才 13 岁，不久后便继承父亲遗志参军入伍。一家忠烈，书写了平阳革命史上的一页壮丽篇章。

平阳县革命老区开发建设促进会供稿，童未泯改编

钟金钗

"救死扶伤"的畲族革命老妈妈

2023 年 2 月 13 日晚，在杭州运河大剧院上演大型原创民族歌剧《畲山黎明》，现场座无虚席，掌声雷动。该剧目先后拿下了 7 项国家级、省级文艺奖项。这部歌剧之所以能够获得这么多的殊荣，除了演员精湛的舞台表演功底外，还因为它是根据一位畲族革命老妈妈钟金钗的真实故事改编而成的。

《畲山黎明》剧照

一、"我要为他们做点事"

1936 年的春天，景宁郑坑乡毛寨村突然热闹了起来，许多外地做生意的"客商"时常前往一位名叫钟金钗的老人家中，并且每次临走时都要购买一些伤药。从医多年的钟金钗隐约觉得，有什么事发生了。

一天晚上，红军挺进师一纵队独立第一中队队长范连辉（化名刘标）带着几个人来到钟金钗的家中，一番家常闲聊之后，范连辉的眼神变得坚定而深沉，他紧握钟金钗的手，声音虽低却饱含力量地说："钟大妈，我们是红军挺进师第一纵队的人，现在我们红军正在和国民党反动派进行斗争。浙南地区山川阻隔，交通很是不便，这让我们救治伤员成了一大难题。经过这段时间的了解，我相信你能帮助我们的，对吗？"钟金钗听了之后什么也没有说，唯有一双眸子中闪烁着异样的光芒，她朝着队长范连辉用力点了点头。

那天夜里，钟金钗辗转反侧，脑海里总是浮现出那些"客商"的身影，以及队长范连辉饱含信任和期待的话语。之后的每天早上，钟金钗还没等鸡叫就早早上山采药，因为她知道红军是带领群众摆脱被压迫、被欺辱生活的领路人，而她一定要用自己的医术为他们做点事。

二、"请马上送到我这里来"

毛寨村坐落在景宁和文成的交界处，村里住着的都是畲族群众，钟金钗就是当地有名的"土医生"，特别擅长于儿科、伤科的医治。

一天傍晚，钟金钗从山上采药回来，途经大湾番薯寮时，她听到寮里传来一阵阵微弱而痛苦的呻吟声。多年的医者本能让她停下了脚步，慢慢走近番薯寮，伸手推开门，一幕令人心悸的场景映入眼帘：一个年轻人痛苦地蜷缩在地，双手紧紧捂着肚子，眼睛微微睁着，呼吸十分急促。钟金钗见状心中一紧，连忙放下背篓和锄具，用尽力气将年轻人扶到墙边。她轻轻移开年轻人的手，只见鲜血汩汩流出，染红了衣襟。仔细一看，原来年轻人的腹部被子弹打出了好几个洞，肠管裸露，触目惊心，再加上没有及时处理，血很难止住。钟金钗生平第一次遇见这样的情况，但是她没有慌张，而是迅速且冷静地撕下布条，帮年轻人清洗了伤口，又从背篓里翻找出止血的药材，细心敷于伤处，希望能为这年轻的生命争取一线生机。

这时，门外进来了一个人，面容黝黑，手臂上缠着一块带血的纱布。一番交谈后方知，这个人正是之前到钟金钗家里来过的范连辉的部下。

接下来的数日，钟金钗往返于家和大湾番薯寮之间，竭力照顾和医治那位受重伤的红军。但因红军战士的伤势过重，又加上发现得太晚，伤口已经大面积感染，高烧不退，他最终还是牺牲了。钟金钗半跪着，双手紧紧抱着逝去的红军战士，泪水无声滑落，浸湿了衣襟。她抬起头，红着眼眶，对身旁的另一名红军战士坚定地说："红军同志，如果你们以后再有伤员，请马上送到我这里来。"

三、"看到你们康复就是我最高兴的事"

从第一个伤员送到钟金钗的家里开始，钟金钗的家就成了伤员的救治点。为了确保伤员得到妥善照料，并且不被发现，钟金钗将自己家附近的山洞作为临时安置点，救治、安顿伤员。这山洞虽小，却承载着无尽的希望，但是随着伤员人数的增加，临时安置点愈发局促。特别是在官汀圩一战后，红军的行动引起了反动当局的注意，反动保安队频繁来毛窠一带搜查。为了伤员们的安全，钟金钗夫妇就要经常转换伤员们的安置点，有时，一天之内都要换好几个地方。

面对如此困境，为了伤员们能更好地康复，钟金钗和丈夫商量，决定深入山中寻找一处更为隐秘且适宜的安置之所。几经波折，终于在离家5公里外的地方找到了一个天然崖洞。崖洞有三四米高，十几米的深度，能够容下百来人，宛若天然的庇护所。更重要的是洞内有一处山泉，这样就能很好地解决伤员的日常饮水、清洗伤口、洗刷衣物等问题。另外，这处崖洞地理位置险峻，周围没有路可以通行，进出需要借助崖洞边上的藤木，并且要十分小心，稍有不慎就会跌下百丈悬崖。

为了不引起反动保安队的注意，钟金钗只能在天黑时前往崖洞，一边要注意安全，一边还要应对意外情况的发生。一天傍晚，天色将晚，钟金钗像往常一样前往崖洞给伤员送饭，行至半山腰，却碰上了保安队的人。保安队的人一看见钟金钗，冲上来一把抓住她，恶狠狠地问："这么晚了还上山，背篓里是什么？是不是给什么人偷偷送东西？"钟金钗并未表现出丝毫的慌乱，她奋力想要挣脱束缚，目光坚定，声音充满了力量："你们为什么抓我？我是给我家的送饭，他和村里的几个人最近在山里烧炭，你们要是不信，可以问问我们的保长。"这时，一名保安队员竟掏出枪抵着钟金钗的后背，然后看了一眼带队的保长。保长是本地人，他知道村里的人在这个季节都会上山烧炭留着过冬用，于是上前翻开背篓，看到里面不过是一桶刚烧好的番薯饭，便让保安队的人松开了钟金钗。这次偶发事件，便在钟金钗的机智中悄然化解。

从这之后，钟金钗就愈发小心，总是等到天黑透了再悄悄上山。也就是因为这样，钟金钗的手臂和双腿总被山上路边的树枝划伤。如果遇到雨天，摔跤滑倒更是经常发生，这对一个60多岁的老人来说是十分艰难与危险的。但是这一切都不足以成为阻碍，钟金钗仍然每天奔走于崎岖的山路，越过密布的荆刺，坚持前往崖洞，为伤员送饭、换药和敷药等。

也就是在这样的环境下，钟金钗在崖洞里救治了一个又一个的伤员，而这个危险又隐秘的崖洞就成了当时的"红军医院"。经过一段时间，红军派人来接伤员归队了，康复的战士们一个个围着钟金钗，亲切地叫着"钟妈妈"，有几个战士还偷偷抹起了眼泪。钟金钗心里也充满了不舍，但更多的是欣慰与骄傲，她笑着说："看到你们康复就是我最高兴的事。"她还说："这里永远都是你们的家，等革命胜利的时候，你们再回来看看。"

四、"绝不后悔为红军做过事"

随着革命形势的变化，1938 年，中国工农红军挺进师北上抗日。浙南的反动派又猖狂了起来，再一次掀起了反共高潮，而钟金钗为红军救治伤员的事情也被反动保安队知道了，并将她列入了黑名单。

1940 年，反动保安队纠集 100 多人冲到毛寮村，包围了钟金钗的家。为了能够让钟金钗顺利逃离，钟金钗的丈夫雷阿桶做了掩护，自己却不幸落入了反动保安队的手里。

他们用麻绳把雷阿桶紧紧绑在房前的柱子上，严刑逼供，要他说出钟金钗的下落。雷阿桶始终紧闭双唇，不肯说一句话，保安队的人残忍至极，拿着烧红的木棍放在他的下巴处，将他的胡须全部烧掉，还用香火烫他的双肋和双臂，没多久雷阿桶便昏死过去。随后反动保安队的人又将雷阿桶带回了驻地，对他进行了严刑拷打，但雷阿桶始终没有透露一句关于救治红军伤员的事。这位铁骨铮铮的汉子，面对酷刑，未曾有丝毫动摇，他的沉默是对信仰最坚定的守护。

最终，保安队无奈，只能让村里交钱赎人。乡亲们知道后，纷纷解囊相助，大家东拼西凑上交了保释款，将他从保安队的手中赎了回来。然而，被折磨过后的雷阿桶，身心都受到严重的伤害，身体上的伤口也开始溃烂，虽然经过医治保住了性命，但还是落下了严重的残疾。

面对敌人的残暴与无情，钟金钗的心中没有丝毫畏惧与后悔，她的声音坚定而有力："我绝不后悔为红军做过事。"这句话，如同山涧清泉，清澈而坚韧，它不仅是对过往岁月的无悔宣言，更是对未来的坚定承诺。在钟金钗的心中，那份对正义的执着追求，对红军事业的深情厚谊，早已超越了个人安危与生死，更成为一种永恒的精神力量。

景宁县革命老区开发建设促进会供稿，郑心怡改编

蔡孝贵

带领全家忠贞不渝为革命

蔡孝贵（1905—2003），浙江省平阳县高楼东岩杨彭桥人。1942年加入中国共产党，成为党组织中一名坚定的战士。杨彭桥党支部建立后，他担任党支部书记，并长期肩负平阳县委交通员的重任。中华人民共和国成立后，蔡孝贵先后出任平阳县高楼区区长、洞头县县长等职务，为新中国的建设事业贡献力量。他的一生，是对党忠贞不渝的一生，展现了革命者舍生忘死、无怨无悔的崇高精神。

一、初识红军，点燃革命火种

1935年，红军挺进师在平阳县李山与国民党部队及地方武装激战后，突围至蔡孝贵家乡附近的杨彭桥一带隐蔽。当时的蔡孝贵早就听闻共产党是穷人的救星、老百姓的希望，因此对红军满怀敬意，暗中为他们提供食物与掩护。一天，国民党追兵来到蔡家，恶狠狠地质问红军的去向。面对敌人的威逼，蔡孝贵毫不畏惧，果断指向西方，将敌人引入歧途。敌人空手而归后恼羞成怒，对蔡孝贵施以严刑，但他咬紧牙关，始终未透露红军的行踪。

这次经历，让蔡孝贵深刻认识到国民党反动派的残暴与冷酷，更加坚定了他投身革命、救国救民的决心。从那时起，他立下誓言，要为劳苦大众的解放贡献自己的一切。与红军的这次接触，成为他革命道路的起点，点燃了他心中熊熊的革命火焰。

二、无私奉献，全力支持革命

1942 年，平阳革命根据地遭到国民党顽固派的残酷"清剿"，县委被迫转移到梅山一带隐蔽。蔡孝贵主动伸出援手，将家中所有能食用的物品全部提供给革命同志。在食物紧缺的艰难时刻，他甚至将长子的童养媳送人，换取了 150 公斤番薯丝，以供县委同志食用。这一举动，在当地引起了极大的震动。他深知，只有革命胜利，百姓才能过上幸福的生活，这样的牺牲是值得的。

在蔡孝贵的精心照料和无私奉献下，平阳县委领导人在他家中隐蔽了两个月。其间，他不仅为县委领导人创造了安全的生活环境，还担负起了县委与外界联络的重任，多次冒着生命危险外出传递情报，确保了党组织的安全与稳定。

三、建立党支部，成为红色据点

1942 年，中共平阳县委在国民党顽固派的疯狂"清剿"下被迫转移至杨彭桥隐蔽。当时，平阳的党组织几乎遭到全面破坏，党员分散、斗争陷入低谷。蔡孝贵得知县委领导到达杨彭桥的消息后，毫不犹豫地站出来，为县委提供住处和生活保障。他利用自己对当地环境熟悉的优势，在国民党密探的严密监视下，灵活布置交通联络点，确保了县委的安全隐蔽。

在蔡孝贵的全力支持下，平阳县委得以迅速恢复工作。很快，杨彭桥党支部正式成立，这是平阳县委过江后建立的第一个党支部。蔡孝贵担任支部书记，并亲自负责党组织的交通站工作。他积极发动当地群众，传播党的革命主张，动员农民参加革命。他们巧妙利用杨彭桥特殊的地理条件，将村中几处隐蔽的房屋设为联络点，并在山间小道上布设多处岗哨，为平阳县委与外界联系提供了有力保障。

蔡孝贵还通过发展积极分子，进一步壮大了党组织的力量。他经常带领党员深入田间地头，向群众宣传党的政策，争取更多百姓的支持。在蔡孝贵的带领下，杨彭桥很快成为平阳地区重要的红色据点，在浙南革命斗争中发挥了举足轻重的作用。党支部的成立不仅巩固了平阳县委在当地的革命力量，更为浙南抗日武装斗争打下了坚实的组织基础。

在敌人多次搜捕的危急时刻，蔡孝贵始终忠诚于党的事业，身先士卒带领党组织成员积极转移，毫无怨言地承担起护卫革命的重任。杨彭桥党支部成为平阳县革命斗争的桥头堡，蔡孝贵凭着无畏的精神和坚强的意志，为浙南革命根据地的稳固和发展做出了不可磨灭的贡献。

四、险境坚守，传承革命精神

抗日战争期间，国民党反动派对平阳及浙南地区的革命力量展开了疯狂的"清剿"，革命形势异常严峻。蔡孝贵作为平阳县委的老交通员，始终冒着生命危险在崎岖山路上奔走，往返各个联络点之间，传递情报、护送同志。他的交通路线遍布平阳、文成、泰顺等地，行程动辄数十公里。为了避开敌人的盘查和监视，他经常乔装打扮成普通农民、弹棉匠或挑夫等，凭借对地形的熟悉和丰富的斗争经验，他成功避过了一次又一次的搜捕与围追堵截。

有一次，蔡孝贵在夜间送信途中突遇暴雨，被迫躲进山洞避雨。天亮后，他继续前行，却因大雾迷路。在没有食物和水的情况下，他仅凭顽强的意志力，独自在山路上爬行了两天一夜，穿越了50多公里的崇山峻岭，最终安全返回家中。这样的艰险经历，并没有让蔡孝贵有丝毫退缩。他深知自己肩负的是全县党组织的安全与存亡，他的每一举动都关系着革命同志的生死安危。

除了交通员的工作，蔡孝贵还在杨彭桥后山设立了秘密落脚点，这里是平阳县委机关的重要隐蔽点。他和家人在这些岩洞中储备了干粮、药品、草鞋等物资，随时为党组织提供紧急避难和补给。无论是寒冬酷暑还是风霜雨雪，只要党组织有需要，他和家人便毫不犹豫地出发，将物资悄悄送到洞中，确保同志们的安全。他为浙南革命斗争的坚持和发展作出了重要贡献，是浙南党组织最可靠的护卫者之一。

五、全家投身革命，谱写忠诚篇章

蔡孝贵的妻子胡忠良长期支持丈夫的革命事业，她不仅承担了家务，还常年为革命同志站岗放哨、缝补衣物、准备干粮、冒险为患病的同志请医送药，是革命事业的重要支持者。他们的几个儿子也从小接受革命的熏陶，在父亲的影响下担负起了放哨和传递情报的任务。年幼的孩子们常常在崎岖的山路上来回奔波，一旦发现可疑人物或国民党顽固派的行踪，便迅速向县委和游击队传递情报。正是这些无名小哨兵的默默奉献，为县委机关及游击队的安全提供了保障，成为革命根据地内部重要的预警线。

蔡孝贵一家为了革命事业无怨无悔地奉献着。家中常年接待来往的交通员和游击队员，成为平阳县委的秘密联络站和临时的后方基地。敌人多次搜捕蔡孝贵一家，但胡忠良与孩子们总是沉着应对，将党组织和同志的安全放在首位。

蔡孝贵一家人舍小家、顾大家，他们用实际行动践行了共产党人的忠诚与奉献精神，谱写了一段倾全家之力支持革命的感人篇章。

六、坚定信念，迎接解放曙光

1946年，解放战争初期，国民党反动派在平阳地区张贴大字通告，公开悬赏捉拿蔡孝贵及其家人，并扬言要"株连九族，斩草除根"，以彻底瓦解革命力量。在这样严峻的形势下，蔡孝贵一家被迫离开住处，辗转于山林与村落间，常常只能栖身于简陋的山洞和废弃的草屋中。然而，面对敌人的威胁与追杀，蔡孝贵一家并未表现出丝毫的胆怯与动摇，仍然坚守信念，继续配合县委工作，将家中作为隐蔽点，冒险为游击队员提供物资和情报。

即便是在敌人围追堵截最为猖狂的时刻，蔡孝贵依然坚定地站在党组织的身后。胡忠良与几个孩子虽身处险境，但始终与他共同面对，不离不弃。为了迷惑敌人，他们频繁更换藏身之地，不论处境多么艰难险恶，始终保持与党组织的联系，为革命事业竭尽全力。

1949年，全国解放的曙光到来，蔡孝贵一家终于熬过了国民党残酷迫害的黑暗时期。他带着全家迎来了新中国的成立，并继续在新中国的建设中贡献自己的力量。蔡孝贵先后担任平阳县高楼区区长、洞头县县长等

职务，为当地的社会发展和建设事业呕心沥血。他一生
忠诚于党，不论在战争年代还是和平时期，都始终坚定
信念、无怨无悔，为党的事业奉献着全部心血。

七、结语

　　蔡孝贵用自己的一生诠释了对党的无比忠诚和无私
奉献。他不仅自己投身革命斗争，还将全家力量奉献给
党的事业。在最危险的时刻，他舍生忘死，帮助党组织
度过重重险境，为平阳县乃至浙南地区的革命斗争做出
了不可磨灭的贡献。无论是在枪林弹雨的战争岁月中，
还是和平建设时期，他始终坚定信念、无怨无悔。

蔡孝贵·赞

身向红旗壮志酬，碧血丹心写春秋。

家为堡垒藏忠烈，命作浮桥渡险舟。

几经危难合家献，百战风霜筑金瓯。

信念弥坚排恶浪，革命长歌荡九州。

瑞安市革命老区开发建设促进会供稿，

作者王学柒，杨小敏改编并赋诗

刘素贞

渡口上的英雄母亲

　　浙闽两省交界的寿泰溪上，有个叫五步溪的渡口，以前一直是浙江省泰顺县和福建省寿宁县之间往来的必经之处。1934年秋季的一天，渡口来了两个肩背褡裢的"买牛客"，一个是高个子的中年人，另一个是中等身材的小伙子。那中年人仔细打量了一下两岸峭立的山峰，感慨道："这儿地势险要，要想在泰寿边区建立根据地，非得把渡口掌握在我们手里不可。"这时，忽听得渡船上传来一声呼唤："客人，上不上船呀？我们要开走啦！"

一、手执竹篙挽狂涛

　　两个"买牛客"加紧脚步，上船坐定，举目一看，不由得暗暗吃惊！今天摆渡的竟是一名头发花白的老妈妈，只见她身材瘦长，干瘦的手撑着长长的竹篙，身体摇摇晃晃，似乎弱不禁风。

　　再看看这汹涌的急流，犹如万马奔腾。"买牛客"

心想，眼下正是发大水的时节，即使是彪形大汉撑船，也令人提心吊胆，如今却碰上这么一位老妈妈，岂不危险。同时上船过渡的一个青年人嬉笑道："客人，你大概是初次过渡，我们五步溪尽出怪事，宋朝保江山靠杨门女将，我们这儿撑险渡也全靠老太君哩！"

摆渡的老妈妈听见了，立即回过来一句："老又怎么样？总不会把你喂老鳖。"船上立即响起了一阵哄笑声。

船到溪中央，一个顶头浪扑来，而船的下游正有一块直立水面的礁石，百步以外是一个上有飞瀑泻下的深潭，眼看着要浪打石撞。此时，站在船头的老妈妈，不慌不忙地左右开弓，紧撑几篙，渡船朝着浪头急速地迎去。说时迟那时快，就在这巨浪把船向下猛推的一刹那，老妈妈稍稍拨歪船头，又撑几篙，船轻巧地穿过浪头。没多时，船就靠了岸，全船的人又是惊叹又是佩服。

"客人，摆渡钱。"

"咦，别的人都没收，怎么光收我俩的？""买牛客"中的小伙子有点纳闷。

"前面的是本村人，不用收。后面那两个，衣服都那么破，还能要他们的钱？"老妈妈冷眼说。

两位"买牛客"瞧瞧自己这身阔绰的打扮，只好乖乖地付了钱。

走在路上，小伙子嘟囔说："没见过这样的人，付了钱还要给白眼。"中年人却说："好！好！这才是我们要的好妈妈。我们的立脚点，就在这老妈妈身上。"原来，这中年人是福寿县委委员王陶生，另一位是县委工作人员缪怀郁。他们来这里，是为了发展组织，开辟新区，建立寿泰革命根据地。当他俩在五步溪村落脚以后，首先看中了老妈妈，知道她叫刘素贞，两人经常登门拜访，向她了解情况，可是都碰了钉子。任凭你磨破嘴皮子，她只是"嗯嗯"，没一句心里话。

缺口在老妈妈的二儿子钱永去身上先打开了，经过一段时间的思想工作，钱永去开始偷偷参加地下党组织的秘密集会。同时，他说了自己家的一些情况："我兄弟三人，从小丧父，全靠妈妈独自支撑，抚养长大。妈妈因此特别有个性，她未看中的事从不轻易表态，凡是她想定了的事情，就是遇到铁板也要钻到底。"

在两个"买牛客"的鼓励下，钱永去开始以说传闻的方法，对妈妈讲起了共产党领导穷人翻身的事。妈妈听到人情处，想起了自己受苦受难的身世，眼里闪着泪，便扭过头去悄悄擦掉。

一个风雨之夜，两个"买牛客"来到刘妈妈家门前叫渡，出来迎接的是钱永去，他笑嘻嘻地说："妈妈叫你们进去吃了点心再走。"

从那时起，刘妈妈把"买牛客"当成自己的儿子看待，为他俩秘密送信、联络。党组织的又一个交通站就这样建立了。

二、智斗奸细"担糖客"

一天清晨，五步溪渡船又撑开了，摆渡的仍是刘妈妈，而坐船的只有二儿子钱永去。半辈子与渡船打交道的刘妈妈，这天觉得撑篙特别沉重，起水落水又缓又慢。沉默了一会儿，刘妈妈扭头对儿子说："儿啊，别难过，你放心去吧！到红军部队后，要为穷人干一番事业。"船靠岸后，钱永去接过妈妈递来的小包袱，噙着泪水告别妈妈，从此踏上了革命征途。

不久，刘妈妈又送大儿子钱永流去了泰东区游击队，送三儿子钱永品加入了福寿县游击队独立营。至此，全家人都参加了革命。

在日常摆渡中，刘妈妈始终按照秘密工作的要求，丝毫不暴露自己的身份，警惕地关注着敌人的一举一动。

一天，一个平阳"担糖客"来过渡，总是无话找话地和刘妈妈攀谈，似乎想打听点什么，刘妈妈答非所问地应付了一番。过了三四天，这个"担糖客"又来过渡，到对岸后，别人都离船走了，他却坐在船上不起身，刘妈妈正要开口，他抢先说："老妈妈，做做好事，帮我想个办法。"

"你担糖，我撑船，我帮不上你的忙！"

"不瞒你说，我是平阳天井人，做了十多年长工，因参加打土豪暴露了身份，国民党要杀我，我是特地到这里找红军挺进师的。"

"唷，这我更帮不上了，我只管撑船，整天来来去去，全身骨头都散了架，哪顾得上什么红的白的！"

"老妈妈，我这几天在观察，觉得你是个好人，你一定了解红军在哪里，你如能帮我找到红军，就是来世也不忘你的恩情，不然，我就无家可归了。"说完就跪了下来。

刘妈妈是个不怕硬只怕软的人，见状连忙放下撑篙，把他扶起来："那么，你是真心来参加红军的？"见"担糖客"急切地点头，刘妈妈就把他往家中领，可脑子里一直在纠结：有志气的穷人要求参加红军，按理说自己应该帮助他们，而且之前也确实引导过好几个人加入了红军，但是万一弄不好引进奸细就糟了。

刘妈妈假装看渡口，猛地一个转身，和"担糖客"打了一个照面，发现他东张西望，神色不定。又低头看了看这个人的脚，脚上涂着泥巴，但在泥巴的脱落处，白脚踝却显露无遗。这下，刘妈妈明白了大半，这个人自称做了十多年的长工，还会是白脚踝吗？这人十有八九是个奸细。

于是，刘妈妈假装叫他跟着自己去找红军，穿过山边小路，径直往国民党保长家里走去。见到保长，刘妈妈就一把抓住"担糖客"，对保长说："这个人是共产党。"这时，"担糖客"却不慌不忙地从贴身衣服里，掏出了国民党泰顺县政府的证章和县长何芸生的派令。

"担糖客"还竖起大拇指，连声赞扬刘妈妈是党国的忠诚卫士。

三、一家四口为革命捐躯

春寒料峭的二月，刘妈妈的大儿子钱永流带着泰东区委的密信，去仙稔乡一带寻找当时已升任中共寿泰县委书记的王陶生，不料被棠坪村一个逃亡地主告密，在下稔村被敌人杀害，时年39岁。刘妈妈闻讯后，伤心欲绝，擦干眼泪之后，她在悲痛中更加坚定地投身革命工作。

1936年秋，我党在寿宁、泰顺两县边界地区建立了革命根据地。看到穷人们扬眉吐气地打土豪、分田地，刘妈妈喜上眉梢，似乎一下子年轻了许多。但不久，三儿子钱永品为保卫根据地，在与国民党教导团激战时不幸牺牲。噩耗传来，老妈妈久久沉浸在悲恸中。

革命力量的发展壮大，让国民党当局十分惊慌。1937年初，闽浙皖赣四省绥靖主任刘建绪调集10万兵力，重点进攻浙南革命根据地。国民党八十四师、教导团和民团1万多人窜入寿泰边区一带，烧杀抢掠，血洗山村。

一天清早，刘妈妈坐在船上等待过渡的客人。突然从对岸山岭下来一行人，领头的是一个熟悉的人影，老妈妈细看，这不是小缪吗？

"刘妈妈，国民党追来了，特委范式人同志要过渡呢。"老妈妈一听，紧忙挥起撑篙，送同志们过河。

"刘妈妈……"到岸后，缪怀郁一反常态，欲言又止。刘妈妈见状，连忙追问："小缪，你有什么事瞒着我？"

小缪哽咽地说，刘妈妈的二儿子、泰东区委委员钱永去昨天被洲岭乡的民团追捕，惨死在寿宁板桥头。

刘妈妈"啊"的一声，昏了过去。同志们一阵忙乱，刘妈妈才慢慢苏醒过来，眼泪簌簌而下。这时，对岸忽然响起枪声，刘妈妈挺身起来，操起撑篙一次又一次地敲打着溪边的卵石："欠债还钱，杀人偿命，个对个，双对双。"

这时，对岸枪声由稀而稠，敌人追上来了。"刘妈妈跟我们一起走吧，杀人不眨眼的八十四师、教导团就要追来了。"缪怀郁劝说道。

"不，你们快走吧！"刘妈妈斩钉截铁地说。

不一会儿，大群追兵已窜到西岸，国民党军黄团长在对岸高喊："老婆婆，快快摆渡，有银圆赏你。"刘妈妈把渡船撑过去，靠拢西岸后，大声说："长官，上船吧。"

敌一营营长率兵上船后，刘妈妈猛地一竿，船急速离岸，再撑数下，船到了溪中央。忽然，她使出全身的力气再撑一竿，船直朝下游的溪中心礁石冲去。只听"轰"的一声巨响，船头撞裂了，慢慢地下沉。船上的国民党军大惊失色，呼天喊地，你推我搡中，一个个跌落深潭。刘妈妈呢？一个飞身跳入水中，向下游潜去。

在西岸的黄团长见此情景，咆哮着让全团数十挺机枪从潭头到潭尾来回扫射。不一会儿，鲜红的血水浮出水面，随着溪水流淌着，慢慢地散开……

峰峦如洗，青山叠翠，溪水淙淙，流淌不息，刘妈妈一家四烈士的英雄事迹，被一代又一代人传颂。

泰顺县革命老区开发建设促进会供稿，
作者徐振权、仇荷生，童未泯改编

制顽敌
红军挺进师处决陈素子

1935 年 2 月初，根据中共中央的指示精神，在中共闽浙赣省委的领导与帮助下，组建了中国工农红军挺进师，粟裕任师长，刘英任政委。挺进师成立后，开创了浙西南游击根据地，开展游击战争，取得了一次又一次重大胜利，使浙西南成了党在南方革命布局中的一个新的战略支点，为浙西南革命的伟大胜利奠定了坚实的基础！

1936 年 4 月初，闽浙边临时省委派粟裕、谢文清、张友昆等同志率直属队百余人，从福鼎出发经过泰顺到青田、丽水、缙云等地，开展游击活动。红军每到一处，都救助穷苦百姓、锄强扶弱，深受当地群众的欢迎。

一、纠集民团，陈素子欲围攻挺进师

雅亭村，位于缙云县大源镇。村子不大，四面环山，一片片泥墙房子看上去有些年头，在那些房子的背

后，是满山的郁郁葱葱。暮春的清晨早已没有春寒，炎热还要再过些日子，薄雾笼罩着寂静的小山村。

雅亭村只有 60 多户，300 多人。这里虽然人口不多，却涌现出一批进步青年，如陈觉、陈天印、陈仿尧、陈云丁、陈仿侃、陈振枝、陈静芳、李卓成等，他们从小受到缙云早期学生运动、反盐兵斗争等影响，思想比较进步，敢于同封建势力作斗争。他们力求早日摆脱封建枷锁，寻求光明大道、幸福之路，这些进步青年为红军挺进师在缙云开展活动创造了有利条件。

1936 年 4 月 6 日早晨，粟裕率部途经缙云越王山时，从李卓成口中得知，国民党第 46 军驻赣预备军司令部秘书长兼代参谋长陈素子早两天正好回到老家雅亭村。陈素子获悉近日红军要经过越陈村，就立即与当地的反动乡绅一起商量，准备组织地方民团来围攻红军。当地的反动乡绅纷纷响应，他们马上到附近村庄上蹿下跳，挨家挨户煽风点火、诬蔑红军，欺骗那些不明真相的群众。很多群众受到蛊惑，一时分不出红军是好是坏，就成了糊涂虫，一些地方民团都跟随陈素子走了。因此，李卓成提醒红军在行军途中要多加小心！粟裕获悉此情报后，立即召开领导层会议研究对策，争取扭转被动局面。

会上，粟裕看了大家一眼说："同志们，刚才，我们获悉情报，国民党第 46 军驻赣预备军司令部秘书长兼代参谋长陈素子早几天回家探亲。是他煽风点火，诬蔑我们红军，并且组织了地方民团，想围攻我们。大家想一想，怎么办？"粟裕边说边看着大家。

"消灭他们！"

"消灭他们！"

众人异口同声地说。粟裕接着说："问题是，那些被组织起来的地方民团，绝大多数都是穷苦百姓，我们要区别对待。对于穷凶极恶的国民党反动派头子，我们要把他抓起来镇压。但是，对于那些老百姓，我们还是要通过宣传教育，提高他们的思想觉悟，让他们真正感受到红军是穷人的队伍……"

"粟师长说得对！"谢文清主动带头站了起来。

"那好！谢文清，你带几位红军战士，先去打探一下陈素子的情况。他家在雅亭什么地方？今晚，他在家否？如果今晚他在家，我们就带一队红军战士把他抓起来！"

"好！这个任务就交给我吧！"谢文清说着，就往外走去。

"会议到此结束，我们大部队继续前进！"粟裕说完，就立即带领红军战士出发了。

二、除暴安良，挺进师智擒陈素子

这天上午，粟裕率领部队途经缙云县大源镇越陈村明堂岙时，被事先埋伏在那里的千余民团人员拦截。这些人手中拿着土枪、土铳、红缨枪等武器，向红军部队扑来。这时，红军战士发现民团中大多是衣衫褴褛、面黄肌瘦的贫苦老百姓，为了吓退他们就朝天开了几枪。这些人哪里见过这种阵仗，瞬间就溃不成军、仓皇逃窜。有的人在逃跑中摔倒，红军战士还将他们扶了起来。红军在越陈村不拿群众一针一线，对百姓毫无威胁，还帮助老百姓劈柴、挑水、扫地，他们用真心打动了当地百姓。

当夜，红军挺进师一队战士从越陈村出发先来到雅亭村陈静芳家，然后由该村进步青年带路，前去捉拿陈素子。他们沿着村后山的小路，借着星星的一点微光，悄悄来到了陈素子家。

"咚咚咚……咚咚咚……"

"谁呀？"陈素子问道。

"陈先生，是我呀！"陈静芳接应道。陈素子仔细一听，是女人的声音，立即爬起床，毫不提防地打开大门。

"你们是……"

"不许动！"

还没等陈素子反应过来，红军战士瞬间冲进屋内，缴了陈素子挂在床头的手枪。这时，人们才仔细看了看这位国民党官员——一个胖子，中等个头，圆脸盘，浓眉大眼，留着一头短发，半裸着上身，上衣搭在肩膀上，只穿件短裤，脑袋耷拉着……

"把他捆起来！"粟裕一声令下，两位红军战士立刻上前，用事先准备好的绳子把他捆了起来。

三、处决顽敌，顺民意大快人心

4月7日上午，雅亭村进步青年陈仿贞、陈子敬沿着本村的大街小巷，一路敲锣通知各位村民到祠堂开会。群众听到要开会却不知道出了什么事，男女老少纷纷跑到祠堂踮起脚往台上瞧。只见台上站着陈素子，旁边还站着4位肩扛长枪的红军战士。这时，粟裕师长走上台，说道："各位父老乡亲，大家不要怕，我们红军挺进师是专为穷苦人民打天下的，与各位父老乡亲同甘共苦。而这家伙——陈素子，他是国民党第46军驻赣预备军司令部秘书长兼代参谋长。他无恶不作，还妄图消灭共产党红军！各位父老乡亲，你们千万别上这些害人虫的当，穷人要翻身、要解放，就必须跟着共产党走，就必须组织起来，推翻国民党反动政府，消灭吸人民群众血的害人虫。"说到这里，台下的民众都高声呼喊："枪毙他！枪毙他！"

"那好！听父老乡亲们的，把他押下去！"粟裕大手一挥。

当天下午，红军挺进师在黄山村贴出布告，公布陈素子的罪行。人民群众得知陈素子被处决了，纷纷拍手称赞，真是大快人心。

"红军才是我们的希望！"

"红军才是我们自己人！"

红军枪决陈素子的消息，很快传遍附近各村以至整个缙云县。这消息，就像春雷震大地，它灭了国民党反动派的威风，鼓舞了人民的斗志，为之后党组织在缙云的发展壮大打下了坚实基础。

缙云县革命老区开发建设促进会供稿，周晓改编

峰文激战

挺进师规模最大的一次战斗

温州市泰顺县的峰文村，与双溪口、风坳、董家坪等村落同处重峦叠嶂的南雁荡山脉。一个看似宁静的地方，在岁月深处，却发生过一场十分激烈的峰文战斗。那是一个怎样惊心动魄的场景？是什么让一群人在这片土地上为了信念不惜一切，成为泰顺儿女心中永不熄灭的火焰？故事要从红军粉碎国民党对浙南游击根据地进行的第二次大"清剿"说起。

一、重建红十九师振士气

1935年秋冬之交，国民党集中以精锐第18军为主的40个团8万左右的兵力，对浙西南革命根据地进行大规模的"清剿"。在第一次反"清剿"斗争中，刘英、粟裕率从浙西南突围的挺进师主力在闽浙边辗转作战，历尽艰险，终于摆脱了国民党军的跟踪追击，于10月进入泰顺县境内。

1936年西安事变后，闽浙边临时省委洞察到客观形势对革命发展更为有利，认为"和平统一、共赴国难"有望实现，便着手开展队伍整训工作。

但国民党蒋介石却不顾全国上下日益高涨的团结抗日呼声，悍然采取"北抚南剿"的方针，集中了6个师、2个独立旅的正规军，加上地方保安团共计43个团10万余人的兵力，对挺进师及其开创的浙南、浙西南根据地进行第二次大规模"清剿"。

面对严峻的形势，挺进师一面加紧部署反"清剿"斗争，一面加强扩大红军队伍，重建红十九师。因红军挺进师是由北上抗日先遣队在江西怀玉山失利后突围的指战员组建而成，其中很多干部、战士都来自北上抗日先遣队主力部队之一的原红十九师，他们对红十九师这个番号感情深厚，加之闽浙边区革命形势处于稳定发展时期，于是，刘英、粟裕决定以红十九师之名重建红军主力部队，以此扩大政治影响，粉碎敌人"清剿"计划。1937年1月30日，刘英、粟裕在泰顺峰文召开扩编军队和重建红十九师会议，任命浙南军分区司令员罗连生为红十九师师长，中共浙南特委书记谢文清为政委。

训练时，重建的红十九师指战员斗志昂扬、喜气洋洋，认真整队、迎接战斗。连队文化教员带头高唱《当兵就要当红军》，气氛热烈欢快，战士们沉浸在对革命未来的憧憬之中。

二、勇迎强敌巧布阵

就在重建红十九师后的第六天，中共泰顺县委交通员疾奔至峰文村。他神色紧张，向刘英、粟裕报告说："国民党八十师的 1 个团和浙江保安第三、四团共 3000 多人前来峰文进攻我军！"

刘英、粟裕听闻，面色凝重，但很快镇定下来，仔细分析，认为峰文村及周边地势险要、易守难攻。尤其是峰文岭最高峰寿桃尖，能从西、北、南三面阻击来犯之敌，是理想的阻击阵地。董家萍村的十二盘岭山峦重叠，丛林密布，山路蜿蜒曲折，进、退方便，有利于打游击。加上周边村落群众基础好，只要部署得当、战术灵活，就有可能战胜敌人。

他们随即召开会议，开展作战部署。挺进师一部分兵力控制峰文南山制高点寿桃尖，一部分扼守峰文东边，新编红十九师在峰文北边随时反击。另外，中共浙南特委农民运动委员会委员叶廷鹏、浙南红军游击队队长陈铁军率浙南游击队配合作战，当好向导。并明确，若对方兵力超过我红军时，不可硬拼，要伺机撤退，以保存我军实力。

此时，集中在峰文的红军挺进师主力部队（包括新组建的红十九师）约有 1100 人。

三、三变战场歼顽敌

红军部队按照事先作战部署开展战斗：

第一天，2月5日，部队悄悄埋伏在峰文后山。战士们趴在草丛中、藏在岩石后，目不转睛地盯着前方道路，做好随时战斗的准备。然而，漫长的一天过去了，敌军却始终未出现，只有山间的风声在耳边呼啸。

第二天，2月6日，部队转移至董家坪村十二盘岭继续埋伏，目标是消灭国民党先头部队，故力量部署不在山顶而是在半山腰。随着时间推移，当国民党军向红军预定的伏击点逼近但尚未完全进入时，意外发生了。前哨部队一位新战士由于紧张，在摆弄枪支时，不慎擦枪走火。清脆的枪声在寂静的山谷中格外刺耳，瞬间暴露目标。国民党军如惊弓之鸟，慌忙寻找周围有利地形，架起枪炮，集中火力与红军对峙起来。一时间，枪炮声震耳欲聋，硝烟弥漫整个山谷。

战斗从上午8时一直持续到下午3时。尽管歼敌数百人，但战斗仍处于胶着状态。刘英、粟裕冷静观察着战场局势，意识到这样的消耗战对武器装备和人员数量都处于劣势的我军极为不利，遂果断命令红军撤出战斗。

第三天，2月7日，红军挺进师与新编红十九师又在牛塘塆村简垟大峡谷两旁设伏，迎击国民党浙保第二团、第三团。这里地形复杂，两侧是高耸的山峦，中间是一条狭窄通道，是打伏击的好地方。不多时，国民党军队出现在视野中。红军战士们屏住呼吸，放过敌人的尖兵班，待敌人主力进入伏击圈后，突然发动攻击。一时间，枪声大作，喊杀声震天。红军战士们如猛虎下山，向敌人冲去，打死打伤国民党军20多人，击毙副连长1人。国民党军被这突如其来的攻击打得晕头转向，乱作一团。待其发现红军主力部队后，各路部队蜂拥而至，对挺进师形成夹击之势，形势非常危急。恰逢山雾弥漫，为避免与国民党军正面较量，刘英、粟裕决定留少数部队掩护，主力部队分几路撤离战斗。

四、寿桃尖突围敌互打

当天，余龙贵率二纵队第四支队约一个连的兵力守卫在峰文最高峰——寿桃尖，支持并掩护主力部队战斗。从天刚亮时至下午，他们数次打退国民党军西、北两方面的进攻。下午4时，挺进师决定撤离战斗时，因通讯员在三岔口迷了路，没有把师部立即撤退的命令及时传达给余龙贵。天快黑时，国民党军从四面向寿桃尖围攻。在这万分危急时刻，山上突然大雾弥漫，数十米外视线模糊。余龙贵当机立断，下令悄悄撤离，并利用登峰时详记于心的寿桃尖地形，找到一条有利的撤离之路。

部队沿着东南面的峭壁攀着葛藤滑下来，然后顺着一条蜿蜒曲折的、干涸的小溪坑向南撤退。此时东面国民党军距他们仅百米，虽能听到队伍行军的声响，但因大雾浓重，分不清敌我，便大声询问"哪个部队？"红军操着闽南口音，回答说："自己人，共匪跑了，快追呀。"余龙贵率部就这样冒险冲出了包围圈，与主力部队在预先约定的地点胜利会合。

原进攻董家坪的浙保第三、第四团循枪声摸向寿桃尖。从富洋方向来的国民党军八十师的一个加强团也循枪声向寿桃尖发起狂攻。浓雾中，两股国民党军因视线受阻，误将对方当作攻击目标，发起冲锋。霎时，枪炮声、喊杀声乱成一团，形成"狗咬狗"的混乱局面。他们打了一个多小时，直到弄清情况才在互骂中停火，伤亡惨重。

在这次战斗中，面对数倍于我军的国民党军，红军不但没有受制于敌，反而急中生智杀伤敌人并引发国民党军误斗，显示出红军在极端困难条件下的生存能力和战斗素养。峰文战斗震惊国民党当局，政治影响很大，大大振奋了广大革命志士的斗志，深度激发了民众的革命热情。

值得一提的是，当时苏联颇具影响力的《红星报》曾大篇幅报道峰文大战的胜利喜讯，使得这场战斗的声誉远扬国际。红军在战斗中展示出来的坚韧不拔的革命意志、灵活多变的战术智慧以及对党和人民事业的无限忠诚，如同一座不朽的精神灯塔，在历史的长河中闪耀光芒。峰文战斗的精神至今代代相传，时刻激励着中华儿女在实现中华民族伟大复兴的征程上奋勇前行，不畏艰难险阻，传承红色血脉，续写辉煌篇章。

泰顺县革命老区开发建设促进会供稿，

作者徐振权，晓夏改编

抗日烽火淬青春

傅振军在龙泉的战斗岁月

　　傅振军（1916—1999），江西省宁都县人，是中共龙泉县委第一任书记、处属特委书记，他的一生，是艰苦奋斗的一生。他在60多年的革命生涯中，忠诚党，忠诚革命事业。他严于律己、宽以待人，廉洁奉公、艰苦朴素，体现了一个老红军、老共产党员、老干部的高风亮节和崇高品德。抗战时期，年仅22岁的傅振军担任中共龙泉县委书记，他利用国共合作的有利时机，带领全县人民团结抗日，在党建、统战和民生等工作中，取得不菲成绩，给龙泉老百姓留下了深刻印象。

一、参加红军，随挺进师进入浙西南

　　1932年3月，傅振军加入共产主义青年团。1933年5月，16岁的他参加了中央苏区红军，任副连长，之后编入红七军团。1934年7月，红七军团奉命组成红军北上抗日先遣队，向闽浙赣皖进发，他任二师三营八连干事。部队在福州经历了一次大战，他在这次战役中

负了伤，之后留在闽东根据地养伤，伤愈后参加闽东独立师。

先遣队在江西怀玉山失利后，突围部队根据中央指示组成红军挺进师，进入浙西南地区，开展游击战，开辟革命根据地。

1935 年 10 月，挺进师冲破敌人对浙西南的"围剿"，在福建寿宁县与闽东特委会合，组成闽浙边临时省委。这时挺进师首长把傅振军从闽东独立师调回，先后在挺进师师部、浙西南特委担任警卫员及供给处主任等职务。

1936 年 6 月，闽浙边临时省委决定恢复二纵队建制，重建了浙西南特委。傅振军随粟裕、许信焜和二纵队回到浙西南，在龙泉、浦城、遂昌边界的游击根据地开展革命活动。这时，傅振军由许信焜介绍加入中国共产党。

二、临危受命，首任中共龙泉县委书记

1937 年卢沟桥事变后，全民族抗日战争爆发。国民党蒋介石迫于压力，放缓了反共脚步，国共实行第二次合作。1938 年 2 月，浙西南特委在宝溪乡高山村召开特委全体会议，会议决定建立龙泉、遂昌、江浦 3 个县委，龙泉县委由傅振军、曹景垣等人组成，傅振军任书记。县委成立后，年仅 22 岁的傅振军走马上任。根据特委的指示，他带领龙泉县委机关 10 多人从宝溪来

到龙泉县城附近的西街街道牛头岭村坑儿下自然村。8月，"中共龙泉特支"并入龙泉县委，县委成员作了调整充实。调整后的县委由傅振军、曹景垣、舒文、杜大公等8人组成，傅振军继续担任书记，曹景垣任组织部部长，舒文任宣传部部长，杜大公任青年部部长，马淑闲任妇女部部长。

牛头岭中共龙泉县委旧址（修复前后）

三、不负重托，烽火岁月淬炼青春

县委成立之初，由于县委机关人员所需及来往人员需要开支，物资供应非常紧张。尽管当地党员和群众给县委很多支持，但也无济于事。这对刚成立的县委和年轻的县委书记都是严峻的考验。针对这种状况，傅振军和县委与牛头岭支部党员进行研究，决定开展生产自给。在牛头岭群众的支持帮助下，他们租用了附近水田近 20 亩，开垦荒地 40 多亩。傅振军亲自带领县委机关人员参加生产劳动，种植水稻、玉米和番薯等农作物。当年就收获稻谷 5000 多公斤，红薯、玉米几万公斤，物资缺乏状况得到很大改善，确保了县委机关各项工作的顺利开展。1939 年，这个经验在龙泉全县得到推广。后来傅振军在回忆起这段经历时，还深有感触地将牛头岭称为龙泉的"南泥湾"。

中共龙泉县委，在中共浙西南特委的领导下，坚决贯彻中共中央关于抗战、统战的工作方针。

加强了党的建设：根据上级党组织"大量发展新党员"的指示精神，大力动员先进青年加入党组织。通过一年多的党建工作，龙泉党员人数从 322 名增加到 1119 名。

做好统战工作：中共龙泉组织与龙泉县国民政府的关系十分融洽，县长唐巽泽积极支持中共抗日救亡主张。由机要秘书徐由整执笔，以中共《抗战救国十大纲领》为样板，起草了《龙泉县施政纲领》。一大批中共党员在县政府的宣传、教育、文化、政工等部门任职，包括唐巽泽的机要秘书徐由整也是中共党员。龙泉国共合作的抗日民族统一战线得到稳固和发展。

积极宣传抗战：县委创办了《龙泉快报》《大家看》等多种抗战报刊。傅振军化名"胡振仁"经常以政工队员的身份，亲自到城区向群众宣传抗战。还有一大批仁人志士来到龙泉，宣传抗日救亡活动，如知名文人邵荃麟、舒文、杜大公，著名作家葛琴，著名艺术家王朝文等。通过各方努力，抗日救亡运动高潮迭起。

推进民主和民生工作：中共龙泉县委还积极发动群众并督促国民政府开展"民选乡保长"和"二五减租"等工作。

做好后方保障工作：中共龙泉组织还培养和输送了一批共产党员和进步青年到抗日前线，先后去延安的有林必达、郑玉奎、钟奇等，去皖南参加新四军的有舒文、杜大公、丁浩等。中共龙泉组织还为一大批省级机关企事业单位内迁龙泉做了大量工作。

这个时期，龙泉的党建、抗战、统战、民生等工作都取得了显著成绩，成为浙江抗战的可靠后方，有"浙江延安"之称。大家都把抗大校歌中的"黄河之滨"一句歌词改为"瓯江之滨"，将这首歌唱遍龙泉山城。

四、形势恶化，离开龙泉转战浙西南

正当龙泉国共合作抗日救亡工作形势大好之际，1939 年 4 月国民党制定了《限制异党活动办法》，掀起反共浪潮。龙泉的国民党人杨登池等顽固派，采取各种恶劣手段破坏国共合作。

1939 年 7 月间，中共处属特委书记张麒麟从丽水回龙泉，在龙泉车站被国民党警察扣留。党组织得知情况后，报告龙泉县长唐巽泽。唐县长知道后，借亲自提审张麒麟之机，在自己办公室对张麒麟说："现在形势开始恶化，你们要注意安全。"随后安排杜大公护送其从后门出去，才使张麒麟脱险。张麒麟来到牛头岭中共龙泉县委驻地，与傅振军等商讨了当时所面临的严峻形势，并传达了上级关于"隐蔽精干，长期埋伏，积蓄力量，以待时机"的指示精神。为防止突发事件的发生，决定将龙泉县委机关适时撤离牛头岭。1939 年 9 月，傅振军调任处属特委（原浙西南特委），任处属特委委员兼民运部部长。由宣恩金接任龙泉县委书记，县委机关驻地同时转移到坑源底。1940 年 6 月，傅振军任中共青（田）缙（云）丽（水）中心县委书记。1941 年 1 月，他担任浙江处属特委组织部部长，同年 9 月任处属特委代理书记。1942 年，浙江省委遭破坏后失去上级领导，他仍在浙西南地区坚持斗争。1947 年 2 月，浙江处属特委与闽浙边临工委合并，组成新的中共处属特委，傅振军任书记，领导处属地区党的全面工作并大规模开展革命武装斗争。1949 年 5 月，他领导处属党组织和游击队配合南下解放大军，解放和接管了丽水地区各县。

虽几经周折，几次与上级失去联系，但傅政军顽强地坚持在浙西南革命斗争 14 年，为丽水的解放事业做出了重要贡献。

龙泉市革命老区开发建设促进会供稿，

作者张献明，郑心怡改编

《新庆元》
吹响庆元抗日救亡的号角

在抗日战争的滚滚洪流中，浙闽边陲的庆元县成为一个独特的存在。1937 年 12 月，随着杭州的沦陷，浙江省政府被迫迁往永康县方岩乡，战火迅速蔓延。1938 年 6 月，在这风雨飘摇之际《新庆元》诞生，这份由中共庆元地下党主办的刊物，迅速成为庆元人民抗日救亡活动的喉舌和灯塔。它不仅报道国内外时局大事，还通过一篇篇激昂的文章，点燃了庆元人民的爱国热情，激发了他们团结一致的决心。《新庆元》的创刊，如同战斗初燃时的一声响亮号角，引领着庆元人民在抗战的道路上勇往直前。

一、政治风云，战略抉择

1938 年初，时局动荡。时任浙江省主席的黄绍竑决定将地处浙闽边界、交通闭塞却地势险要的庆元县作为浙江抗日总后方基地。这一战略决策，既是基于庆元山高林密、日军难以轻易进犯的地理优势，也是出于对

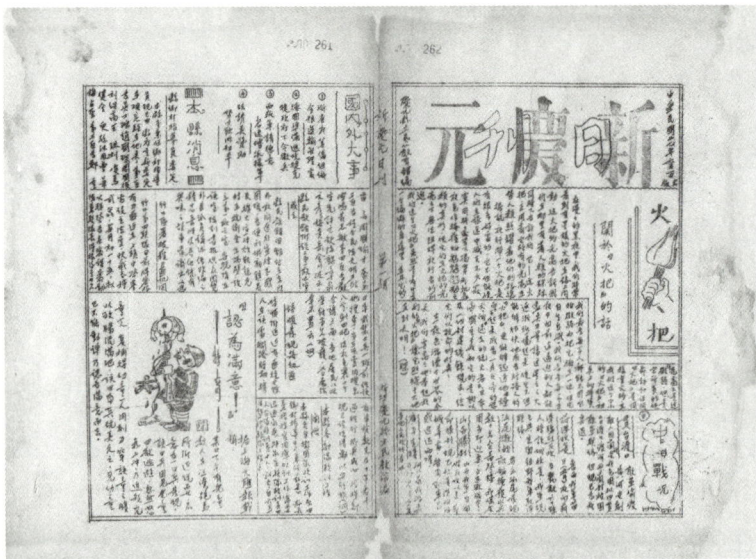

1938 年 6 月 1 日《新庆元》创刊

全省抗战形势的深刻考量。黄绍竑深知，稳固的后方是前线作战的有力支撑。为此，他派遣亲信罗中天担任庆元县县长，强化地方治理，并将部分省级机关迁往庆元。

在这一背景下，《新庆元》应运而生，不仅成为中共庆元县委宣传抗日救亡思想的重要阵地，更在黄绍竑的战略布局中扮演了不可或缺的角色。它以独特的战斗精神与鼓舞力量，激发了庆元人民的爱国热情，为浙江乃至全国的抗日斗争贡献力量。

二、使命召唤，创刊初心

1938年6月1日，烽火连天之际，《新庆元》在庆元县立民众教育馆悄然创刊，由中共庆元县自卫队特别支部书记、县民教馆馆长赵国琛任主编，中共党员、县合作金库副经理周国俊为编辑，汪金更、姚玄等人负责具体工作。《新庆元》为16开2版（有时4版）油印小报，辟有"火把"评论专栏、国内外大事、抗战消息、本县新闻、民意、小言论等栏目。有时还针对重大事件做特刊加以详细报道和评论。

《新庆元》的背后，凝聚着中共庆元地下党的深切期望与坚定使命。这份报纸以县民教馆名义编印，实为中共宣传抗日救亡思想的重要窗口。赵国琛、周国俊等中共党员以笔为枪、以墨为弹，在字里行间挥洒着对国家和民族的深切期望。他们深知，每一个字句都如同火种，能够点燃庆元人民心中的抗日热情，唤醒沉睡的民族意识。

正是这种沉甸甸的责任与使命，让他们全身心地投入《新庆元》的创办与编辑工作中，用文字书写着民族的希望与未来。

三、艰难前行，星火燎原

在《新庆元》筹备与发行的热烈氛围中，中共庆元县的党组织建设也在紧锣密鼓地推进。1938年4月，闽浙边临时省委派遣得力干将、时任云和县特别支部书记的施平前往庆元，肩负秘密建立党组织的重任。施平抵达后，利用在国民党政府任职的身份掩护，巧妙周旋于各界人士之间。1938年6月初，施平等人在县城咏归桥畔召开秘密会议，成立了中共庆元县特别支部，施平任书记，汪金更、梅占魁为委员，特别支部直属省委领导。这一行动，不仅为抗日救亡运动提供了坚强的组织保障，更为《新庆元》的出版发行注入了源源不断的力量。

咏归桥

随着施平的深入工作，中共庆元县特别支部如星火燎原般迅速发展，其影响力扩展至庆元的各个角落。1938年8月，吴毓代表中共浙江临时省委在中山公园（今生态公园）主持秘密会议，宣布中共庆元县特别支部改建为中共庆元县委员会，县委机关设在县民众教育馆内。

四、笔尖战斗，鼓舞人心

自 1938 年 6 月 1 日《新庆元》创刊之日起，这份报纸便以其鲜明的战斗性和强烈的鼓动性，在庆元县乃至更广泛区域内赢得了读者的高度认同。县委书记施平化名"丁一"，亲自执笔，发表了多篇振聋发聩的战斗檄文，如《发挥青年的正气》《青年，拿出你的力量来呀》《如何保卫我们的祖宗坟墓》《究竟为什么要打倒日本》《同胞奋起切莫迟》等。这些文章字字铿锵有力，句句掷地有声，不仅深刻揭露了日本帝国主义的残暴侵略罪行，还无情批判了汉奸卖国贼的丑恶嘴脸，吹响了庆元人民团结一心、共赴国难的战斗集结号。通过《新庆元》的广泛传播，全县人民的抗日热情被彻底点燃，为庆元乃至浙江的抗日救亡运动注入了强大的精神动力。

《新庆元》不仅聚焦于庆元本地的新闻动态与民众生活，更将目光投向了遥远而激烈的抗日前线。同时，报纸还积极响应社会各界对前线将士的关切之情，发起征写慰问信活动，精选施平、史风等领导的亲笔信刊登于报端。《新庆元》以其独特的方式，成为激励庆元人民乃至全国民众抗战斗志的重要力量。无论是白发苍苍的老者，还是稚气未脱的孩童，都积极响应抗日救亡的号召。有钱的捐钱，有力的出力，全县人民齐心协力，为抗日救亡事业贡献自己的力量。如年仅 12 岁的少女翁郁文在给中共党员吴士鸿写的《一封小朋友的信——小朋友也要做救亡工作》中写道："国家危难至此，日本强盗步步紧逼，而我却无法替国家分忧，深感愧对国家，也愧对自己……我们不怕吃苦，不求名利，只希望能够为抗战出一份力。"表达了对国家命运的深切关怀与对抗战事业的坚定支持。

五、历史铭记，精神永存

然而，历史的进程总是充满波折。1939年初，随着国民党反动势力掀起反共逆流，《新庆元》这份曾经吹响抗日救亡号角的刊物，也不幸被迫停刊。

如今，这份珍贵的《新庆元》已被珍藏于庆元县档案馆内，成为连接过去与未来的桥梁。人们在轻轻翻开那泛黄的纸张时，仿佛能穿越时空，回到那个烽火连天的年代，感受到那份激昂的斗志与不屈的精神。它不仅是庆元人民抗日救亡运动的见证，更彰显了中华民族在危难时刻团结一心、共赴国难的精神力量。

《新庆元》虽然停刊，但它所传递的抗日救亡精神却薪火相传，激励着一代又一代的庆元儿女不忘初心、牢记使命，继续前行在民族复兴的伟大征程上。这份精神，将永远照亮庆元人民前行的道路，成为他们心中永恒的灯塔。

六、结语

《新庆元》作为庆元县抗日救亡运动的号角与忠实见证，深刻烙印着中华民族不屈抗争的辉煌篇章。其短暂而光辉的历程，不仅激发了庆元儿女的爱国热情，更在民族记忆中铸就了永恒的丰碑。

《新庆元》·赞

浙闽烽火起边陲，号角声声破夜微。

山险难侵守国志，民心如铁驱敌魁。

文坛笔墨挥忠勇，纸上雄辞救国危。

烈焰燎原燃不尽，复兴路上铸丰碑。

庆元县革命老区开发建设促进会供稿，杨小敏改编并赋诗

杨来西

智勇双全的抗日少年

　　1942 年 5 月，年仅 16 岁的杨来西在为慈溪樟树乡后方医疗站伤病员秘密送药途中，与侵华日军遭遇，他机智地将装药品的篮子挂在爱犬"阿抗"颈脖上，指令它先送回药物，自己却被日寇逮捕。日寇动用各种手段威逼利诱，企图让杨来西说出抗日部队伤员的藏身之处，杨来西与日寇周旋故意拖延时间，给伤病员转移创造机会。日寇见从杨来西身上问不出情报，就残忍地用刺刀连刺杨来西。一个鲜活的中国少年，就这样惨死在日寇屠刀之下。

一、家破人亡，在沪参军

　　杨来西（1926—1942），江苏省常州市人。1937年 11 月，侵华日军在他家乡烧杀抢掠，无恶不作。为了抗日，杨来西的父亲参加了新四军。翌年夏天的一个晚上，日本军队突然包围来西家的村子，妈妈和弟弟因是新四军家属而惨遭杀害，杨来西因外出得以幸免。他要找新四军找爸爸，为妈妈、弟弟和被害的父老乡亲报仇雪恨。

哪里去找新四军呢？杨来西一路流浪到上海。一天黄昏，他在弄堂口的一只垃圾桶里翻拣可以充饥的食物，忽然眼前露出一双锃亮的皮靴。他抬头一看，面前是一个穿着黄军装的伪军官。这个伪军官蹲下身来，和蔼地叫他去吃饭。来西一脸不屑，骂了一声："卖国贼！"可这个伪军官仍笑容满面，亲热地说："小兄弟，跟我到点心店去吃点东西吧！"来西想想自己孤身一人也没什么可怕的，便装作无所谓地说："好吧！"

原来，这个"伪军官"名叫胡骏，是中共地下党控制的汪伪军 13 师 50 团 3 营副营长。这天，胡骏到市区偶然发现这个可怜的孩子。经他好说歹说，才把来西带到 50 团驻地浦东，征得中共浦东工委伪军工作委员会书记朱人俊同意后，留在自己身边担任勤务兵。

可来西心里还是盘算着："你们请我来，正好，我还正要寻机报仇呢！"胡骏叫他穿上那一身"老虎皮"时，他内心一万个不愿意。他"身在曹营心在汉"，工作懒懒散散。胡骏知道他有思想疙瘩，就给他讲抗日道理，鼓励他学文化；知道他爱狗，就教他养军犬。渐渐地，小来西明白：这是一支打着伪军旗号的抗日特别队伍。

二、南渡杭州湾，入驻"三北"

1941 年春天，当这支部队奉命到浙东"三北"（镇海、余姚、慈溪三地北部）地区抗日时，杨来西迫切要求同去，可领导说他年纪小，没有同意。5月，机会终于来了。他得知姜文光要带部队坐船去"三北"，就悄悄地带着他心爱的黑狗"阿抗"先上了船，躲在船舱底下，直等到帆船驶入杭州湾，他才像变魔术似的冒了出来。此时，姜文光已无可奈何。他对小来西说："调皮鬼，到'三北'后好好干！"

到达目的地后，这支部队对外称"宗德三大"（国民党宗德指挥部第三大队），姜文光大队长让来西给自己当通信员。6月18日，"宗德三大"配合另一支南渡的"五支四大"（淞沪五支队第四大队），在相公殿打了一场漂亮的伏击战，打死、打伤庵东出来的日本士兵各8人，史称"三北敌后抗日第一战"。战斗结束后，来西指着日军尸体，用模仿的口气说："你的，起来的说话。"逗得战士们哄堂大笑。

三、血战横河，誓死抗敌

1941年10月21日，"宗德三大"得到日寇明天要从观海卫运棉花去余姚城的情报。大队部决定，在敌人必经的横河镇打一场伏击战，夺回被日寇抢去的棉花。10月22日凌晨，姜文光大队长派出部队，一路去横河镇南边的孙家境村阻击余姚城出援之敌，另一路到横河镇东埋伏、截船。不料埋伏在孙家境的部队，被当地汉奸发现并向敌人告密。日寇不但停止运棉，还从余姚开来一队的鬼子兵，偷偷潜入横河镇，封锁消息，并在镇南七星桥上架起机枪。这些情况，"宗德三大"一无所知。

时间一分一秒地过去，快9点了还不见棉船踪影。姜文光与副大队长姚镜人商量后，认为可能情报不准，放弃了伏击计划。返回孙家境村后，大队长率部队到镇上进行武装宣传。从孙家境村到横河街上，有东横河拦着，必须通过七星桥。当"宗德三大"的尖兵走近七星桥时，事先埋伏在桥上的敌人用机枪"突突突"地扫来，接着敌人的"三八枪"、掷弹筒也同时开火。遭到敌人突然袭击，大队长姜文光立即指挥后队战士掩护前队战士，交替后撤。战斗中，大队长胸部中弹，仍指挥部队作战，生命垂危时摘下身上的公文包交给紧跟在身边的杨来西，命他去"暂三纵"（苏鲁战区淞沪游击队暂编第三纵队）逍路头办事处汇报这里的情况。

杨来西一路上绕开日伪军的岗哨、巡逻队，于黄昏时分到达"暂三纵"逍路头办事处。主任华一鸣得知"宗德三大"失利的消息，十分悲痛。23日拂晓，杨来西带黄佐一等同志到达横河七星桥支援时，浴血奋战的大队长等29人已经光荣牺牲，安葬烈士时大家泣不成声。

四、遭遇日寇，英勇牺牲

经过横河七星桥战斗的洗礼，杨来西变得成熟了。

战后，被安排在逍路头办事处工作。后来，在横河战斗、梅园丘战斗后，有10多位伤员需要治疗休养，逍路头办事处在樟树乡石人山成立后方医疗站。因人手紧张，就让杨来西照料伤员。

1942年5月初的一天，伤员急需的青霉素用完了，石人山后方医疗站的医务组长派杨来西去逍路头办事处找主任想办法。

逍路头办事处离石人山有七八公里路，来西扮成一个小农民连奔带跑，只用一个小时就到了。见到主任后，杨来西说明情况。主任见来西满头大汗，拍拍他肩膀说："小鬼，你先喝口水。刚从慈北古窑浦送来了几瓶青霉素，你先拿去吧！"来西高兴地把青霉素藏在篮底，上面放上青菜，篮环插把锄头扛在肩上，马上返回。

刚到村口，他心爱的黑狗"阿抗"蹿了出来，亲切地摇着尾巴，迎接主人归来。这时，一小队日本兵发现了杨来西。来西身上带着从逍路头办事处领回的药品，于是急中生智，将装药品的篮子挂在狗颈上，让"阿抗"先跑回石人山后方医疗站。那条狗是杨来西从上海带来的，是来西的"亲密战友"，懂主人的意思，马上自行跑开了。

为了麻痹敌人，杨来西走入地里摆弄庄稼。日军过来后抓住来西，反复盘问，要他说出附近的"支那兵、游击队"。杨来西则摇着头，假装听不懂。这时，"阿抗"送完药品，又跑回来找主人，见日本兵抓着小主人，扑过去就咬。那日本兵恼羞成怒连发5枪，"阿抗"瞬间倒在血泊中。杨来西不顾一切扑向日本兵，怒喊："你赔我的狗！你赔我的狗！"

日本兵狞笑道："可以，可以。只要你说出游击队在哪里？我可以赔你的狗，还大大赏你！"

"什么游击队！我不知道！"

"后方医院在哪里？"

"不知道！"

日本兵恼羞成怒，把杨来西绑在大路旁一棵大樟树下，用鞭子抽打来西。硬的不行，日本兵小队长又来软的，他手里拿着一沓钞票引诱来西，用生硬的中国话说："小东西！你说出游击队在哪里，钞票归你。"杨来西把一口唾沫吐在日本兵小队长脸上，大声说："不知道就是不知道。"

来西大声怒骂日本兵，实际上是拖延时间，好让村里人及时把伤员们藏起来。日本兵见杨来西软硬不吃，就拔出刺刀来戳，来西还是一句不说。就这样，宁死不屈的英雄少年杨来西为了保护后方医疗站，牺牲在日本侵略者的刺刀下，为抗日救国献出了宝贵的生命。

慈溪市革命老区开发建设促进会供稿，

作者林峰，晓路改编

李 敏

宁死不屈的女区委书记

1944 年 2 月，中共鄞奉县委鄞江区区委书记李敏，在执行任务时被国民党反动派逮捕，面对刑讯逼供，李敏始终坚守党的秘密、坚贞不屈。恼羞成怒的反动派残暴地在樟村大街上用刺刀向她连刺 27 下，殷红的鲜血染红了街道。人民的好女儿李敏，为共产主义事业英勇就义，年仅 20 岁。李敏被人们誉为"浙东刘胡兰"。

李敏

一、在求学时找到明灯

李敏（1924—1944），原名李雅琴，1924 年 1 月 30 日出生于镇海县小港乡青峙李隘村（今宁波市北仑区戚家山街道）。她从小聪明伶俐，后来父亲到上海一家电器商店工作，就把她带到上海读小学。12 岁那年，她在上海跟母亲到日本人办的纱厂当童工。李敏和许多童工一样，经常遭受日本人和工头的打骂。两年半的童工生活，使她积攒了阶级仇、民族恨。

1937年，李敏随父母回到老家青峙。父母变卖仅有的山地，换得一些学费，送她到青峙延陵小学继续读书。延陵小学是中共镇海县工委重点活动学校，县工委委员贺灏群、书记张起达（又名张谦德）先后任校长，校内有3名党员教师、2名党员学生。学校把抗日救国教育列为重要课程，周末开展时事教育课、抗日故事会、演讲比赛等活动，还成立了抗日救国宣传队、小先生教字组，在周边地区宣传抗日和普及文化知识，受到村民欢迎。李敏积极参与其中，热情周到地为村民服务，被村民昵称为"乖囡囡"。

1940年夏，李敏在延陵小学毕业。这段求学经历，使她较早接受到共产主义熏陶，坚定了她投身革命的决心，及时找到了前进方向和指路明灯。

二、在斗争中茁壮成长

1941年4月，宁波镇海第二次被侵华日军占领。日军所到之处肆意烧杀淫掠，当地武装势力借机横行霸道，土匪也浑水摸鱼、打家劫舍，镇海人民遭受各方压迫，生活艰难。为保护国家民族和人民百姓利益，中共地下党领导镇海江南地区独立中队，与敌、伪、顽展开了激烈斗争。同年10月，江南独立中队进驻青峙，李敏秘密为部队带路、借物、提供情报，日夜忙个不停。

1942 年春，李敏到长山桥方沿小学教书。这所学校是中共地下党情报联络点，校内连李敏共计 3 位教师，其中 2 位是中共地下党员。同年 7 月，经党组织介绍，她进入鄞县梅园乡鄞西小学教师暑期训练班学习，正式改名为李敏。培训班是中共鄞奉县地下党为开辟鄞西地区根据地而开办的，训练班的学习使她进一步坚定了革命理想信念。同年 8 月，李敏加入中国共产党。训练班结束后，党组织派李敏到鄞西樟水区崔岙启明小学，以教书为掩护从事群众工作。她积极创办农民夜校，组织妇女识字班，帮助劳苦大众学习文化、提高阶级觉悟。经过几个月辛勤工作，李敏犹如一颗种子，在群众中间生根、发芽，她也在艰难复杂的斗争中茁壮成长为优秀的共产党员。

1943 年春，李敏接任中共樟水区区委书记，并转移到许家，以毓英小学为掩护点进行工作。由于斗争需要，组织上决定在樟水两岸发动群众，秘密发展武装力量，建立与扩大党的组织。樟水区一直被国民党土顽势力盘踞。置身艰险环境，李敏毅然挑起重担，奔走于各村，挨家挨户动员群众参加革命。

三、在虎穴里勇斗顽敌

1943 年秋，浙东第二次反顽自卫战即将开始。县委为加强对鄞江新区的领导，调李敏任该区区委书记。

这时，新四军浙东游击纵队主力为集中力量打击顽军，进行大踏步进退的运动战，整个鄞西地区只留下部分县、区武装坚持斗争。驻扎在鄞江桥的日军与伪军见新四军主力部队撤离，便趁虚而入，顽敌浙保二团突击营等反动武装伺机而动，到处袭击我革命力量。一时间鄞江桥地区日夜枪声不绝，革命力量遭到破坏。面对顽敌的高压，李敏抱着"咬紧牙关，冲出路来"的决心，带着工作组深入虎穴，继续秘密开展工作。

11月下旬，新四军浙东游击纵队一部驻扎在桓村、后隆、上下孤山一带，准备出击盘踞在东、西岙的国民党"挺三"贺钺芸部队。为做好后勤供应，李敏经常通宵工作。24日深夜，部队即将出发。李敏在回上孤山的路上，发现村后溪中的一排石墩被水淹没。这条溪是出征东岙、西岙的必经之路。她想到战士们脚穿布鞋或草鞋，天这么冷准会冻坏脚，脱鞋过水又会影响行军速度。李敏连忙回村，发动妇女背来几十条长凳，用绳子缚住凳脚搭起了"木桥"，保障部队顺利快速过河。

1944年2月21日，国民党浙保二团从杖锡乡李家坑村翻山偷袭后隆村。当时，李敏正在后隆村民家里动员群众。一个妇女急忙跑来叫她赶快躲避，但为时已晚。李敏装作乡村姑娘，顺手拿起一只鞋底纳起来。还没等她纳上几针，五六个保安团士兵便用枪口对准她，大声吆喝。房东老婆婆急忙过来掩护，敌人哪肯轻易放过她们，抓走了李敏和几个群众。

顽军营长见抓到了李敏，连忙审问："你叫李敏，搞民运工作的吗？"

"知道了还问什么！"李敏凛然大声喝道。

"这样说来，你对这里的情况很熟悉。有多少共产党员？多少武装？快说！"

"共产党员就是我一个，别的什么也不告诉你！"

顽军营长暴怒，忍住气，和缓一下口气，接着又说："你年纪轻轻，又长得漂亮，要为你自己前途想一想，硬到底是没有好处的！到底有多少共产党员，快点说呀！"

"共产党员遍地都是！整个四明山区除了汉奸、卖国贼，都拥护共产党！"

顽军营长火冒三丈，吼道："限你10分钟，再不说，就叫你吃刺刀！"

李敏毫不畏惧地回答："共产党员是不怕死的，要命有一条，要口供，半句也没有！"

见问不出什么，敌人只好暂时作罢，把李敏关了起来。

不一会，我党领导的崔岙自卫队中队长老石匠的妻子也被押了进来。李敏担心她经不起诱逼，就对她说："姆妈，我们情愿牺牲自己，千万不要讲害人的话。牙齿咬一咬，许多人的性命就保住了。"受到李敏的鼓励，石匠妻子在敌人面前表现得很坚强。

当天下午4时左右，国民党反动派将李敏等人押到樟村中街十字路口，绑在还未造好的店屋木柱子上。顽军头目以死亡相威胁，恶狠狠地再次逼问："嘿，你到底说不说？现在说出来还来得及！"

"要杀就杀，要刺就刺，要我说出来办不到！杀了我一个，会有千千万万个站出来！"李敏斩钉截铁地回答。

顽军头目无计可施，便嘶声狂叫："给我刺！刺！刺！"敌人用刺刀往李敏的小腿上一刀刀刺去，李敏咬紧牙关，横目怒对，殷红的鲜血流了一地。被国民党拦住的群众，见此惨状，义愤填膺。

"乡亲们，不要哭！国民党快要完蛋了！"

"中国共产党万岁！"

"打倒国民党反动派！"

李敏向群众用力高呼。

国民党反动派见她如此坚强，更加恼羞成怒、暴跳如雷，疯狂残暴地向她连刺了27刀。李敏在大街上壮烈牺牲。这天，她刚过完20周岁生日，一个花季女孩、一个坚定的中国共产党党员，倒在了国民党血腥的屠刀下。

让我们永远记住她，这位刘胡兰式的英雄，为共产主义事业献出生命的浙东女区委书记——李敏！

宁波市鄞州区革命老区开发建设促进会供稿，晓路改编

徐 婴

大义凛然的"诗人"区长

1944 年 4 月，抗日民主政权鄞县樟水区区长徐婴，在率领部队转战中因病留驻村民家时，被国民党顽军逮捕关押。他们用尽各种手段企图劝降，徐婴大义凛然、宁死不屈。在这位年轻而坚定的共产党员面前，国民党反动派无计可施，便将徐婴押到樟村下街，杀害了他，手段极其残忍、灭绝人性。

徐婴，这位能诗善文的共产党员，牺牲时年仅23 岁。

一、从文艺青年到革命战士

徐婴（1921—1944），乳名芝堂，学名会庆，鄞县甲村乡（今宁波市鄞州区云龙镇）徐东埭村人。父亲徐后宪，以卖酱油、酿酒为业；母亲钱芸香，是位勤劳朴实的家庭妇女。徐婴自幼聪慧，喜欢读书、爱好写作，拥有文艺天赋。1935 年秋，他以优异成绩考入省立宁波中学，随后参加学生游行和抗日救亡活动，如饥似渴地阅读进步书刊。

1937年7月，全民族抗日战争爆发，日军大举侵华，宁波城区常遭到狂轰滥炸，宁波中学迁至鄞南胡家坟。是年12月，杭州沦陷，宁波告急，敌机轮番轰炸宁波城及栎社飞机场，校方决定让师生们各自回家避难。徐婴目睹大片国土沦陷，立志投入抗日救亡运动。

1938年10月，徐婴在中共地下党的影响下，参加了党的外围组织——民族解放先锋队。他与进步同学一起举办民众夜校，致力抗日救国宣传。1939年暑期结束，徐婴随宁波中学从胡家坟迁到嵊县西区太平、坎流，成为当地小有名气的抗日"学运"积极分子。当年9月，经中共嵊县西区区委书记周列平介绍，徐婴加入了中国共产党。

1939年10月12日，他休学离校，赴浙西天目山加入省政工队，被编入第三大队。在战时干部训练中，徐婴白天随组活动，晚上学习马列著作，还写了不少诗文，同志们给徐婴戴上了"诗人"的桂冠。他那充满革命激情的诗文发表在《东南日报》的副刊上，同时他兼任《民族日报》特约通讯员，充分显示了他的文艺创作才华。

1940年5月，省政工队解散。8月，徐婴插班入宁波浙东中学就读，被推为学生自治会主席。那时虽是国共合作，实际上摩擦不断。国民党"三青团"（三民主义青年团）千方百计想控制各校学生自治会组织，徐婴与他们作针锋相对的斗争，因此被校方以"行动不轨"之名退学。

1941 年 4 月，宁波被日军侵占。徐婴改名为"山鹰"，来到嵊县雅致村剡山小学任教。1942 年春夏之交，徐婴几次想去找新四军，但无法通过国民党反动派的封锁线，于是他辗转来到鄞西。同年 6 月，党指派他任"林中队"①政治指导员和支部书记。徐婴满腔热情投入工作，处处以身作则，深受战士们爱戴。

1942 年 7 月下旬，中共鄞奉县委为了开展鄞西地区工作，着手培养干部，在鄞西梅园乡宝岩寺举办"鄞西小学教师暑期训练班"。暑期训练班表面上是由"三青团"举办的，实际上却是四明山地区抗日救国青年积极分子集训班，学的是哲学基本知识、政治常识、民运工作、游击战术等课程。徐婴任训练班班主任，并教哲学初步。徐婴讲课深入浅出，通俗易懂，深受学员称赞。他待人热情，又平易近人，晚上自由活动时，常与学员漫步野外谈心。他爱好文艺，经常讲鲁迅、普希金、高尔基的故事，偶尔也讲延安、八路军和新四军的斗争生活。那时训练班是流动的，他们每到一地，就向当地农民借篾簟铺在地上睡觉。他总是抢先为学员扫地、铺簟，大家亲热地叫他"指导员"。

---

① 林中队：由我党领导的宁波自卫总队警卫中队，中队长林一新。

二、从正面战场到隐蔽战线

1942 年 9 月，鄞奉县委调徐婴为"三青团"鄞西区队干事长，负责做国民党鄞县七区区长郭青白及其他上层人士的统战工作。他充分利用这个身份出色地完成了任务，不仅取得了郭青白的信任，而且同支队的秘书、副官们以及郭部的几个大队长都搞得很熟悉，使中共地下党组织对郭青白的一举一动都了如指掌。

同年 11 月，郭青白为了加强对乡镇政权的控制，任命了一批"乡（镇）长"。由于中共地下党的推荐和争取，郭青白对徐婴在"三青团"鄞西区队干事长任内的表现也满意，就委任他为罂湖乡的乡长。

徐婴到职后，把个人生死置之度外，怀着"把头落在罂湖"的献身精神，忠心耿耿为党工作。由于生活条件差，他浑身上下长满疥疮，连手都抬不起来。他只得把手臂用绷带吊在脖子上坚持工作。他关心群众疾苦，常常把从国民党那里得来的饷米送给同志与贫困群众。为了减轻群众负担，徐婴根据上级指示，对敌伪方面开展"反派谷""反抢粮"斗争。他召集乡内 22 个保长，反复阐明"反派谷"斗争的重大意义，精辟分析了该乡不交"派谷"的有利条件。同时，他又发动党员和群众，运用"拖、阻、打"三字方针与敌展开斗争。还把原来存放在乡公所积谷仓里的几万公斤存粮及时转移到山区坚壁起来，使日寇和伪军下乡抢粮扑空。经过反复较量，我党在这场"反派谷""反抢粮"斗争中取得了胜利。

对郭青白方面，徐婴采取的策略主要是少报田亩和产量，并规定郭青白部队所属人员不准直接向群众派粮派款，一律要经过乡公所同意才行，从而使敲诈勒索现象大为减少。当时，鄞西几乎所有乡（镇）公所都是借各种名义公开贪污和大吃大喝。徐婴一方面廉洁自持，另一方面革除了陋规，使乡公所开支大大减少。群众齐声称赞他为好乡长。那时鄮湖乡乡公所里也有不少反动分子，徐婴受到贫苦农民赞扬，引起反动派嫉恨，他们千方百计想杀害他。一次，一支伪军包围乡公所，叫嚷着要抓徐婴，由于徐婴被当地群众掩护起来，才免遭毒手。

三、从大义凛然到壮烈牺牲

1943年9月，中国共产党领导的抗日民主政权——鄞县六、七两区联合办事处建立，下辖樟水、鄞江、武陵、古林4个区署，徐婴任樟水区区长。1944年2月，顽军浙保二团窜至该区，李敏等5位同志就义，全区处于白色恐怖之中。敌人撤退后，徐婴带领群众埋葬好烈士遗体，在樟村西首召开追悼大会，愤怒揭露国民党反动派破坏抗日、反共、反人民的罪行，号召群众组织起来、保卫家乡。3月中旬，浙保部队又卷土重来，徐婴率区中队与县大队翻山越岭、过溪涉水，昼伏夜出、与敌周旋，抓住有利时机出击。

由于部队日夜流动，3月下旬，徐婴连发高热，饮食不进。3月底，部队开到鄞西大雷十八柱，那是个地势较高的小山村。此时，徐婴面颊绯红，额角像火一样烫，腰腿疼痛，躺在床上连转身也有困难。但敌情严峻，部队不能长驻下去，同志们准备用担架抬他下山。为了不拖累大家，他坚决反对，最后一个人留在了当地农户家中。

部队离开十八柱后，由于坏人告密，徐婴被郭青白逮捕，关押在石岭。国民党反动派威逼利诱，动用酷刑，折磨他已病得十分虚弱的身躯。在生死时刻，徐婴始终没有向国民党反动派屈服。国民党反动派见劝降不成，便怒起杀意。1944年4月5日中午，国民党反动派将23岁的徐婴押到樟村下街，先用子弹射进他的胸膛，然后用刺刀剖开胸腹取出心肝，再塞入石头，暴尸野外。

徐婴短暂的一生，是革命的一生，是战斗的一生。他既是一位坚强不屈的共产党员、机智勇敢的革命战士，又是一位富有才华的青年诗人。他走得如此惨烈，如此悲壮，他就像一只搏击长空的"山鹰"，用生命在天际画出了一条震撼人心的弧线。

宁波市鄞州区革命老区开发建设促进会供稿，晓路改编

矾山九姐妹

世界矾都的"红色娘子军"

在浙江最南端的苍南县，有一个矾山镇，素有"世界矾都"之称，是浙南最悠久的矿山集镇。这里的矾矿储量占到世界的60%、中国的80%，拥有国家级地质遗迹3处、省级地质遗迹14处。

在白色恐怖和抗日救亡时期，这里涌现了"矾山红色九姐妹"等英雄人物。在历史长河中，她们或许只是一朵朵不显眼的革命火花，但中国革命也正是由这些星星之火，发展成燎原之势。

一、红色小学成长起来的九姐妹

韫山小学（又名石宫小学，矾山一小前身），坐落在矾山镇的石宫，这里原是纪念明矾始祖的庙殿，因庙后有块大石，故取名为"石宫"。在革命年代，中共鼎平县委领导经常在韫山小学落脚和秘密开会，许多地下党员都在这里工作和学习过，该校既是地下党的联络站，又是革命的摇篮。

韫山小学

　　陈大妹、陈荷花、卢红洋、林清香、朱美兰、朱爱娇、陈大香、李采英、杨崇善就读韫山小学期间，在朱善醉、郑孔信、张传朴等革命教师的影响下，萌发了最初的革命思想，坚定了"只有共产党才是人民大救星"的信念，慢慢成长为"红色九姐妹"。

　　抗战期间，校长朱善醉经常在晨会上宣传抗日救国的道理，控诉日本侵略者惨无人道的暴行。学生们深受爱国主义教育，在心灵深处播下抗日的种子。陈大妹等九位女学生，积极参加朱善醉组织的抗日救亡团，张贴标语，演抗战剧，以通俗易懂的形式、生动的演出宣传抗日主张。群众深受触动，有的掏腰包，有的捐衣物，援助苦难的同胞，支援抗日前线的战士。

1937 年 11 月，郑丹甫（中共闽浙边区区委书记）率领林辉山、欧阳宽等人来到鼎平，整顿基层党组织，建立抗日民族统一战线，开展抗日救亡宣传工作。1937 年冬，矾山街妇女党支部成立。陈大妹任书记，陈大香和李采英分别任组织委员、宣传委员。从此，九位女党员结成九姐妹，成为矾山革命运动中的一支骨干力量。

二、机智掩护地下党组织活动

陈大妹家住矾山镇内街，其父是开米行的老板。他为人正直，同情穷人，思想倾向革命。陈大妹的嫂子也是共产党员。因此，地下党决定将秘密联络站设在陈家，由陈大妹任联络员，支部同志为通讯员。地下党每次开秘密会议，都在陈大妹家。

陈家左边是国民党乡丁陈大贵的家，右边是国民党狗腿子曾呈实的家，前面不远处是伪区公所。这里环境虽然恶劣，但是陈大妹等人警惕性相当高，对敌办法多种多样。为麻痹敌人，转移视线，每当自己家里要开秘密会议，陈大妹就准备好酒菜放到隔壁陈大香家，招呼街上盘查的国民党兵进来喝酒。

当夜幕降临，陈家经常成为韫山小学师生的聚会场所，大家唱唱歌、讲讲故事。国民党官兵以为只是一些教师、学生说说唱唱而已，便不予理会。每当此时，刘先、陈百弓、朱善醉、蔡爱凤等地下党员便从后门小路进入陈家，开起秘密会议，部署对敌工作。一开起会，常常要到三更半夜才结束，陈大妹就和姐妹们轮流值班放哨。

陈大妹还特地养了一头猪，取名"阿花"。每当地下党同志离开之前，她总是先将"阿花"赶出门外去撒尿，借机开门察看动静，让同志们安全离去。支部老党员陈荷花回忆道："1941年4月11日晚，地下党发动霞关暴动的前夜，陈百弓、朱善醉、欧阳宽、张传卓等地下党员就是在陈大妹家策划这次暴动的。"霞关暴动成功，地下党组织共缴获国民党平阳县自卫队驻霞关分队25支枪和一批弹药，壮大了游击队的力量。1937年至1941年间，在陈大妹家联络站举行的地下党活动不计其数，在妇女党支部的掩护下，他们每次都安然无恙。

三、视"为革命做贡献"为最大幸福

1938年春的一天，天空下着淅淅沥沥的小雨，朱善醉在内街行走时，被国民党自卫队队长陈必达抓住，随后被吊在区公所屋檐下打得遍体鳞伤。消息传开后，妇女党支部召开紧急会议，商量营救行动。党支部派陈大香等人向鼎平县委书记陈百弓汇报，派朱美兰到石门迎接陈百弓的队伍，派陈荷花为朱善醉送食物并通风报信，派陈大妹以同族关系到区公所求情。同时，派杨崇善去辋山小学与党员教师郑孔信、曾呈鹏联系，共同发动全校师生罢课抗议，多管齐下，逼使国民党反动政府不得不释放朱善醉。

当地下党活动经费发生困难之际，矾山九姐妹个个捐款捐粮。陈大妹家开米行，她趁晚上帮父亲清点铜钱之机，偷偷私藏一点，一次次送给地下党作活动经费之用。有一次，地下党急需一笔资金却筹款无着落，陈大妹知道后，悄悄拿了父亲的 27 块银圆，连同自己的金戒指，一并交给朱善醉。据陈荷花回忆，陈大妹多次资助地下党，仅金戒指就有 4 枚，金耳环 1 对，连陪嫁的 120 块银圆也捐了出来。

1938 年秋，陈大妹向党组织提出奔赴抗日前线的请求，得到批准。她与党员李若波动身前往前岐，连续两天寻找接头人郑丹甫未果。陈大妹的夫家对其娘家施加压力，并派人四处寻找，最后在前岐一家客栈将陈大妹找到。陈大妹眼看脱不了身，拿出全部积蓄送给李若波作盘缠之用，支持他前往延安。

1938 年冬，浙南特委派妇女部长蔡爱凤和青田县的大学生林碧如先后来矾山开展抗日救亡宣传，她们吃住都在陈家。有一次蔡爱凤到马站去活动，陈大妹送给她一件旗袍，让她打扮成阔小姐，避开危险。陈大妹经常和红色姐妹说，自己为党的付出是值得的，革命成功就是自己的最大幸福。

四、坚贞不屈永葆革命斗志

1940 年 7 月，朱善醉派邱新海送来一张条子给陈大妹，大意是"明天有个党内同志找你有事商量，见面地址由你自定"。

第二天，一个陌生来客通过暗号与陈大妹接上头，陈大妹和卢红洋、陈大香一起，带他到矾山一庵堂，听取了陌生来客的工作布置。后来才知道，此人是矾藻区区委书记兼鼎平县委民运部部长邓星希。

一年后，即1941年7月，邓星希叛变投敌，交出党组织名单，矾山街妇女党支部名列其中。于是，陈大妹、陈大香、卢红洋等三人被捕，其他同志则紧急转移。在阴森的监狱中，陈大妹受到严刑拷打，十指夹棍，被折磨得死去活来，但她始终守口如瓶。反动派又让邓星希来劝降，陈大妹怒目直视叛徒，斩钉截铁地说："要命一条，其他都不知道！"后来，陈大妹的父亲用钱买通关系，陈大妹才被担保释放。

1941年后，国民党加紧"清剿"，形势更加险恶。鼎平县委基层组织遭受严重破坏，两任县委书记陈百弓、欧阳宽以及宣传部部长朱善醉先后壮烈牺牲，刘先、林辉山远走北上抗日。从此，矾山街妇女党支部也与党组织失去了联系，但红色姐妹始终不失革命意志，默默等待时机转变。1946年，党派陈勉良、肖怀高等到闽浙一带活动，鼎平县委开始恢复工作。矾山街妇女党支部再次活跃起来，积极配合革命工作，组织妇女支援前线，终于迎来了浙南的解放。

苍南县革命老区开发建设促进会供稿，童未泯改编

林 勃

抗日英雄幻化的十七朵红花

"萍，不知是什么样的牵连，在这样繁冗的工作中，我还时刻地惦念着你……我隐约地知道了你同样在想念着我，并似乎在埋怨我这一次默默地走了……"

1941 年 10 月 28 日傍晚，余也萍收到恋人林勃从十多公里外的青峙村托人捎来的书信。这难道是林勃在向她做最后的告别？余也萍牵肠挂肚、通宵难眠。到 29 日清晨，她再也难以控制思念，冒着被捕的危险，独自奔走十多公里山路赶到青峙。一股无形力量引导她在荒山上找到了心上人，只见林勃静躺草丛，满身鲜血，双眼大睁，身上有 17 处刺刀痕。就在 28 日下午，这位年仅 23 岁的共产党员被侵华日军用刺刀活活刺死。

一、投身革命，抗日救亡

林勃（1918—1941），原名林圣楣，1918 年出生于镇海县小港镇（今属宁波市北仑区）一个贫困家庭，幼年丧父，与母亲相依为命。1937 年 7 月，日军全面侵华，中华民族到了最危险的时候！镇海与全国各地一样，掀起了轰轰烈烈的抗日救亡运动。"天下兴亡，匹夫有责"，饱受旧社会苦难的林勃燃起了强烈的救国之情。

1938 年 3 月，林勃毅然参加了镇海县战时政治工作队（简称"政工队"）。该队是按照《浙江省战时政治纲领》精神而建立的，队员大多是失业、失学的进步青年，队中有中共镇海地方组织派遣的共产党员和共青团员。林勃在队里工作认真负责，经常和乐敏（中共党员）、李平等队员一起，深入到长山、大碶、柴桥等地，用出壁报、演剧、歌咏、演讲等多种形式，向广大群众和当地驻军宣传抗战形势和团结抗日革命道理，开展抵制日货和救护被日机、日舰炸伤的人员等救亡活动，很受群众欢迎。林勃在中共党员的帮助和教育下，认真阅读马列主义著作和进步书刊，懂得了许多革命道理，思想进步很快。就在这一年，他由乐敏介绍加入了中国共产党。

1940 年 7 月，日本侵略军在镇海第一次登陆，政工队也随之解散。林勃被党组织派到柴桥地区的定海国民兵团随军服务队工作。队内建有中共党支部，归属中共镇海县工委领导。该队实际上是我党控制的一个宣传团结抗日的政治工作团体，林勃在队内担任小组长。这一年冬天，国民党定海县长苏本善要把随军服务队派到武义受训，"整编"服务队。林勃被党组织派到镇海县民众教育馆"流动施教团"工作。"流动施教团"的成员大多数是中共党员，团内建有党支部，活动于镇北澥浦、龙山一带。他们在各种掩护下，用多种形式向群众宣传抗日救亡道理，诸如张贴抗日标语、利用集市进行街头演讲、选择中心地点出墙报、晚上在群众休息时演唱抗日歌曲和演出短小精悍的戏剧节目、举办民众识学班等，激发群众抗日热情和革命觉悟。同时，也向当地国民党部队做统战工作，宣传抗日。他们通过这些宣传活动，培养积极分子，发展地下党员，建立镇海县江南和"三北"（镇海、余姚、慈溪三地北部地区）的交通联络点。

二、舍己抗敌，血洒青山

1941 年 4 月 19 日，侵华日军第二次在镇海登陆，镇海、宁波相继沦陷，日军侵占了主要城镇，"流动施教团"被迫解散。当时中共宁属特委指示：凡是有条件的地方都要组织游击武装，以开展敌后游击战争。根据这一指示，中共镇海县工委的工作重点转入组织游击武装。把原"流动施教团"的李平、沈邦祺、沈一飞、林勃、余也萍等党员同志调派到龙山，与中共龙山思敬小学支部负责人戚铭渠联系，研究组建敌后游击队。

在一次行动中，李平、沈邦祺、沈一飞不幸牺牲，上级党组织要求林勃、余也萍等立即撤离到镇海。在共同理想追求下，林勃、余也萍不仅牢固了革命友谊，还建立了恋爱关系，成为一对奋战在抗日救亡战线的红色恋人。

当时，江南大碶王贺乡王隘村（今属宁波市北仑区）的一本小学是中共镇海县工委秘密机关，地下党员王博平任该乡乡长。为开展敌后抗日游击，1941年6月，王博平组建了一支武装巡夜队——王贺乡巡夜队，由王博平兼任队长。后来为扩大队伍和便于活动，王贺乡巡夜队与当时驻在江南柴桥一带的定海国民兵团挂了钩，编为"独立中队"。党组织派林勃任中队政治指导员。林勃精心教育战士遵守三大纪律、八项注意，还向驻地群众宣传抗日救国，带领战士们帮助群众割稻、挑水等。当时军民关系十分密切，有的群众主动为我军送情报、查汉奸、运军粮，还有的要求参军，这引起了国民党反动派及日军的仇视。

10月28日，"独立中队"移驻青峙村，准备召开群众大会宣传抗日救国。不幸遭遇国民党土顽霍中柱部的偷袭，战士们奋力抵抗，终因力量悬殊，只得撤出战斗。林勃和另一位共产党员胡班长，为了掩护部队撤退而被捕，国民党军把他们绑在青峙大庙（今蔚斗小学）门前的一棵大树上。这时，盘踞在镇海城里的日军也闻讯渡江赶来，国民党军匆忙逃窜至鄞东，被捆绑在大树上的林勃又落入侵华日军之手。林勃在日军的威逼利诱下，始终威武不屈，最后被日本侵略军连刺17刀，直至流尽鲜血，壮烈牺牲。

三、心心相印，化血为花

林勃、余也萍，这一对抗日救亡的红色恋人，根据党组织安排，各自战斗在不同地区，但他们心心相印，时刻牵挂着对方。

一切似乎早有预感。林勃在牺牲前夕，就给他的战友兼恋人余也萍写信表达思念之情，"我这一次默默地走了"好像在告诉余也萍将要发生的不幸。余也萍收到这封书信时，心神不宁、焦急万分，冒着危险连夜穿越侵华日军和国民党反动派的封锁线，奔走十多公里山路，终于找到了牺牲不久的林勃。

心上人林勃永远离开了她。余也萍替他解开外衣纽扣，里面是一件藏青色的毛线背心，是余也萍托人帮他织的，被敌人刺刀戳了一个个窟窿。最里面一件白色衬衣，全被鲜血浸染。

后来，余也萍强忍着悲痛，把这件被日寇刺刀刺了17个洞的白衬衣，慢慢地从林勃身上脱下，小心翼翼清洗干净、晾干珍藏。为了纪念心上人，余也萍在这件白衬衣的每一个洞上，都用红色丝绒细心绣出一朵美丽的小红花，一共有17朵。那花，像傲雪红梅，像不畏春寒的山茶，又像漫山遍野的红杜鹃。藏起这一件珍贵的衬衣，也藏起失去爱人的悲痛，余也萍又投入到抗日救亡的洪流中去。

"青山埋烈士，荒草泣英魂。月白梦初醒，霜林染血痕。"年轻的共产党员林勃,用宝贵的生命践行了诺言,以鲜活的热血染红了霜林,用英雄的灵魂化作17朵红花,伴陪着自己心爱的战友和恋人继续完成他未竟的事业,也永远激励着一代又一代后来者为理想勇往直前。

宁波市镇海区革命老区开发建设促进会供稿,

作者王晓晖,晓路改编

郑明德

浙南刘胡兰

一重青山，恰似丹凤卧中间；
山花烂漫，恰似你少女的容颜；
一道彩虹，恰似热血燃天边……

平阳县凤林村郑明德纪念馆

当悠扬、清亮的歌声响起，影院的大屏幕上出现了巍峨的青山，闪现出"浙南儿女英雄传·热血长虹"的红色字幕。这是 2024 年初上映的《热血长虹》的观影场景。影片以平阳革命先烈郑明德的故事为原型，随着红军挺进师转战浙南、中共浙江省一大召开、抗日救亡等场景变化，救治伤员、站岗警戒、传送情报、被捕入狱、英勇就义，一个少女英雄形象鲜活地出现在观众面前。

一、听着红色故事成长

郑明德，1925 年出生在平阳县凤卧乡（今凤卧镇）凤林村的一个革命家庭里。她的父亲郑海啸，是中共平阳县委书记，她的家乡凤林村，是浙南最早开辟的游击根据地之一。郑明德从小参加革命，不畏艰险，英勇斗争，年仅 17 岁就献出了宝贵的生命，被誉为"浙南刘胡兰"。

郑明德小时候，刘英常常住在她家里，逗她唱歌、给她讲革命故事。有一次，刘英讲了方志敏烈士的事迹，当她听到方志敏热爱百姓、智斗敌人时，小小的脸蛋露出笑容；当听到方志敏英勇牺牲时，禁不住哭了起来，稚嫩的心间已经种下了革命的火种。

全民族抗战爆发后，平阳县水头镇召开群众大会，12 岁的郑明德就登台宣传共产党的抗日主张，得到许多人的称赞。1938 年春天，粟裕即将带领部队北上抗日，郑明德走家串户，发动群众，并把家里的被单、破衣服都拿出来做军鞋。在她的带动下，只有 200 多户人家的凤林村，短时间内就赶做了 400 多双军鞋。

1940 年，白色恐怖笼罩着浙南游击根据地，国民党反动派疯狂地破坏地下党组织，逮捕、杀害共产党员和革命群众。郑明德没有被敌人的残暴所吓倒，毅然告别多病的母亲和年幼的妹妹，离家参加革命队伍，过着"身住密林大深山，天然岩洞当房间"的艰苦生活。她在流动"红星"图书馆工作，常常背着十几公斤重的图书和宣传品，跟随部队行军。到了宿营地，她还帮助当地农户干活，教唱歌、识字，宣传革命道理。

二、软硬不吃，勇斗反动派

1941 年 3 月，郑明德光荣加入中国共产党，被分配到环境艰苦、斗争激烈的平西区工作。7 月 16 日，郑明德等十多人在回县委机关的路上，在瑞安县公阳（今属文成县）被敌人发现，发生激战。郑明德腿部被敌人子弹打中，鲜血直流，行动困难。她为了大家的安全，谢绝战友们的援救，一个人隐蔽在坑沟里。敌人顺着血迹搜索，逮捕了她。

平阳县县长张韶舞见郑明德是个黄毛丫头，又得知她是郑海啸的女儿，心想只要稍加哄骗、恐吓就可以获得当地共产党的很多秘密，便亲自审问。郑明德想到这些反动派烧毁了她家的房子，用枪托把她妈妈打得吐血而死，心里愤恨至极。她严词痛斥张韶舞，把他驳得哑口无言。张韶舞又派人到监狱里去劝降，企图以同乡之情软化她，也遭到痛斥。叛徒施泽民企图邀功，来狱中劝说，也被她骂了个狗血淋头。

眼看所有劝降无果，张韶舞只好再次出马，带着丰盛的酒菜来到狱中。但是，郑明德再一次声色俱厉地说："少来这一套，我恨不得剥你的皮，抽你的筋！"张韶舞恼羞成怒，叫刽子手把大刀架在她的脖子上，狂叫："限你三分钟！"郑明德斩钉截铁道："一分钟也用不着，要杀就杀，我死也不会做叛徒！"

张韶舞凶相毕露，对郑明德施行了酷刑。先上老虎凳，又倒吊着灌辣椒水……郑明德晕死过去好几次，但她回答敌人的只有一句话："要么把我放出去，要么枪毙我，别无其他。"老奸巨猾的张韶舞，在一个小姑娘面前败下阵来，最后只得把她押回牢房。

在一年左右的监狱生活中，郑明德忍着巨大的伤痛，给难友们讲革命故事，唱革命歌曲，宣传革命道理。她还联系狱中其他党员，进行绝食斗争，反抗监狱长虐待难友、克扣口粮，要求改善狱中伙食，并取得了胜利。

郑明德被捕后，党组织曾多次派人前去探望和设法营救。当她收到党组织派人送来的5块银圆，说是让她用来补充营养，她激动得鼻子一酸，眼眶里充满了泪水。她写了一封信，用暗语说："年成不好，家中大小少衣没被，钱留给家用，不要再给找了。"

不少同志提出要去劫狱，和敌人拼个你死我活，但郑海啸考虑到敌众我寡，坚决不同意。郑明德得知同志们要来劫狱，马上托人带出了第二封信，叫大家千万不要冒险来救她，敌人警戒森严，不能因为她一个人让革命力量遭受损失。她说自己决心已定，能越狱更好，否则就为党牺牲。同志们接到信后，抱头痛哭，毕竟郑明德还只是一个16岁的孩子啊。

一次，郑明德从女看守那里探悉国民党保安团在部署兵力，准备进攻平瑞边界游击区，马上设法把这情报送出去，使游击队得以及时转移。这是郑明德最后一次给党传递情报。

三、视死如归，生命定格在二八年华

1942年6月27日，张韶舞终于下毒手了。从坡南到县政府的大门口，一路上岗哨密布，路上来了8辆人力车，每辆车子后面，都跟着荷枪实弹的敌兵。郑明德双手反绑坐在第三辆车子上，她用脚踩下自己的新鞋，对拉车的老人说："老伯，我们都是穷人，这双鞋你拿去吧。我什么也不留给反动派！"

车子经过大街时，郑明德从车上站了起来，向两旁群众大声呼喊革命口号："共产党是杀不完的，一个人倒下去，千万个人会站起来！反动派一定会完蛋！"在生命的最后一刻，郑明德大声高呼："中国共产党万岁！万万岁！"

郑明德的生命永远定格在了 16 岁。她的生命虽然短暂，但她那青春的火花光华夺目，永远闪烁在浙南大地上。

平阳县革命老区开发建设促进会供稿，童未泯改编

戚铮音
战火中的温情守护者

在烽火连天的抗日战争年代，无数英雄儿女以血肉之躯筑起了坚不可摧的长城。其中，有这样一位女性，她以坚定的信念和无畏的勇气，在浙江省第二保育院（简称"二院"）用无尽的爱与坚韧，为无数流离失所的孩子撑起了一片天。她，就是被誉为"难童妈妈"的戚铮音。她的故事，是战火中的温暖，是人性光辉的闪耀。

一、烽火中的摇篮：二院的诞生与担当

戚铮音（1909—1988），浙江余姚人。1936年加入中国共产党。

1937年卢沟桥事变后，中华民族面临生死存亡的危机，战区儿童的命运更是牵动着无数人的心。在此背景下，全国战时儿童保育总会于1938年3月10日在武汉成立，随后迁往重庆，由宋庆龄任顾问、宋美龄任理事长、李德全任副理事长。总会的成立，汇聚了周恩

来、冯玉祥、郭沫若等各界爱国人士的力量。同年，浙江分会紧急成立于金华，蔡凤珍担任理事长，戚铮音等中共党员担任要职。

　　1938 年 6 月，随着战火的蔓延，第一保育院虽已收容 700 多名难童，但仍有大量流离失所的儿童亟待救助。于是，浙江分会决定在云和县河上村筹建第二保育院，并委派戚铮音担任院长。河上村，这座古庙幽静、山林葱郁的村落，因二院的建立而重新焕发生机。在戚铮音的带领下，教职工队伍迅速组建，他们克服重重困难，整修院舍、购置物资、聘请教师，将这所由妙严寺古庙、宗祠改建的保育院，打造成了战争阴霾下孩子们温暖的避风港。

妙严寺——浙江省第二儿童保育院旧址

二、逆境中的坚守：二院的艰难历程

　　1939 年 10 月，二院在一片繁忙与期待中正式建成,但二院的创办并非一帆风顺。筹建初期,戚铮音亲力亲为,整修古庙为院舍,改造公共房屋为学习与生活空间,86名难童有了温暖的避风港。然而,战争的阴霾并未因此消散,敌人的政治打压、经济封锁接踵而至,日伪反动势力对二院的监视日益严密,甚至对教职工进行无端怀疑和迫害。同时,粮食短缺、缺医少药等问题接踵而至,使二院的日子雪上加霜。

在这艰难时刻,戚铮音展现出非凡的领导力与坚韧不拔的精神。在粮食短缺的困境中,她亲自带领教职工们四处奔波购运粮食,确保孩子们的基本生存需求得到满足。在疾病流行的危难时刻,她积极争取药品和医疗设备,并亲自照顾生病的孩子,用实际行动诠释了母爱的伟大与无私。在她的带领下,二院的师生们团结一心,共同渡过一个又一个难关。

浙江省第二保育院儿童生活情景

他们开辟运动场、种植蔬菜、自制教具，让二院成为一个充满生机与希望的乐园。更难能可贵的是，戚铮音还注重孩子们的教育问题，带领教师们自编教材、安排课程，使难童们不失学，接受正规的启蒙教育，为他们以后的成长奠定了坚实的基础。

在担任二院院长的四年间，戚铮音带领二院师生与敌人进行了顽强的斗争，不仅成功救助了数百名难童，二院还成为当地抗日救亡运动的核心和秘密联络站。

三、红色摇篮的庇护：冯雪峰的隐蔽与康复

在二院最艰难的时刻，它还承担了另一项重要使命——掩护和救助革命志士。1942 年底，冯雪峰同志在狱中饱受摧残后身负重伤，在郭静唐[①]的陪同下秘密抵达二院。戚铮音深知此任务之艰巨，她严守秘密，为冯雪峰提供了一个安全的隐蔽之所，请来可靠的医生为其治疗，悉心照料并设法补充营养。

在戚铮音的精心护理下，冯雪峰不仅重获健康，还积极参与了二院的保育工作。同时，他运用文学才华，为《浙江妇女》等刊物撰稿，宣传革命思想，进一步坚定了二院师生的信念。

冯雪峰在二院期间，还指导二院的教育工作，鼓励师生们在艰难时期坚持教学，为保卫家园、养育后代贡献力量。

---

① 郭静唐，又名挹青，字琴堂，曾任余姚战时政治工作队副队长、抗日自卫支队政治部主任等职。

1943 年初，二院迁到云和小顺后，戚铮音更是设法将冯雪峰的家人接到保育院，为他创造了更加隐蔽的生活环境。在二院的庇护下，冯雪峰得以顺利康复，并按照上级指示转往桂林、重庆，最终到达南方局报到。

四、希望之光：战后的新生与传承

1945 年 8 月 15 日，日本宣布无条件投降。消息传来，二院上下一片欢腾。孩子们终于可以在和平的天空下自由奔跑、快乐成长了。

抗战期间，戚铮音与同事们在第二保育院倾注心血，拯救难童，播撒爱与希望。抗战胜利后，第二保育院继续运作一年。1946 年夏，随着战争的结束和形势的变化，第二保育院完成了它的历史使命，奉命撤销停办。然而，戚铮音等人留下的精神财富永存人心，成为负责任、有担当与无私奉献的典范。他们不仅拯救了大量难童的生命，更在战火中播撒了爱的种子，点亮了希望之光。这光芒穿越时空，照耀着一代一代人的前行之路。

中华人民共和国成立后，戚铮音投身教联、教育工会工作，并且进入上海市委党校学习，后留校担任多职。1962 年，她调任南汇县中学，后任南汇县教师进修学校校长、党支部书记。中共十一届三中全会后，戚铮音不顾年迈的身体，搜集革命史料，撰写回忆录，作革命传统报告。她热心教育，每逢"六一"必送礼物给孩子们，更将积蓄全部捐给南汇县教育基金会。1986年，戚铮音被评为先进离休干部和优秀共产党员。她的一生，历经艰难曲折，但对党的信念坚定不移。

五、结语

戚铮音与浙江省第二保育院的故事，是战火中的温情守护，是人性光辉的闪耀。她用实际行动证明了在逆境中坚持的力量和爱的伟大。她的故事，将永远被铭记在中华民族的史册中，激励着后人牢记历史，珍惜和平，继续前行。让我们铭记这段历史，铭记这些在战火中默默奉献的英雄们！

戚铮音·赞

战乱频仍苦流离，铮音难舍稚儿啼。
爱洒荒村当暖日，情倾难童恰甘饴。
柔情似水承重托，铁骨如松担道义。
丹心一片昭日月，信念如磐永不移。

云和县革命老区开发建设促进会供稿，
作者蓝义荣，杨小敏改编并赋诗

海防大队

杭州湾红色通道守护神

　　1942 年 5 月 31 日，谭启龙接到陈毅、曾山"立即去浦东转浙东主持工作"的电令。他与连柏生、张席珍等率领一支 100 多人的队伍，由浦东乘海上木帆船，横渡杭州湾，借着夜色踏上新征程。时任浙东海防大队队长的张大鹏精心安排，陪同谭启龙等同志经过一夜航行，第二天天亮时在慈溪北部的古窑浦登陆。

　　古窑浦这条航线，成了浙东连接浦东和苏北根据地的红色生命线，张大鹏的海防大队就是这条海上红色通道的守护神。

一、组建: 从"流动队"到海防大队

　　抗战爆发，上海沦陷，镇海封港。1941 年 4 月，浙东沦陷，侵华日军控制了沪杭甬铁路线和公路线，对杭州湾海域也封锁得很严。日寇军舰常在玉盘洋巡回，国民党散兵及海盗又不断骚扰，船民、渔民、客商屡遭劫难。浙东根据地要生存发展，必须与浦东和苏北根据

地密切联系，而杭州湾海上航线是唯一的通道。要开辟这条海上生命线，必须组建自己的海上武装。这支武装，就是浙东游击队海防大队。

海防大队起源于 1938 年由中国共产党领导的浦东南汇县保卫团四中队的"流动队"。后来成为"三北"游击司令部副司令的连柏生，那时是南汇保卫团四中队中队长。他曾派流动队队长王椿萱（后改名张大鹏）率一个班 12 人，借用民船下海巡查，缴获了周浦一带汉奸徐鸣发部队的一船枪支，有 3 挺机枪、40 多支步枪、1 万多发子弹。这让连柏生和张大鹏意识到组建海上武装的重要性和紧迫性。这个流动队还有 4 次渡海侦察、2 次遇盗战斗的实战经验。

1941 年 9 月，我党武装在慈北组建了海防中队，开展海上武装斗争。1942 年 12 月，第一次反顽自卫战胜利后，浙东抗日根据地呈现出大发展局势。"三北"游击司令部决定：在海防中队基础上成立海防大队，直属于司令部，任命张大鹏为大队长，何亦达为教导员兼副大队长（1944 年后吕炳奎兼任大队政委）。

从此，张大鹏的名字和海防大队一起，在杭州湾海域成为抗日力量的一面旗帜。

二、驻地：守护古窑浦沿海安全的"大鹏旗"

张大鹏就驻扎在慈北古窑浦。在慈北沿海杭州湾东段，古窑浦的地理位置十分优越。远航归来的帆船，只要看到南面的伏龙山和北面的海王山，对准五磊山顶，直航就是古窑浦。这里木帆船可以进出，而敌人兵舰却进不来。独特的地理环境使这个小小的海边村落变得重要起来。

起初，部队在古窑浦一带活动时，当地老百姓的态度并不友好，老百姓是被各种武装和海匪渔霸欺负怕了。但不久之后，老百姓就感觉到这是一支好部队。这些带枪的人待人和气，关心老百姓，尊重渔民，重信义，待房东像自家人。慢慢地，群众都亲切地叫这支部队的领导张大鹏为"大队长"。

海防大队刚组建时，出海执行任务的船还是租用的。当时沿海有些船主以出租船只收取租金为生。他们都愿意租船给海防大队，因为海防大队租船守信用，不拖欠租金。即便船只受损了，也会合理赔偿或帮助修理。大队长十分体恤船民疾苦，要求指战员把船民当亲兄弟。出海如遇敌人必须迎战时，首先要保护好舵手和船工。要遵守船上的生活习俗，如不准在船头上小便，不准把筷子搁在碗上，等等。大队长规定：每次完成任务回港后，要召开船老大、船工座谈会，听取批评和建议，还要发给每位船工一袋米、一些蔬菜作为酬劳，另送船老大一瓶老白酒，对优秀的船老大还赠送"龙裤"。"龙裤"成为船老大身份的象征，船老大得到的不只是荣誉，也得到了海上生命安全的保障。海防大队的行事作风优良，船民都发自内心地佩服和感激，都希望自己的船被海防大队征用。船老大们表示：只要大队长招呼，我们随叫随到！

为确保海上航线的畅通，海防大队与日军炮舰作战，与海上伪税警周旋，交战最多的还是海匪。海防大队震慑了敌伪顽的嚣张气焰，得到浙东沿海渔民船家的拥护和支持。海防大队标志旗，是方形黑底中间一个大大的黄色英文字母"V"，老百姓觉得旗中间的图案像一只展翅大鸟，于是就称其为"大鹏旗"。只要"大鹏旗"在船尾升起，海匪船轻易不敢骚扰。海防大队还开辟了海上税收新途径，发放"一旗一照"向过往船只征收通航税，即给交过税的船只发海防大队标志旗和盖有张大鹏、何亦达印章的通行证。因为海防大队收税合理，又能保证海上安全，过往船只也都愿意缴税。海防大队基本控制了从浦东南汇到浙东"三北"之间的杭州湾海域，成为古窑浦沿海地区民众海上安全的保护神，"大鹏旗"也成为这一海域的安全标志。

三、地位：杭州湾海上红色交通生命线

海防大队从最初一个海防中队40人左右，逐步扩大到3个中队200多人。经历了大小海战30多次，毙敌104人，俘敌40多人，收编顽军32师一个连和一部分海匪。作战的对象，有日军兵舰、汽艇，有伪军哨船，有海匪，也有集伪军、海匪于一身的海霸。

海防大队为浙东根据地建设发挥了重要作用，他们

在海上与日伪军、顽军、海匪以及台风、海浪进行英勇搏斗，安全完成运送华中局和新四军军部派到浙东工作的大批干部的任务，并从浦东和苏北运来大量武器弹药、医疗器械、金银货币、文化生活用品等物资。他们保障了浙东与苏北的交通畅行无阻，使新四军根据地很快就建起了报社、医院、修械所、被服厂等后勤设施。据不完全统计，1941年至1945年，海防大队共运输炸药500公斤，手榴弹数千颗，发电机、印刷机、织机等数十台，棉花几千公斤，布几千匹，以及大批的药品和医疗器械。

由于海防大队为革命事业保驾护航，杭州湾海上通道成为浙东根据地与浦东、苏北根据地和新四军主力保持血脉联系的生命线。

四、壮举：海上运送浙东游击纵队北撤

当然，杭州湾红色通道最重大、最壮观的一次行动，是1945年从海上运送浙东游击纵队北撤。1945年9月20日，中共华中局转发了中共中央当日发布的关于浙东、苏南、皖南部队北撤的电令。新四军浙东游击纵队15000余人，挥泪告别浙东，于9月底至10月上旬分三路乘坐300多艘渔船，从慈北古窑浦至姚北临山一线，横渡杭州湾北撤。

海防大队义不容辞地承担起全体北撤部队的运送任务。时间紧迫，急需大批船只。大队长张大鹏、政委

吕炳奎率领干部分头向民众征集船只。正是凭着多年来与沿海各地群众的良好关系，一经动员，很快便征集到300多艘船。当时没有现代通信工具，况且船只都分散在海上，船老大们都是听到"大队长有急事情叫你们去"的口信后，便船船相传，义无反顾地驶向古窑浦和梅园丘一线，以龙山、胜山、临山、华盖山作灯标，用最快速度集结。人民的木帆船载着子弟兵奔赴新的战场。大军全部渡过长江抵达苏北后，海防大队全体人员断后撤离。他们乘坐8艘大船，历经险难冲破封锁，最后到达苏北，受到了谭启龙政委、何克希司令的褒奖。随着斗争形势变化，北撤到苏北的海防大队奉命编入华中海防纵队，编为第二大队。

1949年4月23日，中国人民解放军华东军区海军在江苏泰州白马庙正式成立，解放军华中海防纵队第二大队成为华东区海军重要组成部分。1989年2月17日，中共中央军委批准以1949年4月23日成立华东军区海军的日期为中国人民解放军海军的成立日。

慈溪市革命老区开发建设促进会供稿，
作者方向明，晓路改编

金 强

抗战烽火中的"眼镜哥"

金强毕业于温州十中，曾任芙蓉小学教务主任。1938 年初，经选举，金强就任芙蓉镇镇长。5 月金强加入中国共产党，后任中共良园支部书记，接任下辖 10 个支部的芙蓉区委书记。他被人们亲切地称为"眼镜哥"。在这片曾经战火纷飞的土地上，金强和他所领导的革命者们用热血与勇气铸就了不朽传奇。

一、战火初燃，勇挑重担

芙蓉镇是雁荡山西南的重要集镇，是我游击区的门户，也是日、顽妄图向我发动进攻时的跳板，是三方必争之地。国民党的税务机关摊派捐款，金强就把捐款派到富人头上。金强开了一间大同渔行，为党筹措活动经费，还经常利用工作之便，获取国民党内部消息，使我党掌握斗争主动权。

由于叛徒出卖，金强离开芙蓉，来到罗家寮从事地下活动。组织给金强的任务是以罗家寮为中心，在方圆

50公里内，用一两年时间发展党员，建立支部，组织群众，为公开发展抗日武装做准备。他夜夜出去开会，有时走几十公里山路。开完会，还要返回来。山区都是羊肠一般的崎岖小路，有的地方根本没有路。走到难走的地方，深度近视的金强，只好俯下身来爬，后来锻炼出来了，摸黑也能翻山越岭。但是他的肺病却越来越严重，几乎每天下午都发烧，夜里盗汗，夜间活动的困难更大了，可他仍然一夜一夜地攀山越岭做地下工作。

金强发动农民兄弟加入"穷人会"，开展减租减息运动；发展"民先"组织，进行救亡救国活动；发展农民党员，将一批"民先"积极分子发展为中共党员；还在罗川、鹤盛、岭头、中源等地，开辟新区发展组织。自1939年2月13日罗家寮建立罗川党支部以来，他组织建立起大矸、上埠、蔡坑、玉泉、双岩、塘村等村支部，得到革命群众大力支持。

1941年、1942年、1944年，日本侵略者三次进犯温州。浙南党组织和人民同仇敌忾，组织武装队伍进行反侵略战斗。我党一方面积极加强、壮大党组织和民兵队伍，一方面揭露日寇的侵略暴行。他们不断宣传开展抗日游击战争的重要性，宣传团结抗战，支持和联合一切爱国的抗日力量共同抗日，坚决把侵略者赶出浙南，赶出中国。

二、烽火连天，联合武装

1942 年，仇雪清（时任中共乐清县委大荆区委书记）、周丕振（时任中共台属特委秘书）等人到永嘉寻找党组织，联系上在永嘉屿北一带活动的中共浙南特委委员胡景械。当年徐寿考也赴罗川和金强碰头联系，永乐两县党组织进行了数次联合武装行动。

2 月，周丕振来到罗家寮，以私塾教师的身份为掩护协助金强工作。他初见金强，是在金昌邦家的阁楼上。阁楼楼板上一张稻草垫，铺了草席、棉被。边角靠窗摆一张小方桌，桌上放着书籍，这阁楼也是永乐边区特派员的办公室兼卧室。周丕振同志利用停课间隙，在当地支部的配合下，和金强同志走遍了永嘉、乐清、黄岩三县交界的山区，觅得大矼洞、赤岩洞、陶公洞等山洞。这些山洞藏在深山峡谷之中，可容纳上百人隐蔽游击。有了党的领导、群众基础和良好的地形掩护，当革命需要拿起枪杆子的时候，他们就可以进退自如地领军击敌了。

1944 年 9 月，中共浙南特委发出指示，要求各地党组织建立地方武装，以各种方式伺机发动游击战争，对日作战。广大人民抗日救国情绪高涨，提出了响亮的抗日口号："男人背锄头，女人拿柴刀，赶走日本鬼子享太平！"

1945 年 2 月 8 日，担任中共枫林区特派员的金强，在罗家寮开办抗日集训班，讲革命形势和武装斗争。金强鼓励大家说："你们都是造反的，做的是大事，天很大，你们胆子比天大。"

三、永乐边界红旗飘飘

虹桥、屿北两地发生武装起义之后，顽军亡我之心更加强烈。鹤盛警察配合驻枫林的潘善藏"自卫队"向罗川一带进犯，对我武工队威胁很大。枫林区委为了保卫屿北，保证永乐两县党组织的交通畅通无阻，决定拔掉鹤盛警察所这枚为非作歹的钉子。同时，也希望通过武装行动，缴获更多的枪支、武器。

3月17日凌晨4时许，担负缴枪行动的队伍陆续到达指定地点，把驻扎在鹤盛大屋的警察所包围得水泄不通。

天放亮，戴眼镜的金强不顾危险登上大屋北侧的鹤盛小学屋顶。他认为顽军因乐清虹桥、永嘉屿北起义，无暇顾及鹤盛，我方只要行动迅速隐秘，敌顽不敢贸然出兵救援，缴枪必定得手。果然排枪一响，鹤盛大屋内的警察吓得屁滚尿流，成了缩头乌龟。更加令人高兴的是，鹤盛和周围村的百姓认可我党抗日主张，支持抗日行动，许多人登上山头，呼口号，放火枪，壮大了声势。

顽所长王忠见民心所向，不由得心生惧意，两腿发软。金强见王忠失态，因势利导动员其投降。王忠盼救兵不到，连连躬身对金强说："叫弟兄们缴枪，叫弟兄们缴枪。"

红旗飘飘，巍峨的永乐边界有了自己的抗日队伍。智勇双全的"眼镜哥"按照县委指示，组织抗日武装并担任指导员。这支队伍被称为"金荣部队"，后被编入乐清抗日第一中队第二分队。最终，以金强同志为领导的革命者，建立起一块以罗川为中心、连接浙江东南的永乐边区抗日根据地。

如今，当我们站在这片充满历史记忆的土地上，仿佛仍能听到那激昂的抗日号角，看到那红旗在风中飘扬。

永嘉县革命老区开发建设促进会供稿，

作者金战锋，晓夏改编

朱祥甫

浩气长存的余姚名绅

朱祥甫（1881—1947），名萱，浙江余姚人。早年加入同盟会，历任余姚县参议员、左溪乡乡长，拥护抗日、支持革命、造福百姓，为当地著名进步乡绅、民主人士。1947年春，他被国民党军队扣押。国民党采用各种卑鄙手段，威逼其劝降儿子朱之光（中共四明地委工委副书记），被其断然拒绝。敌人无计可施，于1947年9月16日，将其杀害于余姚梁弄。中华人民共和国成立后，浙江省人民政府追认朱祥甫为烈士。朱祥甫烈士墓位于余姚市梨洲街道龙坑岙底。

一、为民族大义支持抗日

朱祥甫，1881年出生于浙江省余姚县左溪乡龙坑村（今属余姚市梨洲街道）。自幼读私塾，毕业于余姚江南义学，后在上海江南制造局（兵工厂）任秘书。早年拥护孙中山先生的民主革命，曾加入同盟会，反对清政府统治。黄花岗起义失败后，孙中山等革命党人聚集到上海,为了光复上海,决定首先攻克江南制造局。1911 年 10 月 30 日,光复军里应外合攻克了江南制造局,朱祥甫的积极配合发挥了较大作用。辛亥革命失败后,他弃职返乡,隐居山区,洁身自好。

1923 年起,在第一次国共合作期间和抗日战争初期,朱祥甫先后担任左溪乡自治委员、乡董、乡长。任职期间,他办小学、修道路、参与抗洪救灾等,做了大量有益于百姓的好事。

抗日战争时期,中国共产党为了坚持抗日、反对投降,领导人民在浙东四明山地区建立了抗日根据地。左溪乡属四明山地区,崇山峻岭、地势险要,这一带成为抗日活动的一个中心地区。朱祥甫出于民族大义,坚定地站在人民一边,拥护、支持四明山地区的抗日斗争。

1938 年,中共宁绍特委副书记王文祥以政工队指导员身份来到他家里,受到热情接待。朱祥甫常常充满激情地说:"共产党真了不起,有人才,将来会得天下。"他动员儿子朱之光参加政工队,朱之光还担任了县政工队的区队长。抗战初期,四明山抗日根据地尚未建立,党的活动尚未公开,宁绍特委机关一度设在他家里,隐蔽时间长达四个月。宁绍特委在左溪乡举办党的干部训练班,他协助解决住房及生活供给问题,并监视敌方动向。浙东四明山区的中共党员同志经常来他家,隐蔽在后屋空房子内或朱家祠堂边屋里。他起早贪黑秘密为革命同志送茶、送饭,为部队提供必需物资。

随着日寇进攻宁绍地区，余姚沦陷。朱祥甫见祖国大好河山失守，人民遭殃，万分痛心。余姚汪伪县长劳乃心企图利用朱祥甫的威望，胁迫他担任左溪乡汪伪乡长，他严词拒绝："我头可断，血可流，而志不可夺，决不做民族败类！"

1942年10月，侵华日军出动上千兵力扫荡"三北"地区，抗日部队在阳觉殿、竹山岙等战斗中取得胜利。同月11日，由谭启龙、何克希、张文碧率司政机关、四支队及教导队进入四明山区姚南十五岙。在朱祥甫的支持下，抗日部队在茭湖、南黄、冠佩一带立足，在左溪成立四明山第一个办事处——姚南办事处。朱之光（朱祥甫三子）担任办事处主任，负责部队财政经济和粮食供应。其间，浙东游击纵队司令员何克希到朱祥甫家里看望，邀请他以民主人士身份出席浙东行政公署各界代表大会。

二、搞假寻找，迷惑敌人

1945年8月抗战胜利，中国共产党为避免内战，让新四军浙东游击纵队北撤，不料国民党军队卷土重来，四明山又处在一片白色恐怖之中。国民党军队到处"清剿"搜查，革命家属惨遭迫害。

1946年秋，雅贤乡民主乡长赵瑞贤被浙保便衣队杀害，当晚浙保便衣队还突袭朱祥甫家，欲加害朱祥甫。1946年的一个冬日，浙保大队长出面邀请朱祥甫及叶明春（朱之光的小学老师）在双贤乡政府会面，提出要他写信给朱之光，动员其下山向国民党投降。朱祥甫推说不知三儿子下落无法写信，难以承担此项任务，婉言拒绝了这一无理要求，敌人阴谋未能得逞。

1947年春，浙江省保安司令竺鸣涛亲自出马，对浙东四明山革命根据地进行"大清剿"，扬言活捉朱之光，企图从家人下手施加压力逼使朱之光投降。于是，先用轿子将朱祥甫"请"到梁弄绥靖指挥部软禁，将他的小儿子朱晓明、女婿黄维钊关押在梁弄镇"小原和"浙保团部临时监狱。

竺鸣涛将朱祥甫扣押后，胁迫他给三儿子朱之光写信，劝其向国民党投降，可享高官厚禄，人身安全绝对保证。朱祥甫明确表示无法写信，浙保便自己拟好信稿，逼朱祥甫抄写数封分头投寄。朱祥甫出于无奈委派几个亲戚去投送。因投送无门，有的人将信丢在路旁，有的将信带回向浙保团部交差了事。浙保头目见目的没有达到，便又利诱朱祥甫说："只要朱之光来封回信，就可以把你小儿子和女婿释放。"朱祥甫被逼无奈只好写假信来应付敌人。他与梁弄二女儿朱静珠商量后，请朱之光同学黄宪庭仿朱之光笔迹写回信，道："来信收悉，父子关系早已脱离，我不日就要赴苏北工作，要我来办不到，儿的事你休管……"敌人一计不成，又施一计，强迫朱祥甫上四明山区寻找儿子，妄图以朱祥甫为诱饵活捉朱之光。他们一面派便衣特务跟踪盯梢，一面布置部队埋伏。朱祥甫故意翻山越岭，走村串弄，东奔西走，只在山岗岭脚、祠堂庙宇打转，一连跑了好几天，弄得敌人精疲力尽，一无所获。

三、浩然正气，视死如归

1947 年 7 月，国民党反动派意识到关押朱祥甫毫无效果，又耍新花招暂时释放了他，企图放长线钓大鱼。国民党便衣在朱祥甫住处梁弄"大门里"四周埋伏，暗地盯梢监视。一个多月后，浙保见目的没达到，又将朱祥甫抓入监狱。国民党专员郑小隐和浙保头目竺鸣涛计谋算尽，一无所获，无奈只好呈请国民党浙江省省长沈鸿烈来处置。

1947 年 9 月 15 日，沈鸿烈妄图消灭四明山区革命力量和活捉朱之光。在沈鸿烈、郑小隐的指使下，国民党反动派武装在龙坑桥头枪杀了 16 名革命志士，企图用血腥镇压手段逼使朱祥甫屈服。同日，吕军法官将朱祥甫及其儿子、女婿三人带入军法审讯室，杀气腾腾地狂叫："你们三人要用尽一切办法，将朱之光交出来，这是最后一次机会，把朱之光的活动地点写出来！"朱祥甫立即反驳："我们还有什么办法？你们不讲道理。你们这种做法，时间也不会长的。"他手摸胡须，蔑视敌人，昂首走向桌前，饱蘸墨汁挥笔写下"凭道则存，无道则亡"八个刚劲有力大字，字字闪烁着浩然正气和视死如归的决心。女婿问朱祥甫这两句话的含义，他语重心长地说:"任何朝代,都要讲道理,有道理的朝代会长久。无道昏君,歪摆衙门,朝代是会短暂的。"

1947年9月16日下午4时,敌人用绳将朱祥甫双手反绑,押赴刑场。朱祥甫神态从容,视死如归,仿佛在告诉人们:为正义而斗争,胜利就在前面。就这样,朱祥甫先生被杀害于梁弄,时年66岁。

余姚市革命老区开发建设促进会供稿,

作者朱晓明,晓路改编

金 岭

缙云红色秘密交通线

1935 年 9 月，蒋介石调集嫡系部队——罗卓英的第十八军由赣入浙，配合国民党地方顽固势力大肆进攻浙西南革命根据地，实行"围剿"和"清乡"。缙云县工委遭受严重破坏，于 1936 年 7 月解体，党组织活动一度停止，大量党员失去了和组织的联系，成了断线的风筝，缙云的革命运动暂时陷入低谷。以后该怎么办？党员都万分焦急。然而，黑暗终究无法遮挡光明，星星之火终会汇聚成炬。

一、凤凰涅槃，浴火重生

1939 年 5 月，中共处属特委委员周源到缙云南乡大源一带山区察看地形、了解民情，认为缙云南乡一带山区很适合共产党开展活动。他常说："就是要到天高皇帝远的地方发展党组织。"周源的话给缙云的革命斗争指出了一条光明之路，阴霾一扫而光！

1939年9月4日,受组织指派,中共党员雷克坚以"省战时特产合作工作总队缙云工作组"组长的身份来到缙云,当晚就在县城铁桥街陶疆家里组织召开秘密会议。按照上级指示,成立中共缙云县特别支部,隶属处属特委领导,雷克坚任书记,陶疆任组织委员,樊康平任宣传委员。不久,雷克坚等人找到了缙云南乡双溪口村一株有着千年树龄的苦楮树,这棵古树中间有个大树洞,可以容纳五六个人。他们就在这个谁也想不到的地方,召开了特别支部会议,并将双溪口村教书先生丁文升家作为特别支部的驻地。

野火烧不尽,春风吹又生!缙云的革命工作又开始红红火火地开展起来。

南乡是缙云最落后、最穷苦的地方,连绵不绝的高山如同天然的屏障。在这片山多地狭的土地上,百姓遭受地主剥削,生活苦不堪言,希望之光遥不可及。

常言道"穷则思变",南乡的百姓正是如此,在苦难中寻找光亮,在绝望中寻找希望。当共产主义的光辉穿透重重阴霾,照耀进这片土地时,南乡的百姓以无比的热情和渴望,迅速向这束光靠拢。在那些身着朴素、心怀理想的共产党员身上,他们仿佛看到了自己命运的转折点,看到了村庄乃至整个南乡重获新生的曙光。

二、江西山后,"革命摇篮"

1940年5月,缙云工委在双溪口乡附近的栖真寺成立，费恺任书记。组织委员林艺圃吸收了大源镇稠门村江西山后的李银通为党员，后来林艺圃接替费恺任缙云工委书记，与李银通一家十分相熟。

从双溪口出发向东翻越一条稠门岭，就进入南乡稠门地界，这里的国民党统治力量相对薄弱。李银通的家就位于大源镇稠门村江西山后，独门独户，背靠大山，后门一开便可通向茫茫山林。上至山顶，视野豁然开阔，远方景象尽收眼底。地理位置得天独厚，让此处成了组织联络活动的绝佳之地。林艺圃就将其选为工委一处的秘密联络站，从这里出发，经过一条荒无人烟的山路，很快便能抵达双溪口乡的金岭脚村，这是秘密联络站通往外部的一条捷径。

1940 年 10 月，中共青田县委书记曾绍文身份暴露，上级将他调离青田前往缙云隐蔽起来。1941 年 1 月，受上级指示，曾绍文接替林艺圃的工作，着手建立中共缙云县委，并将江西山后李银通家作为缙云县委机关驻地。

李银通家之所以能成为县委机关所在地，还因为他全家上下对革命事业的满腔热忱与无私奉献。李银通的母亲郑月梅，不仅和儿子、儿媳一起积极探听敌情、传递情报，更以慈母之心，无微不至地照顾、保护党组织的领导干部，被亲切地称为"革命老妈妈"。

1943 年的一天，江西山后的宁静被几个不速之客的到访打破，几个国民党特务来到李银通家。彼时，缙云县党组织负责人曾绍文正于楼上部署工作，而特务们却假借休息之名，企图强行闯入，搜寻党组织的踪迹。

怎么办？只要特务们一上楼，曾书记马上就会暴露被抓，后果不堪设想！面对这突如其来的危机，郑月梅内心虽波涛汹涌，表面却异常冷静。她一面招呼儿媳妇烧饭招待"客人"，一面请特务去门口帮忙挖些竹笋，等一下好好"款待"他们。特务们的注意力被转移到门外，就在这千钧一发之际，儿媳妇立即通知曾绍文赶紧下楼并从后门悄然撤离。等特务们享用完鲜嫩的竹笋再上楼搜查时，早已是人去楼空，他们一无所获，最后只好悻悻离去。

1944年春，中共处属特委决定"向浙东靠拢"。为了加强与浙东抗日根据地的联系，便于开展武装斗争和建立根据地，处属特委决定将特委机关从丽水转移到缙云，特委书记傅振军及张之清、杜毅贞等负责人带领机关工作人员率先转移。李银通的家，凭借其优越的地理位置与深厚的革命底蕴，自然而然地成了中共处属特委机关驻地，继续书写着革命斗争的辉煌篇章。

三、红色密道，信仰之路

此后，特委机关确定了"以缙云为重点，照顾一般，干部集中使用"的工作方针。1944年6月，在遂昌白马山地区活动的中共闽浙边临委负责人宣恩金和在丽（水）青（田）松（阳）边界活动的丽水县特派员林艺圃，接到处属特委通知后都前往缙云准备工作。鉴于云和县共产党活动地区遭到国民党顽固派的"清乡"，许多党员被捕，特委指示将云和县委负责人毛登森、陈江海等撤到缙云隐蔽，并安排他们在缙（云）仙（居）边界一带做地方工作。

随着中共缙云县委机关和中共处属特委机关先后迁到江西山后，这里成为领导整个丽水革命的指挥中心。一道道指令从这里发出，穿梭于山峦之间，送到丽水各县、乡镇、村落，连接着每一个渴望光明的角落；一条条信息从丽水各地汇聚于此，如涓涓细流，汇聚成推动历史巨轮滚滚向前的磅礴力量。丽水各县的领导干部也频繁往来于此，共商大计，共赴国难。

江西山后位于南乡稠门村的大山中，要想把情报传递到丽水各县，必须通过一条狭长的稠门岭，到达双溪、溶江小盆地，再往外传递。但是这条路线要经过人口密集的稠门村附近，稍有不慎即暴露无遗。

为此，党组织启用了更为隐蔽的交通线，从江西山后直接翻过后山到达双溪口乡的金岭脚村。这条长约2.5公里的山路，虽然直线距离最短，但是充满危险，沿途杂草丛生、树木遮蔽，夏日更有毒蛇猛兽出没。

现年95岁的老游击队员李银坤（李银通堂弟）以其亲身经历诉说："如果我们要送情报给其他地方，我大嫂钭宝莲（李银通妻）就带着我，把情报写在很小的纸上，放在我鞋子底下或者衣服的角落里。如果下面要送情报上来，就由李玉环等交通员送上来。"

李玉环虽然出身穷苦、目不识丁，但他胆识非凡，还有个特别的技能，就是扮演盲人，只要他眼珠往上一翻，简直就和盲人一模一样。有一次，李玉环在送情报的路上遇见了国民党的盘查，他扮成盲人，拄着拐杖往地上边敲边走，故意把拐杖敲到了负责检查的士兵身上。国民党士兵一下子就恼火起来，破口大骂，叫他赶紧滚远点，也忘了对他进行搜查。他一边嘴上唠唠叨叨，一边迅速离开，巧妙地避开了搜查，把情报成功送达。

党组织领导者也经常穿梭于这条密道之中，他们晚上到各村发展和培训党员，天亮前再摸黑返回。这条密道不仅联络着缙云南乡，更是连接处属各县乃至浙东、闽浙边区的红色纽带。

在缙云有无数条这样的密道，承担起传递情报信息、运送紧缺物资、护送党的领导干部安全往返等重任，它打破了敌人严密的军事封锁和经济封锁。

1949年5月9日，缙云迎来了解放的曙光，县委书记李文辉带领武装力量从缙云南乡奔赴县城，接管缙云县。处属特委书记傅振军率特委机关大部分干部紧随其后，从江西山后出发，奔赴丽水各地，配合南下大军解放和接管处属各县。

至此，这些红色秘密交通线，终于完成了自己的历史使命。而那些为革命事业付出了青春、热血乃至生命的革命者，终于等到了他们期盼已久的新世界！

缙云县革命老区开发建设促进会供稿，郑心怡改编

民兵队

青田箬坑畲乡红色武装

这是解放战争时期，浙南地区畲乡少数民族群众，为追求自由民主和美好生活，在中国共产党的领导下组织起来建立自己的武装力量，扛着枪杆子带领当地民众与国民党反动派作坚决斗争的革命故事。

一、反抗国民党派捐款、拉壮丁

20世纪30年代，青田县北山区张口乡箬坑村（今属青田县北山镇），位于青田、景宁、丽水三县交界处，是青田县著名的少数民族村，全村共有89户，其中畲族85户。生活在大山里的畲族民众勤劳、智慧，为了生存发展，畲乡少数民族群众不仅与恶劣的自然环境作斗争，还在中国共产党的带领下与国民党反动派作斗争。

1939年春，中共青田县委下属丽云区委指派党的干部张水达到箬坑村先后发展党员11名。7月，又成立中共箬坑村支部，选举钟可必为支部书记。后来，丽云区委在这里建立青景地下交通站，开辟了箬坑村到景宁县上山岭村和官路头村共 13 公里的地下交通线，使革命火种在这一地区顺利传递与迅速传播。

1945 年冬，中共丽云区委领导人刘连兴和张水达来到箬坑村，建立了箬坑村民兵队，从此畲族村民就有了自己的革命武装力量。当时民兵队只有队员 11 人，土枪 8 支。到了 1949 年，该村已有党员 78 人，民兵队已发展到 100 多人，拥有土枪 70 多支，土炮一门，还有火药若干。自 1939 年至 1949 年，该村党员和民兵在党的领导下，不但出色完成了送信、联络等各项任务，而且为解放青田县，箬坑民兵队曾 5 次配合游击队，参加打击国民党反动势力的战斗。民兵队战士英勇顽强、不畏牺牲的斗争精神和精彩故事，一直在浙西南地区广泛传诵。

国民党反动派经常窜乡村抓壮丁，将山区平民青壮年强行捆绑抓去当兵，替国民党军队充当炮灰，这也给山区人民带来深重苦难。为保护村民安全，箬坑民兵队多次组织民兵，将已被国民党军队抓走的壮丁抢回来。1947 年清明节，国民党景宁县小顺乡乡丁一伙窜入箬坑村抓壮丁，抓走了中共地下党员廖秘妙。箬坑村中共地下党支部闻讯后，立即组织蓝叶兴、廖秘品等党员和民兵全副武装，火速追赶了 30 多公里进行营救。当乡丁押着廖秘妙来到景宁大粗栏凉亭时，事先埋伏在山上的民兵队突然发起袭击，当场打死乡丁并缴获步枪 1

支，救回被抓的党员廖秘妙。后来廖秘妙背着缴获的步枪参加了浙南游击队，成为一名英勇的战士。

在当时高压政治环境下，箬坑村民兵队勇于反抗国民党反动派的故事，一直成为当地百姓的美谈，也极大地坚定了广大民众与国民党反动派进行斗争的决心。

二、成为主力部队的重要补充力量

箬坑村畲族民兵队扎根在本地乡村，平时都是普通务农的农民，又对周边地形、村庄和村民情况十分熟悉，只要有需要，随时集合队伍。他们灵活机动，召之即来、来之能战，成为主力部队的一支重要机动队和补充力量。箬坑村畲族民兵队在配合主力部队的多次战斗中，创造了不少战绩。

1948年2月25日晚，箬坑村新任党支书蓝坑妹接到中共丽云区委的通知，立即率领60多位民兵连夜赶到小顺，配合游击队攻打云和县包山区公所。当双方接火后，箬坑民兵队冲锋在前，但区公所大门紧闭，无法进入。民兵蓝明月、钟同仁等人，抬来40多公斤重的大木头，猛烈撞击，捣毁大门。游击队指战员们奋勇冲进区公所院子，当场活捉敌军官1人，勤务兵1人，其余敌人丢枪逃命。此次行动共缴获步枪4支，手榴弹20枚，子弹250多发，缴获稻谷1200多公斤。这些稻谷除供给游击队一部分外，其余都分给了当地贫困群众。

1948 年夏，国民党北山区区长张汉杰派出 30 多人的武装小分队来坑底村"清乡"，枪杀了共产党员徐富仁，还扬言要"剿灭"所有共产党员。为打击敌人的嚣张气焰，中共丽云区委决定派箬坑民兵队参与战斗，狠狠教训一下反动势力。箬坑民兵队接到通知后，立即组织 100 多名民兵，配合游击队参加反"清剿"战斗。战斗一打响，敌人见箬坑民兵们拿的是土枪，认为他们毫无战斗力，根本没有把民兵队放在眼里。后来，民兵们抬出铁管土炮，装上火药，对准敌人只放了一炮，震天动地的炮声吓得敌人抱头鼠窜、四散逃命。战斗很快就结束了，游击队和民兵共毙敌 3 人，俘敌 2 人，缴获了部分枪支弹药。

1949 年 3 月，国民党军队李延年残部，被人民解放军部队打得四处逃窜，数千人从丽水败退到青田。当时，一部分国民党败兵逃往北山区岭根。箬坑村党支书蓝坑妹奉命带领民兵赶到岭根，阻击敌人。民兵队率先向敌人开战，激战一个小时后，敌人败逃，民兵队缴获军马一匹。5 月 11 日，国民党李延年部队的另一部分残兵从船寮向白岩撤退，箬坑、高桥背等村千余民兵配合中共丽云区委、游击队埋伏在白岩郎回山上，向国民党残兵发起包围进攻。民兵们用土炮击伤国民党军机枪手后，他们惊慌失措，一片混乱，纷纷逃窜。不多时，我方就获得胜利，共俘敌 30 多人，缴获一大批枪支弹药等。

　　箬坑畲族民兵队从成立到壮大，从小试牛刀到大获全胜，一直坚定对党忠诚、纪律严明，不畏牺牲、英勇善战，战功赫赫、事迹突出。他们曾多次受到中共丽云区委嘉奖，也被当地群众称为"畲族英雄民兵队"。

　　　　　　　　　青田县革命老区开发建设促进会供稿，晓路改编

五百银圆

村民王性善用生命保护革命经费

1950 年春节，时任华东野战军后勤卫生部政委王仲良，来到慈溪县王家埭村的堂兄王性善家里。王性善激动地说："你来了！当年你走时要我保管的 500 块银圆，今天可以交给你了，我的任务总算完成了。"

王性善说的 500 块银圆是怎么回事呢？原来，这银圆是 1945 年新四军北撤时，暂存在王性善家的活动经费。王性善全家不负众望，历经各种艰难困苦，用生命保护新四军经费安全，最后分毫不差地将银圆交还给党组织。

一、北撤之际，接受重托

1945 年 8 月，抗战胜利后，全国形势急剧变化，党中央高瞻远瞩，作出了主动让出江南解放区的决定，浙东抗日根据地是其中之一。浙东区党委按照党中央部署，下达了"立即北撤、越快越好"的命令。

北撤前夕，王仲良已担任中共四明地委书记、浙东行政公署党团书记兼副主任、新四军浙东纵队二旅政委。他来到王家埭，神色凝重地对堂兄王性善说："根据党中央的决策，我们部队要全部撤离到苏北去，撤离时间十分紧迫。"听完堂弟的话，王性善一时茫然，不知所措。

"这是原'三北'地委的一批活动经费，我们马上要启程，带着它风险很大，组织决定将它留下来交由你们保管，你们要想尽办法把它保管好。"王仲良说完就叫警卫员将一只装有500块银圆的布袋交给了王性善。

王性善听到这话，顿觉责任重大，这是共产党对他的信任。他接过沉甸甸的布袋，坚定地点了点头。

王仲良把银圆放心地交给王性善，不仅是亲戚之情，更是抗日斗争中凝结的革命之情。1941年10月，王仲良奉新四军六师师长兼政委谭震林之命，从苏南抗日根据地出发，来到浙东"三北"开辟抗日根据地，落脚在王性善家。从此，王性善家先后成为中共路南特委军事委员会浙东分会、"暂三纵"党工委、中共"三北"地委等机关组织的秘密联络站，是"三北"地区中共地下党重要联络站之一。

王性善全家在王仲良的领导下参加抗日活动，王仲良的战友、爱人上官友兰长期住在他家，新四军干部江岚因患肺病也曾在他家养病。他长期为新四军指战员和地下党同志安排食宿、站岗放哨、传递情报，从无怨言。但不幸的是，其长子王春华参加"三北"地委领导的姚山自卫大队，于 1943 年 5 月在与日寇战斗中牺牲。其妻子张友兰在 1944 年被日伪军逮捕并关押在樟树庙监狱七天六夜，遭严刑拷打而坚贞不屈，后被地下党组织营救出狱。但因无钱医治，导致终身伤残。他们的家几次遭打、砸、抢，但他们全家始终把王仲良和新四军的事当作天大的事，不惧生死、全力以赴。

二、生活艰难，不动分毫

1945 年 9 月底，王仲良和警卫员含着热泪与堂兄告别，踏上了北撤征途。

浙东新四军北撤后，王家埭又成了国民党统治区，形势越来越严峻。为了这批经费的安全，王性善夫妇先把银圆分装成几袋，分别藏在箱子里、衣柜内、床底下和地板下面，但仍觉得不妥当。于是又把银圆集中装为两袋，分别藏在土灶旁的灰堆里和柴草下面。最后思忖再三，在夜深人静时，在正屋后面的柴草间最里面的角落里挖了一个地洞，把银圆悉数放入陶罐内，将罐口用石蜡封好，放入地洞，压上石板，再用泥土填平踏实，上面并排放上几只腌菜缸。至此，全家人才略感安心。

1946 年的一天，王性善一早外出干活，家门口突然来了一批国民党匪兵，为首的指着王性善的妻子张友兰，气势汹汹地说："王性善呢，叫他出来，有事问他！"

张友兰说："他不在家。"

国民党匪兵不信，推开张友兰，直接闯进屋内，翻箱倒柜。当时，张友兰极其紧张，唯恐银圆之事暴露。

国民党匪兵找不着人，坐在屋里赖着不走，恶狠狠地说："王性善私通'共匪'，上峰有令，要他去樟树庙连部问话。"

张友兰见事态严重，一边给他们递烟倒水，一边给二儿子春盛使眼色。春盛会意，悄悄从后门溜出去告知父亲，王性善就躲在外面不回家。国民党匪兵等了半天不见王性善，只能骂骂咧咧地撤了。事后，张友兰因受惊吓，病了好久。

解放战争时期，"三北"地区白色恐怖盛行，反动势力甚嚣尘上。在恶劣环境下，王性善一家人依然为隐蔽坚持斗争的地下党同志和武工队队员安排食宿、提供安全保护。

当时兵荒马乱，物价飞涨，王性善一家人仅靠几亩薄田收入维持生活。尽管张友兰精打细算，勤俭持家，生活仍然拮据。张友兰因后遗症，经常发病，痛得在床上打滚，有时连续几天不能进食，家人看着既心疼又束手无策。有几次，王性善见妻子实在疼痛难熬，就说："快去看医生吧，这样拖下去是不行的，家里没钱，先把王仲良留下的银圆借用几块，等有钱时再还上。"

张友兰听后断然拒绝："这钱我们不能动！我们自己熬一熬就会过去的。"尽管处境艰难，伤病折磨，一家人始终没有动用王仲良交给他们保管的公款。在中华人民共和国成立后，47岁的张友兰只享受了十天不再提心吊胆的新生活，就因病痛折磨而溘然长逝。

三、完璧归赵，上交省委

1950年春节，王性善挖开地洞，取出了银圆，放在王仲良面前。经过1600多天的舍命保护，新四军交给他保管的银圆完璧归赵了。王性善终于松了口气。王仲良看着这些银圆感动地说："这些银圆是中共'三北'地委的公款，我无权处理，我想还是上交到浙江省委吧。"

几天后，王仲良告别父老乡亲和王性善一家人，带着王性善的第三个儿子王春泉，拿上银圆，去了杭州。当谭震林、谭启龙等省委领导和一些浙东的老战友来看望他时，他拿出了这袋沉甸甸的银圆，对众人说："这是当年'三北'地委的公款，北撤时我托王家埭的堂兄王性善保存，这次从家乡带过来了，一块不少，现在交给党组织。"

谭震林等领导和浙东老战友们听到后很惊讶，都说："'三北'地委抗战时期的公款能保存到今天真不容易，快打开看看。"

王仲良让警卫员把银圆倒在会议桌上。这些银圆长期埋在地下，表面都已呈暗灰色了，但敲起来仍然"当当"响。大家看着银圆感慨万分，他们深知，这些银圆经历艰难岁月洗礼并完整保存到今天，最终交到省委，要历经多少艰辛，饱含了老区人民对党的一片真情！

五百银圆的革命故事，体现了革命老区人民与党同心、舍命守护、无私无畏的高尚品格，也证明了共产党打天下为的就是人民、"江山就是人民，人民就是江山"的道理。

慈溪市革命老区开发建设促进会供稿，

作者王力成，晓路改编

塘西桥之战

石拱桥见证日寇被痛击

在义乌市上溪镇塘西社区，有一座看起来很普通的石拱桥，人们称之为塘西桥。据史料记载，此桥因"普天下百姓同舟共济，和平度日"的美好愿望，历史上曾被叫作普济桥。

抗日战争时期，金萧支队第八大队曾在这里纵横驰骋，著名的"塘西桥之战"就发生在这里。因此，这座石拱桥，又多了一个名字——抗日桥。如今，这里早已成为义乌市的文物保护单位。在义乌吴店烈士墓内，还专门建有塘西桥抗日战斗纪念碑。

一、成立第八大队，坚持武装抗日

1942年5月，浙赣战役爆发。5月21日，日寇侵占义乌县城。中共义乌县委根据柳村会议精神，号召全体党员发动群众，着手建立革命武装，开展游击战争。7月7日，党组织在义乌下宅祠堂建立金（华）东义（乌）西抗日自卫大队。为了灰色隐蔽，金东义西抗日自卫大队改为"钱南军别动第一支队第八大队"（简称第八大队），杨德鉴为大队长，萧江为政训员，吴山民为咨议。

第八大队建立后，纪律严明，英勇善战。他们活动于金（华）东义（乌）西地区，逐渐开辟和形成金东义西抗日根据地。1942年冬，钱南军撤销，第八大队改番号为"金义联防第八自卫队"，成为一支完全独立的由共产党领导的抗日武装。第八大队频频出击围歼日、伪、顽军，是开辟金（华）义（乌）浦（江）兰（溪）抗日游击根据地的主要武装力量，打开了敌后抗日武装斗争的新局面，在浙中抗战史上留下了光辉篇章。其中，尤以塘西桥之战最为激烈，持续影响最大，日寇伤亡最多。

二、设下埋伏，痛击"扫荡"日寇

1944年5月9日，驻守在义亭据点的40多个日寇扛着3挺机枪，大摇大摆地直窜上楼宅、吴店一带"扫荡"。日本鬼子一进村，就像恶狼一样，横冲直撞、抢劫财物，整个村庄被折腾得鸡飞狗跳，一片混乱。

时任第八大队大队长王平夷在得到情报后，立即派人前去打探，摸清日寇人数、武器装备等情况。经研判，日寇在吴店吃好午饭后，必定要过塘西桥，经由毛塘楼返回义亭。于是，八大队立即进行战斗部署，命特务中队在塘西桥南面的高地埋伏，安排了一挺机枪，准备堵截敌人的去路；命第三中队埋伏在吴店方向，配置一挺机枪，封锁吴店通向傅村的大路，截断敌人的后路；命义西区队负责警戒，阻击义亭方向可能出现的援敌。

特务中队埋伏在塘西山背的麦田里，大队部则同第三中队一起守在吴店以北。等到下午2点左右，40多个日寇在1名骑马指挥官的带领下，背着抢来的粮食、财物，拖着长长的队列，往吴店塘西桥行进。

在桥南阵地上，我方决定由机枪手刘国印打第一枪。随着日寇临近，刘国印注意到日军中的两个重要目标，一个是骑马的指挥官，一个是敌人的重机枪手。中队决定先由刘国印打掉日寇重机枪手，指挥官则由其他战士去解决。随着一声"打"，刘国印就将第一梭子弹射向了日寇重机枪手，骑马指挥官也几乎同时被其他战士击毙。

猝不及防的日寇，顿时被打得趴在地上哇哇乱叫。不过，日寇毕竟训练有素，迅速组织火力反击。塘西桥北侧是插上秧苗不久的稻田，日寇卧在水稻田里，依托溪边道路及田塍向我军射击。因重机枪手已被击毙，日寇只能以2挺轻机枪和步枪向我军射击。战斗打得异常激烈，为了压制敌军火力，中队长楼琦渊派通信员前去通知，把原先部署在塘西桥西侧的另一挺轻机枪转调过来，一起投入战斗。

战斗进行一段时间后，部分日军开始转移到西边靠近吴店村的麦地里。这时，三中队及时赶来增援，对敌人形成了两面夹击之势，同时也断绝了日军试图从麦地退入吴店村内的可能性。

战斗开始约一个小时后，驻守在圣寿寺的金萧支队第二大队的两个中队，正好经过。听到枪声后，李一群大队长马上率领战士参战。同时，民兵自卫队也前来助战。呼啸的枪声、手榴弹的爆炸声、战士的喊杀声，在周围山谷回荡，经久不息。

由于天色渐渐昏暗，又开始刮风下雨，已成惊弓之鸟的日寇借着夜幕的掩护仓皇逃走。

塘西桥伏击战，历时5小时，以第八大队的大获全胜而结束。我方共毙敌20多人，缴获了一批枪支弹药、一匹大白马，被敌人抢劫的物资、牲口等也全部被截获。不幸的是，枪林弹雨中，我三中队的副分队长金德秀和战士吴琳洪、杨加风、黄有水、吴典忠、骆振东等6人英勇牺牲。烈士们的名字，将永远镌刻在抗日战争的丰碑上。

三、塘西桥之战，意义深远

塘西桥之战，沉重打击了日寇的嚣张气焰，从此日寇对金义浦根据地再也不敢轻举妄动。1942年和1943年的冬季，日寇都曾对我根据地进行过大规模的"扫荡"。塘西桥伏击战之后，日寇取消了当年的"冬季大扫荡"。直到1945年8月，日本帝国主义无条件投降，日寇再也没有踏入根据地半步。

塘西桥之战，不仅是一次军事上的胜利，更是一次精神上的胜利，大大增强了浙中军民打败日军、争取抗战最后胜利的信心。

塘西桥之战，是金义浦抗日武装斗争史上的一座丰碑。它向世人表明，即使在最艰难的岁月，中国人民也能以无比的勇气和智慧，捍卫家园。英雄们的事迹，将永远激励着后人，铭记历史，珍惜和平。

义乌市革命老区建设开发促进会供稿，
作者童小玲、吴优赛，童未泯改编

观 杰

新四军浙东游击纵队历史上唯一的"模范干部"

观杰（1921—1944），原名石永仙，1921年3月出生于上虞章镇镇任叶村。他8岁时进入本村私塾接受启蒙教育，小学毕业后以优异成绩考入春晖中学。初中毕业不久，怀着抗日救国的坚定信念，他只身奔赴抗日前线，参加新四军，后被调到军部当见习参谋、教育副官。在军部任职期间，他勤奋工作，出色完成任务，先后5次立功受奖。

观杰烈士纪念碑

1943 年 7 月，观杰被新四军浙东游击纵队司令部命名为"模范干部"，他是新四军浙东游击纵队历史上唯一获此殊荣者。他所率领的七中队，也获得"模范中队"称号，成为浙东游击纵队优秀连队之一。

一、自卫战争首告捷

为了能直接参加故乡的抗日斗争，观杰于 1942 年冬回到浙东，被分配到三北游击司令部当教育副官，负责新兵的军事训练工作。他认真总结自己在皖南、苏北的军事实践经验，结合四明山区的特点进行军事训练。他还经常教育战士在训练中要带着敌情观念，练习时多出汗，作战时才能少流血。训练中，他对战士既严格要求、又耐心辅导，自己以身作则、带头示范。在他的精心指导下，战士们刻苦训练，出色地完成了上级交代的各项军训任务。

1943 年夏，观杰调任浙东三北游击司令部特务大队一中队队长。11 月，浙东第二次反击国民党顽军的自卫战争爆发。国民党集中 3 万多兵力，扬言要在 3 个月之内消灭浙东三北抗日部队。观杰跟随司令部首长进行艰苦的反顽自卫战争，经受了严峻考验。11 月 19 日，"挺三"（国民党挺进第三纵队贺钺芳部）"挺五"（国民党挺进第五纵队张俊升部）联合向浙东三北抗日部队蜻蜓岗阵地发起猛烈进攻，观杰中队沉着应战。他派三排迂回到蜻蜓岗阵地侧后，出其不意打击顽军，自己则指

观杰（后排右一）

挥部队抢占制高点，继而率领部队如猛虎下山似冲向顽
军。顽军受到前后夹击，慌忙逃窜。观杰首战告捷，大
大鼓舞了全队的士气。

为主动打击敌人，浙东游击纵队①决定进行外线出
击，调一部分人员奔袭驻上虞章家埠的"挺五"张俊升
（后率部起义，加入新四军）部，命令观杰所在的一中队
担任前锋，攻占制高点姜山。接受任务后，观杰带领全
队指战员翻山越岭，冒雨奔袭百里，出其不意地解决了
碉堡里的顽军，然后直逼章家埠，俘虏了大批顽军。

---

① 1943 年 12 月，三北游击司令部改名为浙东游击纵队。

二、连续作战展铁兵魄力

1944 年初，观杰所在的一中队改编为新四军浙东游击纵队五支队七中队。1 月 14 日，国民党顽军调派突击营 3000 余人，突然包围了我浙东游击纵队司令部驻地四明山菱湖村。部队要突围，由谁来担任阻击任务？纵队首长一时下不了决心。他们心里明白，七中队最合适，但又觉得七中队几天来连续作战，几乎没有一点喘息时间，太辛苦、太疲劳了。夜幕降临，风雪交加，顽军一步步逼近，情况万分紧急！观杰明白首长的担忧，主动请战。在他的再三请求下，纵队首长把阻击掩护部队和机关转移的任务交给了七中队。观杰带领七中队立即行动，当天夜里便与顽军展开激战，并以攻为守，命令二排从右翼攻占制高点，自己率领一个排从顽军的左翼猛冲。当快到达山顶时，狡猾的顽军突然停止射击，企图搞迷惑战术。观杰识破了他们的阴谋，分三路包抄过去，消灭了处在制高点上的顽军。接着又打退顽军多次反扑，为掩护纵队机关安全转移和保证部队顺利突围立下了头功。

2 月 10 日，浙东游击纵队决定攻打驻扎在梁弄镇前方村的"挺四"田岫山部（国民党挺进第四纵队）。七中队奉命从袁马出发，深夜奔袭，率先攻占前方村的小山堡阵地，控制了制高点。随即，小山堡左右两侧的兄弟部队发起了对前方村田岫山部的总攻，喊杀声、枪

炮声连成一片，战斗形势对我军十分有利。但到凌晨 4
时许，情况突变，国民党顽军突击第一纵队 1000 多人
增援赶到。顽军拼命向我小山堡阵地反扑，企图夺回小
山堡，并从小山堡左右两侧反扑过来，形成了对我七中
队阵地三面包围的态势。七中队与上级的联络被切断，
战情十分危急。观杰组织突围，命令二排长率 3 个班担
任阻击任务，自己带领主力边打边撤。几经奋战，终于
冲出重围。

战后，七中队干部、战士纷纷称赞观杰中队长敢于
负责、当机立断，军事才能和魄力出众。

三、英勇牺牲留英名

1944 年 7 月下旬，汪精卫伪中央税警团调集部队，
企图占领慈溪东埠头，抢夺秋收果实。7 月 31 日拂晓，
税警团教导第一总队集中 7 个连的兵力，兵分两路向
东埠头进犯。七中队的防御阵地，正是伪军的主攻方
向。发现敌情后，观杰立即组织部队进入东埠头镇东南
的防御阵地阻击，连续打退伪军一次又一次的冲击。这
时，纵队首长考虑到七中队冒着酷暑已连续苦战八九个
小时，准备派别的部队替换他们。观杰得悉，说什么也
不肯，并主动请缨说："首长常把我们中队放在刀口上，
现在正是用得着的时候。我们打了这么久，敌人的脾气
摸着了，对面敌阵地上的情况和地形也看得清清楚楚，
兄弟部队从两边一打，我们中队朝敌人正面一压，可以

尽快结束战斗。请首长放心，还是让我们反击吧！"纵队首长最后批准了他的请求。

待到下午4时，纵队首长命令观杰实施正面突破。他指挥全队指战员奋起出击，作为汪精卫伪军主力的中央税警团，在遭到我军阻击后，并未立即溃退，而是收缩兵力，凭借有利地形顽抗。在继续追击中，七中队被伪军截阻在五神堂前。五神堂是一座砖砌的小庙，庙前有一条河，河上架着一座石板桥，这是敌人的一个重要支撑点，易守难攻。伪军的机枪、步枪疯狂地扫射着，封锁了部队向前推进的道路。观杰命令机枪班作火力掩护，他带领2个突击班的战士，通过小河跃上河岸，用手榴弹解决了隐蔽在坟堡后的敌人，勇猛地冲向五神堂。伪军负隅顽抗，子弹雨点般地飞过来。突然，一颗罪恶的子弹射向观杰，他不幸身负重伤。战士们当即前去救护，他坚定地说："战斗要紧！杀敌要紧！不能耽误部队首长交给我们的任务。"

终因抢救延误，这位年轻的中队长，为革命流尽了最后一滴血。"为中队长报仇！"战士们高喊着口号，一鼓作气攻克了五神堂，在兄弟部队的配合下，终于粉碎了伪军的进攻，取得了保卫秋收斗争的胜利。

为了表彰和纪念观杰，新四军浙东游击纵队司令部于1944年8月13日发布命令，将他所率领的第七中队命名为"观杰中队"。一首颂扬观杰及其英雄中队的赞歌，在浙东纵队和浙东人民口中广为传唱：

观杰同志真英勇，

身先士卒带头冲，

完成任务不怕死，

留下英名千古颂……

1949 年 2 月，"观杰中队"被改编为解放军第三野战军第 9 兵团第 20 军 60 师 178 团 3 营 7 连，7 连又被命名为"观杰连"。1950 年，"观杰连"奉命赴朝参战，立下了赫赫战功。2015 年 8 月 25 日，观杰被列入浙江省民政厅、浙江省党史研究室联合公布的"浙江省第一批抗日烈士和英雄群体名录"。2015 年 9 月 3 日上午，纪念中国人民抗日战争暨世界反法西斯战争胜利 70 周年大会在北京天安门广场隆重举行，载有"观杰中队"军旗的荣誉军旗方阵接受检阅。时至今日，观杰中队精神依然深深地激励着革命和建设事业的后来人。

绍兴市上虞区革命老区开发建设促进会供稿，晓夏改编

严洪珠
气壮山河的"海上狼牙山之战"

在波澜壮阔的抗日战争中，涌现了无数可歌可泣的英雄儿女。1944 年 9 月，延安新华总社播发了一则题为《气壮山河的大鱼山战斗》的消息，其内容是：8 月 20 日，浙东海防大队一中队在浙东大鱼山岛遭日寇陆海空军及伪军 500 多人的进攻，敌人与我兵力是 8：1。我军英勇战斗，全队指战员伤亡过半，他们打光了子弹，砸烂了所有武器，集体跳海。指导员严洪珠多处负伤，在掩护战友撤离后，用最后一颗子弹，以身殉国。

新华社的报道，让以严洪珠烈士为代表的新四军战士的英勇事迹，第一次得到了广泛传播。1945 年 5 月，新四军浙东纵队战斗报社编印了《血战大鱼岛》木刻连环画册，再现了抗日英烈的英勇形象。威震东海的大鱼山血战，与八路军狼牙山五壮士面临绝境、决不屈服的英雄事迹相似，因此又被誉为"海上狼牙山之战"。

一、从小萌发反抗种子

严洪珠，出生于 1923 年，上虞崧厦镇严巷头人，排行老大，下有弟妹 4 人。父亲严奏清很早就在上海做账房，母亲则在老家操持家务。严洪珠从小勤劳质朴，善思好学，8 岁时跟随父亲到了上海，白天上学，晚上寄宿在一个亲戚家里。由于勤学苦读，时常在微弱的灯光下看书写字，他很早就戴上了近视眼镜。

1937 年全民族抗日战争爆发后，严洪珠随失业的父亲返回家乡，在崧厦又读了一年私塾。当时，他家里非常困难，常常吃了上顿没下顿。艰难的童年生活，在洪珠幼小的心中早早地埋下了反抗的种子。

1938 年冬，严洪珠考进上虞第二届战时政工队，做抗日救亡宣传工作。这个政工队名义上属国民党县政府建制，实际上却是由中共上虞县工委领导。严洪珠在政工队里认识了许多革命同志，阅读了不少革命书籍，思想进步很快，并于 1940 年 4 月加入了中国共产党。1941 年底，严洪珠参加了新四军，被分配到浙东纵队海防大队一中队当指导员。

二、随队开辟海上根据地

1944 年，国际反法西斯战争进入了新阶段，我方解放区各战场发动了对日寇的局部反攻。5 月间，浙东游击纵队政委谭启龙和司令员何克希，根据浙东区党委制定的"坚持四明，巩固三北""分散活动，牵制敌人，开辟海上隐蔽的游击根据地"的总方针，向海防大队队长张大鹏和政委吕炳奎下达了开辟海上游击根据地的任务。

8月21日凌晨，海防大队一中队抵达大鱼山岛，迅速进行了布防。22日晚，驻舟山群岛日军从伪军提供的情报中得悉此消息，当即定下了"围剿"计划，并请求上海日军派飞机进行空中支援。

24日晚，日寇完成了兵力的集结，其中日军200余人，伪军300余人。25日凌晨，大鱼山岛上空出现两架日机低空盘旋。随即，我哨兵发现海面上有5艘小汽艇、5艘机帆船、1艘登陆艇、1艘标号为"105"的大型战舰正朝大鱼山扑来。

我军感到情况危急，一面下令做好战斗准备，一面召集干部开会紧急商讨对策。大家认为，大鱼山是一悬海孤岛，部队无处可以转移，光秃秃的山头也无法进行隐蔽，出路只有一条——打！坚决予以反击！中队指导员、党支部书记严洪珠向部队作了简短有力的动员，他说："同志们，敌人把我们包围了，怎么办？我们是铁打的新四军，要为民族的独立、人民的解放而英勇战斗。我们要挺起腰，咬紧牙，紧握枪，狠狠地打，坚决把来犯的敌人消灭光！"

紧急动员后，战士们以最快的速度，抢占岛上的3个制高点，分别是大岙岗、湖庄头、打旗岗。其中，严洪珠带队抢占打旗岗制高点。

敌人欺我军兵力单薄，孤立无援，一面以飞机低空扫射和战舰火炮轰击，压制我方阵地；一面避开我方正面阻击，从海岛南北两头强行登陆，分路夹击。沿途见房子就烧，见人就打，十分疯狂，并胁迫群众为其带路。

三、战斗到最后一刻以身殉国

打旗岗前哨发现小西洋滩头有日伪军登陆，战士们集中火力进行阻击，打死打伤六七人，敌人败下阵去。随后，日伪军一面加紧南北包抄，一面以更猛烈的炮火轰击打旗岗，再度发起冲锋。待日伪军爬向山岗，距我方阵地10多米时，严洪珠向全排战士高声命令："同志们！咬住敌人，狠狠地打，打他个腰断背裂、脑袋开花……"两挺机枪喷出愤怒的火舌，一个个手榴弹飞向敌群，日伪军哀嚎着又一次败下阵去。

不久，日伪军在猛烈的火力掩护下，再次倾巢出动，全面进攻。3个阵地各有150多人分割围攻，妄图一举攻陷我军阵地。而我大垇岗、打旗岗、湖庄头的阵地，在战士们的顽强战斗下，依旧巍然屹立。

午后，敌人再次调整兵力，敌舰炮火不断轰击。经过3个多小时的激战，我军战士满脸满身尘土，有的身上沾满紫黑血斑，有的伤口流血不止。虽然，短兵相接的战斗暂时停息，但大家知道，恶战还在后头。严洪珠和战士们，顾不得伤痛、疲惫和饥渴，加紧修整工事。因为子弹即将用尽，大家开始收集石块，准备迎接更艰苦的战斗。

下午1时左右，日寇改变战术，集中主力，向打旗岗展开猛烈的进攻，炮弹不断飞向我方阵地。已经多处负伤的严洪珠，和排长陆贤章一起，带领战士们顽强地坚持战斗，以弹坑作掩体，打退敌人一次又一次进攻。当大家的弹药将要耗尽时，严洪珠强忍伤痛在阵地上来回爬动，把牺牲的战士和重伤员身上的子弹带解下，分发给大家。

严洪珠环视阵地，一个排的战士只剩下了6人，而且都负了伤。他预感情况危急，恐难坚持到天黑，便对大家说："我们是共产党领导的军队，坚决不做俘虏。子弹、手榴弹用光了，用石头砸，石头砸完了，就用牙齿咬，要为革命流尽最后一滴血。要留下最后一颗子弹，作好自殉的准备。"

在严洪珠的感召下，战士们奋不顾身地击退敌人的再次进攻，阵地上只剩下了4人。陆贤章从昏迷的机枪手手中接过机枪，对正在焚烧文件的严洪珠说："指导员，你带同志们撤！我掩护！"严洪珠则坚持让陆贤章带战士撤离，并厉声说："这是命令，你必须服从。"陆贤章含泪带着另外2名战友撤退下去，不时听到指导员的驳壳枪发出射击声。不多时，敌人冲上山岗，严洪珠把最后一颗子弹对准自己，以身殉国。

这次战斗，我方指战员共 76 人参战，牺牲了 43 人。共打死日本兵 50 多人、伪军 30 多人，打伤日伪军 80 多人。

大鱼山岛革命烈士纪念碑

大鱼山血战，是十四年抗战悲壮激烈的缩影。同时，它作为人民军队的第一次海岛作战，在军史上留下了独特而又光辉的一页。现在，大鱼山岛上耸立着一座大理石纪念碑，每年 8 月 25 日，渔民们都会用传统方式，祭奠这 43 位英勇烈士。

绍兴市上虞区革命老区开发建设促进会供稿，童未泯改编

日军大炮

新四军英勇缴获巧转移

抗日战争时期，驻扎在浙北地区长兴县的新四军部队，积极阻击日本侵略军王牌部队，缴获日军新式重型武器步兵大炮，并将这门步兵大炮巧妙机智地转移保护、为我所用。如今，这门日军大炮被军事博物馆收藏，这段故事广为传颂。

一、新四军勇夺日军步兵炮

1943年9月下旬，日本侵略者纠集3个师团兵力，向国民党控制的苏、浙、皖地区发起进攻。国民党驻军15个团不战而溃，三天之内丢失了溧阳、广德、郎溪、宣城4座县城，日寇铁蹄向前推进100多公里。同年冬，十六旅旅长王必成带领新四军部队，从日本军队手中收复了郎溪、广德及长兴外围地区，开辟了郎广长抗日根据地。新四军第四十八团进驻槐花坎、温塘、茶窠地一带，独立二团进驻白岘、煤山一带，十六旅旅部进驻仰峰岕，积极开展敌后游击战。

1944年3月29日上午9时许，日军王牌部队南浦旅团小林中队及伪军共计400余人，用两匹战马拉着一门92步兵炮，又开始沿广宜公路对公路两侧村庄进行疯狂扫荡。

日寇此次行动被新四军第四十八团侦察员发现，他马上报告团长刘别生。刘别生带领的四十八团是远近闻名、英勇善战的"老虎团"。闻此消息，刘别生立即电话报告王必成，王必成随即下达作战部署。根据部署，刘别生指挥一营迅速占领杭村西南的祠谷山，截断敌人退路；三营火速占领杭村东南牛头山高地，对敌形成前后夹击之势。

当敌人进入我军伏击圈后，三营营长一声命令："打！"霎时间，机枪、步枪齐射，手榴弹炸响，打得毫无准备的日寇、伪军哇哇乱叫，到处逃窜。但小林中队迅速组织火力负隅顽抗，随队携带的那门92步兵炮也即将进入战斗状态。

此时，王必成赶到牛头山，和早一步到达的刘别生并肩指挥作战。新四军的小炮排也到达阵地。

王必成旅长把望远镜递给小炮排排长戴文辉，说道："你来看看！"

戴文辉接过望远镜一看，激动地大喊起来："大炮！他们的大炮正在准备！"

大炮，在当时的战场上，是一件所向披靡的武器，就像是今天的巡航导弹。

王必成心想：如果能把这门大炮夺过来，对我们以后的战斗十分有利。他果断命令道："戴排长，马上用你们的小炮打他们的大炮！只准打 3 发炮弹，还不能把那门大炮给炸坏了。"

随着王必成一声令下，戴文辉的第一发炮弹落在敌人的 92 步兵炮附近爆炸了。紧接着，第二发炮弹又击中了日寇拉大炮的两匹大洋马。一匹马被当场炸死，另一匹马受惊后狂蹦乱跳，挣断缰绳逃走了，大炮则陷入路边的泥潭。

见时机已到，王必成手枪一挥："同志们，冲啊！"

顿时，激昂的冲锋号声响彻山谷，猛烈的枪炮声震天动地。老虎团一营和三营的战士立即从两面山岗的松树林中冲杀出来，以迅雷不及掩耳之势，把敌人杀得抱头鼠窜。郑大方教导员挥着驳壳枪冲在队伍最前面，他大声高呼："冲啊！"

新四军冲到敌人面前，立即同日伪军展开了白刃格斗。惊恐万状的敌人第一次真正领教到"老虎团"的厉害，一个个如丧家之犬，慌忙向门口塘方向逃窜。

这场战斗最后以新四军大胜而结束。新四军共歼灭日伪军 70 余人，缴获战马一匹和大量枪支弹药，最关键的是缴获了那门日式 92 步兵炮和 3 发炮弹。

在这次战斗中，三营教导员郑大方不幸中弹牺牲，那一年他只有 22 岁。如今，他的墓碑就静静地矗立在离杭村战场不远的一条公路旁。

二、日军疯狂寻找丢失大炮

新四军缴获的这门日制 70 毫米曲射步兵炮建造于 1932 年，即日本神武纪元 2592 年，故名 92 式步兵炮。这门炮可以发射榴弹、燃烧弹、毒气弹和延时引信炮弹等。该炮重约 200 公斤，口径虽然不大，但可以轻易地摧毁 2800 米以内的任何建筑物。在 1944 年，这门大炮是世界上所有军队中最强大、最先进的武器之一。这门大炮，无疑被日军视为"宝贝"。

太平洋战争爆发以来，日本侵略者还从未丢失过这样的重型武器。这件事惊动了日本军方，日寇立即开始了疯狂的报复行动。1944 年 3 月 30 日，日本中国派遣军总司令部纠集日、伪军 4000 多人，对新四军根据地实行报复性扫荡。日寇这样做有两个目的：一是寻回大炮；二是希望新四军四十八团能主动出来应战，然后将其一举歼灭。

日寇还在各村道口和集市张贴告示：凡有报告大炮下落者，皇军赏法币 20 万。

为了增加宣传效果，日寇干脆将 20 万法币整整齐齐摆在槐坎集市口的一张桌子上，然后用枪把群众强行赶到桌前，说"只要谁能讲出大炮在哪里，这一桌的钱全都可以拿走"，但没有一位村民告密。见这招不行，冈村宁次又派人用箩筐挑着 20 万法币进入各村，挨家挨户进行宣传。尽管这样，冈村宁次的如意算盘仍然落空了，始终没有一位村民告密。

后来，日寇听说大炮已经被掩埋，就命令各部队拿着洋镐洋锹到处乱挖，结果仍然一无所获。就这样，日寇"扫荡"了 20 多天，弄得筋疲力尽，却没有得到任何与大炮相关的线索。走投无路的冈村宁次只好请人给王必成写了一封信说："我们丢了大炮很难过，请贵军把大炮还给我们，贵军需要我们做什么，只要办得到，一切都好商量……"王必成旅长看过信后让送信人带话道："大炮就在这里，他要，叫他自己来拿，只要他有本事拿！"

找不到大炮，冈村宁次就迁怒于老百姓，最后在杭村、槐坎烧了一些村庄，杀害了几位无辜的农救会干部"出气"。丢炮的小林中队长也自知罪责难逃，正准备切腹自杀，气红了眼的冈村宁次掏出"王八盒子"对准小林中队长的脑袋就是一枪。这个双手沾满了中国人民鲜血的小林，就这样因为丢炮而被上司枪毙了。

三、新四军巧妙转运缴获大炮

日寇为何搜查不到大炮呢？原来，战斗结束后，王必成马上派一个步兵连将大炮护送至煤山地区，在那里与日寇捉了几天迷藏，然后转了几个圈子后又回到了罗岕村的山坳里。

1944 年 4 月 2 日晚，新四军被服厂厂长吕道明把民兵队长罗翔忠叫到了厂里。在一个小房间里，罗翔忠终于看到了这门大炮。当然，眼前的大炮已被拆成了炮架、炮轮、炮栓等一堆零件。

第二天晚上，吕道明厂长、机炮连吴福庭连长、小炮排王国富排长和当地的民兵用木板做了3个大箱子，将炮架、炮轮、炮后座等零件全部装进箱内。他们又请了十多位小伙子，把箱子抬到了村里的茗峰山上，埋进了峰顶上一个刚挖好的大坑里。

敌人"扫荡"结束后，新四军回到长兴槐花坎，从罗岕茗峰挖出木箱，取出大炮零件进行了组装。

后来，这门大炮在抗日战争中屡建奇功。在大炮的威慑下，长兴白阜据点日寇开门投降；在围攻长兴合溪镇时，大炮轰下了街北的大碉堡；它还在其他战役中配合新四军攻克13个据点、摧毁碉堡60多座……

中华人民共和国成立后，这门92式步兵炮被中国革命军事博物馆收藏陈列。人们在瞻仰这门大炮的同时，永远不会忘记中华民族英勇抗日、驱除外敌的斗争历史。

长兴县革命老区开发建设促进会、长兴县文联供稿，

作者田家村，晓路改编

围攻许岙

"浙东马其诺防线"覆灭记

在绍兴市上虞区岭南乡许岙村的村口，有一座许岙战斗纪念馆，通过场景、视频、实物、文献资料等多种形式，再现了"许岙战斗"的壮烈场景，让参观者仿佛能感受到当年那场激烈战斗的枪炮声和厮杀声。

1942 年秋冬之际，原国民党新编三十师八十八团在团长田岫山的带领下，流窜到上虞，最终在许岙村盘踞下来，修建大小碉堡 28 座，自称"浙东马其诺防线①"。田岫山立场摇摆，三次公开投日，在当地抢夺掳掠、无恶不作，并残酷枪杀抗日游击战士和我地下党员。新四军浙东游击纵队于 1945 年 5 月底发起"讨田战役"，在规模最大的攻坚战——许岙战斗中，新四军战士鏖战 14 昼夜，攻破 28 座碉堡，彻底摧毁了敌军自诩的"浙东马其诺防线"。

---

① 马其诺防线，是法国在第一次世界大战后，为防德军入侵而在其东北边境地区构筑的防御工事，由钢筋混凝土建造而成，十分坚固。

一、围攻许岙初战告捷

1945 年 5 月，盘踞在四明山区的国民党"挺四"纵队司令田岫山再次率部投敌，被日寇改编为伪"中央税警团第三特遣部队"，驻扎上虞城，鱼肉乡里。为巩固四明山根据地，中共浙东区党委决定发起"讨田战役"，为民除害。浙东游击纵队经反复研究，决定以一部分兵力攻打上虞城，而以主力攻打田岫山的老巢许岙。由纵队参谋长刘亨云和政治部主任张文碧率三支队一、三大队，五支队一部和警大、余上特务营共 4 个营的兵力，连夜从上虞城近郊出发，前往围攻许岙。

6 月 7 日正午，部队到达离许岙不远的一个山村。远眺许岙方向，在逶迤层叠的峰峦上，分布着大小 28 座碉堡。山上山下，鹿砦篱笆密似蛛网，将许岙团团围住。人称"田胡子"的田岫山，经过几年苦心经营，将他这座储藏金银财宝的后方巢穴修筑得坚如铁桶。他曾经夸下海口，说什么"钢打的锦锋碉、铁打的武德碉、铜打的永和碉，许岙是浙东的马其诺"。

这"牛皮"虽然吹得有点大，但要攻破碉堡群，的确也不是件轻而易举的事。浙东游击纵队过去从未打过大规模的攻坚战，又没有摧毁坚固工事的炮火，仅有的一个炮连，也缺乏弹药。

平时受尽田岫山匪军压迫的当地群众，听说三五支队要打田胡子，马上拆了自家的门板、棕床，组成担架队、运输队，披星戴月从附近山村赶来支援。

经过周密部署，晚上8时许，由三支队一大队戈阳教导员率领轻装小分队，悄悄向许岙右侧阵地的前哨堡太平碉进发。小分队到达碉堡附近时，敌人正在睡觉，连个岗哨都不设，战士们先向碉堡内塞进两枚手榴弹，爆破后迅速冲了进去，抓获了俘虏。

1945年5月底，浙东游击纵队向再次投日的田岫山部发起征讨

翌日清晨，东方露白，得到前方告捷的消息后，我军决定乘胜追击！部队沿着许岙敌人的右翼棱线插上山去，进展神速。手榴弹大王鲁国俊一连将数枚手榴弹甩进碉堡，趁着敌人一片慌乱，战士们冲进碉堡，迅速结束了战斗。

下午3时，部队又向蒋山碉发起攻击。这是个中型碉堡，上下两层，守敌一个排，它是保卫武德碉的前哨碉。我军采用炮轰，一颗硫磺弹点燃了蒋山碉旁一座用稻草搭成的伙房，不一会儿，火光冲天。战士们又就地砍伐许多柴草，将火圈压缩在了蒋山碉周边。碉墙上的砖石被烧得通红，里面的守敌发出了绝望的惨叫。突然，碉堡门被撞开，逃出来10多个浑身着火的敌兵，嘶喊着向武德碉逃去。新四军战士们举枪射击，随后山腰上滚下四五具敌尸。

二、智取制高点"鹅冠"

在乱石垒垒、竹林环抱的最高峰上，武德碉像一顶"鹅冠"，居高临下，鸟瞰着整个许岙阵地。旁边山脊上有一条暗径直通嵊县，是田胡子留作最后逃跑的退路。碉堡内驻守着两个武器精良的步兵排。拿不下这顶"鹅冠"，战斗就无法向许岙纵深延伸，部队就会完全暴露在危险之中。8日当晚，我军连续组织一个排向武德碉作试探性的攻击，激战一小时未能攻克。

此时，上虞城内的田胡子获悉武德碉被围攻的消息，火速命令许岙守敌组织增援。9日拂晓，国民党组织100多人的增援部队，在各个碉堡火力的掩护下，从许岙左翼向武德碉靠拢。我军三支队负责阻击增援国民党军，反复争夺前沿阵地，最终将其打得七零八落，抱头鼠窜。

同时，我军将武德碉严密封锁起来，控制碉外所有的水井、泉坑、伙房，不让敌人吃上一口饭、喝上一口水，把守敌活活饿死、渴死、闷死在里面。战士们时不时地向碉内射击，喊话队则进行政治攻势，促使敌人分化瓦解。

10日黄昏，一个偷偷出碉取水的敌军伙夫被战士抓获，捣蒜般地磕头求饶说："不得了呀！长官，武德碉内没有粮、没有水，伤号好几个，弟兄们渴死、饿死，都不想打这个讨债仗了。"组织科长徐放让俘虏饱餐一顿后，动员他返回武德碉送劝降信。这个伙夫用脏黑的手掌抹抹嘴，连连说："一定效忠，一定效忠！连长和我是同乡。"

伙夫回去一小时后，武德碉内36名士兵，举着枪、排着队、躬着腰、全部出来投降，其中的七八人，头发眉毛都已被烧得光光的。原来，他们正是从蒋山碉逃窜到武德碉的那一伙人，其结果仍然逃不出我军的手掌。

占领武德碉后，控制了整个许岙的制高点，就像一把犀利的钢刀就要直插许岙的心脏。为了加强攻击敌纵深阵地的力量，我军又把围攻上虞县城的五支队三大队调来许岙增援。

三、接连攻占20多座碉堡

6月11日，我部把攻击矛头直指保护田部印刷厂的"黄泥碉"。守军为保护印刷厂作殊死顽抗，加上我军对地形不熟，经过两天两夜的激烈争夺，未能攻克。

在我军强大的军事压力和政治攻势下，敌人开始动摇分化。田部大队长蔡国玉意识到田胡子一贯为非作歹，不值得为他卖命，如再继续顽抗不去，逃不出被歼的厄运。加上旧友荆子刚（中共党员）的劝导，蔡国玉于 11 日率部起义，将纵深阵地中一座重要碉堡交给了我军。

6 月 14 日，刘亨云和张文碧来到前线，直接指挥三支队二中队强攻该碉。在激战中，中队长陈鲁被敌人的手榴弹炸瞎了一只眼睛，但仍坚持战斗，高呼冲锋。经过全体指战员英勇顽强的战斗，终于拔除了这枚硬钉。印刷厂也全部被我方占领，同时缴获大批物资。

6 月 15 日，三支队副支队长周瑞球和五支队七中队队长都曼令，率领一个加强连向田家山猛攻，一口气攻占了山上 4 座碉堡，像一把尖刀，割断了锦锋碉和永和碉之间的联系。

田胡子十分惊慌，数次向守碉残部下达死守命令，又从上虞城里派出最后的机动部队，火速增援许岙。增援敌军倾尽全力，向我田家山围攻部队连续发动 9 次反攻，手榴弹像阵雨般倾泻在我方阵地上。都曼令指挥的两个班与敌人作殊死战斗，由于孤军奋战，弹药耗尽，奉命暂时弃碉撤退。

当晚，在周瑞球的指挥下，我军趁敌立足未稳之际，反击田家山，不到一个小时，阵地又回到我军手中。

6 月 19 日，我军已攻占许岙外围全线阵地，直接控制了外许岙，仅留下里许岙和田胡子的最后一座碉堡。

四、纵队司令员亲自劝降

锦锋碉是许岙据点最坚固的堡垒，田胡子以自己的字"锦锋"为其命名。之前，他曾扬扬自得地带了许多国民党高官前来参观。现在，碉内居住着田胡子的父母、妻妾、儿女、亲信和最后的守军，犹作困兽斗。

田父在田部拥有极大的权势，作威作福，像太上皇一样。他每天要烧几两大烟，如今四面被围，烟土已绝，整天眼泪鼻涕一大把。

为了减少强攻可能带来的人员伤亡，我军决定从田父处下手，进行劝降。为此，浙东游击纵队司令员何克希特地从梁弄总部赶来，亲自写信给田父，让其派人与我军谈判。

这个老家伙非常狡猾，一面与我军敷衍，答应会投降；一面又故意拖延时间，企图等到儿子来救自己。我军揭穿其阴谋诡计，叫他不要心存幻想，不投降只有死路一条。同时，我军调集10多挺轻重机枪架在锦锋碉四周，强化军事压力。田父眼看大势已去，被迫于20日清晨，打开锦锋碉大门，率家人、全体守军向我军投降。

田胡子闻讯后，不得不放弃上虞城，带着残兵败将向嵊县方向落荒而逃。结果，在嵊县崇仁镇又被我军追上，几乎被全歼。

许岙战斗旧址

连续 14 个昼夜的艰苦奋战，田胡子号称的"浙东马其诺防线"全部覆灭。许岙战斗的胜利，对推进整个浙东的抗日斗争进程具有十分重要的意义。消灭田岫山部之后，我军再接再厉，乘胜解放上虞。不仅使浙东的抗日根据地进一步得到巩固，而且也为浙东游击纵队以后奉命北撤，奠定了坚实基础。

绍兴市上虞区革命老区开发建设促进会供稿，童未泯改编

虎口脱险

戴宝亮护送武器机智斗匪徒

在浙南革命斗争中，涌现出许多仁人志士，更有无数英烈抛头颅、洒热血，斗争的残酷、死亡的威胁更加彰显了共产党人和革命群众对信仰的无限忠诚。他们都应该被铭记，戴宝亮便是其中一位。

戴宝亮是永乐人民抗日自卫游击总队第十四中队的首任中队长，在长期的游击斗争中，他凭借丰富的斗争经验和一往无前的英雄气魄，完成了组织交给的各项任务。他担任永青武工队队长时，在一次护送枪支的任务中遭遇危险，好在他沉着应对，最终化险为夷。

一、隐蔽斗争，运送武器

1945年11月，随着形势的变化，中共浙南特委根据浙江新四军北撤后的形势和上级党组织隐蔽精干的指示，决定撤销"永乐人民抗日自卫游击总队"的番号和建制，各中队精简后建立武装工作队。"坚持执行隐蔽精干政策，保存积蓄力量，坚持阵地，渡过困难，最后达到配合全国、争取和平民主与团结的实现。"戴宝亮作为永青武工队队长,带领队员活动于永嘉、青田边界。

1946年4月上旬,戴宝亮接到上级通知,为了加强青田县万山区的武装力量,配合地下工作者林茅(原名徐贤茂,永嘉县枫林村人)的工作,将原游击队精简下来的枪支弹药运往青田县万山区黄垟村,移交给地下党组织。

戴宝亮率领陈明昆、郑志生等3人,采取秘密措施、巧妙伪装,选择隐蔽路径从永嘉的黄浣头村出发,经西岙、雷付、坟山至青田的平溪村到铁小坑村与前来接应的林茅碰上头。

为了安全起见,戴宝亮与林茅商量,叫陈明昆3人保护武器,隐蔽在村里过夜,而自己和林茅先到黄垟村附近的地下联络点了解情况,如无意外第二天凌晨再让他们护送武器过来。

戴宝亮与林茅急匆匆前往联络点,途中听到一些群众议论,"近几天有一支国民党的巡逻队,经常在万山巡逻活动"。这个消息引起了二人的高度警惕,他们更加小心谨慎地向联络点靠近。

临近黄昏,戴宝亮和林茅到了联络点附近,他们仔细观察了四周,见无异常情况才进了屋,只见联络员老陈与其老伴正在吃晚餐。老陈看到他们,忙放下手中的筷子握住林茅的手问:"林同志,他是谁?"林茅忙说:

"他是戴宝亮同志，是永青武工队队长。"老陈连忙握住戴宝亮的手，热情地招呼他们坐下并让老伴准备饭菜。老陈的老伴，忙将锅台理了理，准备烧火做饭。

可戴宝亮和林茅看到桌子上有剩的番薯干，便异口同声地说："大娘，不要烧饭了，我们就吃番薯干吧。"

老陈与其老伴同时说："那能行？番薯干吃不饱的。"

"你们都能吃饱，我们怎么吃不饱？"戴宝亮笑着说。

老陈难为情，道："你第一次来，是客人，吃番薯干真不好意思。"

戴宝亮说："没事，没事，以后会经常来做客的。"

于是，戴宝亮与林茅只简单地吃了番薯干当晚饭。

随后，戴宝亮向联络员老陈了解情况，老陈详细介绍了最近万山山区的动态，与群众说的一样确有一支国民党巡逻队在活动，但人数不多，来黄垟的次数也较少。

戴宝亮认为只要小心谨慎就不会有大的问题，他与林茅商议后，马上叫老陈去铁小坑村，通知陈明昆明天凌晨将武器运到黄垟村。

一切安排妥当后，林茅对戴宝亮说："戴队长，你已走了一天的山路了，太累了。你就在这里过夜，我要到隔壁村召开党支部会，你先休息睡觉吧。"随后，林茅、老陈都各自行动去了。老陈的老伴安排戴宝亮在后屋睡觉，并为其整理床铺。

为以防万一，历来警惕性很高的戴宝亮将驳壳枪抽出放在枕头边，和衣躺在床上休息。夜里，他想着如何应对敌人的巡逻队并盘算着明天交枪的事，辗转反侧、难以入眠。

二、遭遇围捕，机智脱险

夜里10时，戴宝亮突然听到隔壁有声响，是老陈的老伴和一些人在说话，他们声音虽然不高，但戴宝亮听得清清楚楚，大娘说："武工队长睡在后屋。"

戴宝亮断定这些人不是自己的同志，喃喃道："冤家路窄，难道是国民党的巡逻队来了？"

只见他一骨碌从床上跃起，提枪准备开门，打算趁敌人来到前避开。但还是迟了一步，敌人已到房间门口。此时，戴宝亮意识到，如果待在房间里，只能束手待毙，反之冲出去，尚有一线希望。

来不及多想，他一把拉开房门和敌人打了个照面。只见十来个匪兵围在房门口，其中一个左手持火把，右手握着枪，正抬脚准备踹门。戴宝亮急忙退到门后，抬手就向匪兵甩出一梭子。

众匪兵被这突如其来的反击吓蒙了，有人受伤倒地，其他人赶紧向两边退去，寻找掩蔽之物。

戴宝亮见众匪兵后撤，便疾速快步冲了出去，跳到屋后的田里。哪知这是一丘烂泥田，他也管不了那么许多，急忙往田坎底下走，而后准备向上爬，可是糊了烂泥的鞋特别滑，爬上滑下如此反复。他用尽力气奋力一跃，却下滑得更厉害，连枪也插到泥田里，枪筒里都是泥。

靠着顽强的意志力，戴宝亮硬是爬上了田坎，随后逃到半山腰，折来树枝将枪筒里的泥土慢慢掏了出来。

好一会，惊魂未定的敌人才想起来去追戴宝亮，可天黑看不清目标，他们胡乱开了几枪就撤退了。

三、解除误会，完成任务

这边戴宝亮在山上休息了一会儿，突然想到林茅去邻村开会，要是遇到匪兵就危险了。于是戴宝亮急忙赶往林茅开会的村子，但等他到达开会地点时，已人去楼空。

他只能向房东打听林茅的情况，房东说："一听到枪声，他们就知道出事了，怕你有危险，都往你那边赶去了。"

戴宝亮一听，反而担心林茅他们的安危，立即返回伫地。

当他回到住地时，林茅等人看到戴宝亮安然无恙便急忙跑过来，抱住他激动地说："没事就好！没事就好！"

原来，这班匪兵遭到戴宝亮的突然袭击后，个个惊恐万分。他们知道武工队的厉害，又不清楚实际兵力情况，不敢追赶，胡乱放了一会儿枪，忙抬着几个伤兵向石平川方向逃走了。

而林茅听到枪声后，担心戴宝亮有危险，忙带上村干部，抄小路往回赶，恰好戴宝亮从大路赶往他那里，隔道而过，未能碰面。现在大家都平安无事，也是开心至极。

后来经打探得知，这些人并不是巡逻队，而是隐藏在大山里的土匪，本是出来打家劫舍、补充给养的。他们到石洞鸟村时，曾向一位教书先生打听这里有没有共产党。这位先生五十开外，为人老实，只埋头教书不关心政治。突然碰到这些拿枪的人向他打听，有些害怕，就将白天看见戴宝亮和林茅到黄垟的事，告诉了他们。

土匪们开心至极，觉得自己有十几个人，共产党只有两个人，抓捕他们不费吹灰之力。只要抓到共产党，不论官大官小，都是大功一件。他们不但可以向国民党邀功，还可得到一大笔赏银。

于是，土匪们一路打听，很快就来到这里。在询问老陈的老伴时，她竟也没有仔细分辨，误以为这些人是共产党，就将戴宝亮的住处如实地告诉了他们。幸好戴宝亮警惕性高、经验丰富，最终化险为夷。

第二天凌晨，陈明昆、郑志生等人与戴宝亮会合后，将武器护送到指定地点。这次护送武器，沿途都有地下党人和革命群众的帮助，虽发生意外但有惊无险，他们圆满地完成了组织交给的任务。

此后，组织上安排戴宝亮离开青田县，返回永嘉县屿北根据地，继续从事武装斗争工作。

永嘉县革命老区开发建设促进会供稿，

作者戴西伍，周晚改编

海燕大队

乐清湾游击根据地的缔造者

　　乐清湾海上游击根据地纪念馆位于台州玉环市海山乡大青村，根据地所在的大青岛位于乐清湾，面积约 0.8 平方公里。1995 年 7 月，乐清湾海上游击根据地纪念碑在大青岛落成。1997 年 8 月，原大青小学改造成乐清湾游击根据地纪念馆，2013 年纪念馆重建，2019年重新开馆。如今，人们纷至沓来，大青岛成为红色旅游景点和党员教育基地。

一、"海燕"挺进乐清湾

　　1945 年 6 月，抗日战争临近尾声，永乐人民抗日自卫游击总队第三、第六中队组成代号为"海燕"的海上大队，由大队长兼政委郑梅欣率领挺进乐清湾。他们的队歌是《青春进行曲》：

我们的青春像烈火样的鲜红，

燃烧在战斗的原野。

我们的青春像海燕样的英勇，

乐清湾游击根据地纪念碑

飞跃在暴风雨的天空。
原野里长遍了荆棘，
让我们燃烧得更鲜红。
天空上布满了黑暗，
让我们飞跃得更英勇。
我们要在荆棘中烧出一条大路，
我们要在黑暗中向着黎明猛冲！

乐清湾地处乐清、温岭、玉环三县交界，北靠雁荡山，东连漩门湾，南临瓯江口，扼上海至温州的海上交通咽喉。海湾内有数十座岛屿，交通全靠船运，有利于部队"两栖"活动。这里进可以登上玉环岛，插足温西；退可以回到白溪老区，到雁荡山隐蔽休整。国民党对这些岛屿的统治力量较为薄弱，加上红十三军二团（红二师）曾在这一带活动，有群众基础。但乐清湾沿海形势比较复杂，各种反动势力盘踞。福建沿海伪军蔡功部游弋于南麂岛、北麂岛、洞头岛和瓯江口外；王湘卿股匪占据上大陈岛和下大陈岛，活动于披山、大鹿岛一带；乐清、玉环和温岭沿海城镇有国民党浙江保安四团、护航大队与县自卫大队驻守。

海燕大队登上大青岛后，分散住在百姓家，经常帮助他们挑水、种地、晒网。大队长郑梅欣出身中医世家，不仅免费给当地群众看病，还组织渔民操办捕捞黄鱼的船只，又在村里创办了小学和夜校。精诚所至，金石为开。海燕大队与当地群众以及保长杨维舜成了好朋友，还通过大青岛群众的关系，在横床岛、小青岛、苔山岛等附近岛屿上进行革命活动，拉开了建设以大青岛为中心的海上游击根据地的帷幕。

7月，第六中队返回总队，第三中队在白溪休整后继续在海上开展活动。在海上作战，队员们要学会在船身颠簸的情况下瞄准目标，还要掌握扬帆、摇橹、掌舵等技术，尤其是指挥员更要学会观气象、辨风向、算潮汛、识水流等技巧。队员们边学边实践，海上作战的整体实力不断增强。海燕大队还添置了一条帆船，招收船老大和熟悉水性的青年参军，队员从80多名扩充到120名。

海燕大队游弋于乐清湾与瓯江口一带，除暴安良，扫除了控制区内的土匪，保护渔民和商人的安全，深受群众拥护与爱戴。

不久，海燕大队活动范围扩大到乐清湾诸岛。东临鸡冠山，西到瓯江口数十座岛屿，南到飞云江口铜盘岛，北至白沙湾。部队除出海护航、战斗外，就是在岛上加紧军事训练，还派干部以教书先生的身份开展群众工作，发展地下党员。他们先后在大青、小横床、茅埏、大横床等岛屿建立了地下党支部，在海岛扎下了根。

二、为筹资金跑运销

抗日战争胜利以后，毛泽东在重庆与蒋介石达成"双十协定"，长江以南我军主力全部北撤。从1945年9月上旬开始，国民党部队陆续向我游击根据地周围集中，并构筑堡垒，向我军发动进攻。面对新的形势，11月，浙南特委指示：永乐人民抗日自卫游击总队进行精简，保留骨干力量，采取隐蔽活动。

1946年春，经请示浙南特委批准，海燕大队开始精简，保留40余人的编制，改称海山武工队，由仇雪清①担任队长，继续坚持在海上斗争。其具体任务是：
一是保护和巩固海山游击根据地；二是配合玉环区委开辟新地区；三是继续筹款。1946年5月，乐清中心县委成立，郑梅欣为县委委员，分工指导海山武工队。

为了尽快筹集资金，保障大部队的必需物资，郑梅欣让玉环县楚门镇塘垟村地下党员阮福民组织渔民、准备渔船，赴舟山渔场进行捕捞作业，派海燕大队队员张永南、连良、潘巨妹以水手身份，参与捕捞作业。他们除了保驾护航、协助销售渔获外，还伺机采购部队必需物资、与上海联系购买进步书籍、时刻关注浙东地区海上游击大队情况。6月，郑梅欣在楚门组建公司，由阮福民出面购置一艘净载重20吨的运销船。他们与当地群众合股经营，派战士以水手身份护航。6月下旬，海燕大队获悉国共两党谈判破裂，蒋介石着手准备打内战，便通知中共乐清中心县委和游击队早做准备。这一年，正值三门县南田区（今属宁波市象山县）晚稻大丰收。运销船从宁波空船返航途中经停南田，得知这里谷价比楚门低三成，就收了一船稻谷运回去。正值楚门米价上涨，除一部分供应海燕大队外，将其余1.5万公斤稻谷投放市场，当天就被抢购一空。

1947年5月，运销船到上海准备购买一批棉纱，出发前阮福民从楚门的商店借得证件，但因缺少商店公

---

① 仇雪清，浙江省乐清县卓屿村人。1938年6月加入中国共产党，中华人民共和国成立后，历任乐清县县委委员、县长等职。

章、银行账号等，专卖局拒绝签发出运证。运销船在广兴码头装好货物准备开船，却被驻码头的检查组拦了下来。战士张永南通过在上海警察所当所长的亲戚出面，向检查组送了4条美国产的骆驼牌香烟，运销船才得以放行。棉纱被运回楚门出售，正值价格上涨，又赚了一笔钱。春夏汛，运销船停泊在象山。正值立夏大黄鱼旺发，他们用了大半天将大黄鱼收满舱，抢先赶到上海渔贸市场，又卖了个好价钱。不久后，运销船发现有国民党特务盯梢，停止了活动。

1946年8月至1947年7月，运销船往来于上海、宁波、象山、温州等地，为地下党和游击队筹集了大量经费，也顺利完成了领导交办的其他任务。

三、反"围剿"协力抗顽敌

1946年8月，国民党浙江保安四团派第三中队中队长仇杰华带领加强连160多人，配备2挺重机枪、8挺轻机枪，进驻位于乐清湾的江岩岛。他们派出便衣特务搜集情报，谋划切断游击根据地与外界的往来，伺机剿灭海燕大队。为了避开敌人的封锁，海燕大队转移到易守难攻的小青岛上。

9月15日，海燕大队获悉国民党军即将进攻大青岛和小青岛。郑梅欣和中队长金城布置两个班兵力埋伏在小青岛西角的墨鱼屁股，以番薯垄沟作战壕，正面迎击国民党军武装船。又命令一个班埋伏在西边的山岙门，警戒水埠头方向，一个班作预备队机动调用。

7艘国民党军武装船在距小青岛约5海里的洋面分成三路。东边一路有2艘小船和1艘大船，向墨鱼屁股驶来；中路2艘小船和西路2艘大船包围大青岛。

国民党军先头船在距离小青岛200米时，就向墨鱼屁股开火射击。当先头船距离海岛100多米时，金城一声令下，大家集中火力反击，先头船瞬间被击中，船身漏水开始下沉。随后先头船忙调转船头北逃，到西南水埠头又遭海燕大队痛击，船老大跳水逃命，船只失去控制向东北漂去。文化教员陈清和带领二班战士出海，俘获国民党军先头船及船上国民党兵8人，缴获1挺轻机枪、3支步枪、1000多发子弹。

第二艘船接着冲上来，在距离小青岛200米处，遭海燕大队排枪袭击，迅速向西北方向逃窜。第三艘是大船，向小青岛中部冲来，架在前舱的重机枪火力猛烈。当他们距离小青岛300多米时，海燕大队集中火力，朝重机枪手猛烈射击。几次交火之后，国民党军武装船已难以组织还击，掉头往大青岛方向逃窜。

另两路国民党军武装船向大青岛包抄。登陆后，一路冲向西跳，另一路占据制高点，架起重机枪向小青岛方向疯狂射击。大青岛群众在国民党军登陆后，沉着机智地应对，没有造成大的损失。

文化教员林建勋、阮禾秀从国民党军俘虏口中得知，他们分队长在跳海逃命时，将一挺机枪抛入海中。

阮禾秀准确判断出抛枪位置,待退潮后从泥涂上找到了
这挺捷克式轻机枪。

海燕大队料定国民党军吃了大亏必定报复,当天晚
上便动员小青岛群众撤离。海燕大队也撤出小青岛,到
乐清白溪谷坑山头休整。

在四年艰苦卓绝的革命斗争中,海燕大队转战于玉
环、温岭、乐清、洞头、瑞安和福建沿海一带,抗敌
顽、打海匪、筹经费,不断发展壮大,打退国民党军多
次"围剿",积极配合浙南陆上革命斗争,推动了玉环、
温岭解放的历史进程。

　　　　　　　　玉环市革命老区开发建设促进会供稿,周晚改编

李先尧

16 岁就义的儿童团团长

1948 年 12 月底，一个阴云密布、寒气逼人的傍晚，乐清虹桥女子学校的一块平地上坐满了人，四周站着荷枪实弹的士兵。一个十五六岁的少年，在两个国民党士兵的押解下，向平地南侧走去。

那少年扬着头，英俊而又略带稚气的脸上，没有一丝畏怯。两个国民党士兵一边用枪托顶他，一边使劲喊叫："快走！快走！"他依然缓缓地向前走着，乡亲们一个个睁大了被泪水模糊的双眼。少年刚走到路角站定，一个国民党士兵就拉响了枪栓。刹那间，他猛地扭了一下身子，用尽全力高呼："打倒国民党反动派！"

枪声响了，他——南岳大崧村儿童团团长李先尧，牺牲了……

一、"我要加入儿童团！"

在乐清雁荡山，有一个三面倚山、一面向南伸展开去，形状像个巨大畚斗的山村，它就是大崧村。1940

年冬，村里建立了党支部，1943 年扩建为大崧中心支部，辖上岙、下岙两个支部。1945 年冬至 1946 年初夏，县委机关曾转移到这里进行革命活动，大崧成为乐清县革命斗争的一个堡垒。

李先尧（1932—1948）出生在大崧上岙的一个贫农家庭。1944 年，在虹桥沙河念小学时，12 岁的李先尧在支援前线将士打日寇的募捐中，将身上仅有的 2 角钱捐了出来，而自己则一个星期不吃菜。不久，父亲得病去世，家里交不起学费，他只得辍学回家，跟着哥哥种地、放牛。

1945 年秋天，大崧村秘密成立了儿童团。李先尧听说后，非常向往。一天，李先尧正在家门口干活，发现对门万存镜家里（地下交通站）坐着两个人，一个叫陈纪者，一个叫方林光，都是游击队员。李先尧三步并作两步朝对门跑去，冲着两人说："叔叔！我要加入村里的儿童团。"

"村里有儿童团？你怎么知道的？"

"我……我反正晓得，你们让我加入儿童团吧！"

"加入儿童团被人知道了要杀头的，你不怕？"

"杀头就杀头，我不怕！"

"嗬！看你人小，勇气倒不小。但是，如果这件事被你娘舅知道了，他会让你参加吗？"

"我加入儿童团，同他有什么相干？他那号人专干坏事，当走狗，我用不着他管。"李先尧越说越急，小脸蛋涨得通红，眼角闪着泪花。

原来，李先尧有个娘舅是当地副保长，组织上觉得这孩子入团一事，需要慎重考虑。

陈纪者看着眼前这个倔强的孩子，心里很是喜欢，说道："先尧，你要求加入儿童团，这很好。不过，你能否答应我一件事？"

"什么事？"

"从今天起，你要注意你娘舅的行动，有什么情况，马上告诉我们。"

"我一定做到，你们放心。"

打这以后，李先尧时时处处注意他那个娘舅的举动。有一天，他娘舅正在他家，村里的保长找上门来，两人交头接耳，声音压得很轻。李先尧装作在门口玩耍，听到保长说："三日内，无论如何要把人数凑足，不然你我都不好交差……"下文又听不见了。

李先尧连忙将情况报告给游击队。党组织立即作出决定，通知全村青壮年外出躲避。第四天，乡长果然带着一群乡丁来了，结果扑了个空。乡长把李先尧的娘舅和保长臭骂了一顿，怒气冲冲地走了。

经受了革命考验的李先尧，光荣地加入了大崧儿童团，他按捺不住激动的心情，在一份誓词上写道：一心跟着共产党，为了穷苦人民得解放，杀头坐牢也不怕！

二、"自什么新？我不干！"

加入儿童团不久，由于表现突出，组织上决定让李先尧担任大崧儿童团团长。在李先尧的带领下，他们常常以割草、放牛、嬉玩作掩护，为党组织和游击队送信、放哨，配合反特锄奸、捣毁乡公所、拆毁敌碉堡，多次出色完成任务。日子久了，同志们都说先尧能干、有出息，是个好后生。但是，李先尧的娘舅却坐立不安。有一天，他气冲冲地找上门来，见面就说："先尧，我跟你讲过多少次了，你还是跟着别人替共党做事，到时候坐牢杀头你有份！"

"我没偷，也没抢，凭什么要坐牢杀头！"

"你不要强辩了。为了你好，我已经替你同人家讲好，只要你办个'自新'手续，今后不为共党做事，就送你到上海去学木工，以后好好过日子。"说罢，他从衣袋里摸出一张纸，要外甥在上头按指印。

李先尧把头一甩："我没有干什么坏事，自什么新？我不干！"

"你这个童子佬想死还是想活？啊！你再不听我的话，将来死活随你去！"

"我死我活和你有什么相干？用不着你操心！"

娘舅见外甥死不回头，一把抓走那张纸，愤然而去。

三、"要杀就杀，想从我嘴里得到消息，做不到！"

1948 年 12 月 20 日，天还没有大亮，大雾笼罩着整个山村。突然，远处传来一声声犬吠，由远及近，响成一片。李先尧从睡梦中惊醒，一骨碌爬了起来。他正要开门往外跑，却已经来不及了，路口上都有哨兵。

不一会，听到有人在喊："大家注意了！四团郑中队长要全村老少马上到学堂里集合。"李先尧心里一震：不好了，国民党又来抓人了，我得赶快去报信。他轻轻地开了门，打算趁乱跑出去。不料，没走几步，背后有人拉响了枪栓，大喊："站住！哪一个？"

"老百姓，大便紧，想上茅坑。"

"不行，马上到学堂里去。"

"老总，行个方便，总不能拉在裤裆里。"

"少啰唆，不行就是不行！还不快走！"敌兵用枪顶着李先尧，朝学堂走去。

学堂的天井里已经站满了人，一个满脸横肉的军官，斜叼着香烟，眼睛里露出凶光。一个副官模样的人说："大家不要怕，我们要抓的是共产党，我们郑中队长会看相，谁是谁不是，他一眼就能看出。你们还是识相点，早点自己站出来。"当然，国民党的这套鬼把戏骗不了大家。折腾了老半天，没一个人站出来。中午时分，国民党只得从村民中挑出 108 个人，押往虹桥镇，李先尧也是其中之一。

　　到了虹桥，村民们被分成多行，坐在女子学校西首的一块平地上。一群国民党士兵吼叫着："谁是共产党，快出来自新，不自新统统枪毙！'匪属'赶快报名登记，谁不报，就是不想活了！"尽管国民党士兵们喊得声嘶力竭，人群仍然一动不动，没有一个人出来"自新"。

　　国民党见恐吓不成，就根据密探的告密，把李先尧、陈光宣、方圣联等7人五花大绑，押到队列前面。这帮如狼似虎的暴徒，抡起枪托就朝这7人身上猛打猛砸。这时，从北边的一间房子里，大摇大摆地走出一个人，国民党浙保四团第二营营长、杀人魔王丁昌周。

　　丁昌周来到众人面前，上下打量一番被绑的7人，发现李先尧年纪最小，就想从他身上打开缺口，于是说："哟，样子长得倒够漂亮的，一定是个聪明人，来人啊，松绑！"说罢，伸手摸了摸李先尧的下巴。李先尧将头猛一甩，不无厌恶地瞪了他一眼。丁昌周先是一愣，随即皮笑肉不笑地说："啊呀！小小年纪，何苦受这个罪呢？只要你听我的话，把你知道的都讲出来，我可以马上放你回家，好吗？"

　　李先尧一声不吭，似乎什么也没有听见。

　　"你怎么不说？嗯？你不要怕，这些人当中，谁是共产党，讲出来，我保证有重赏。"

　　李先尧还是不吭声，用轻蔑的目光回敬杀人魔王。

　　"他妈的混账！你这小兔崽子敬酒不吃吃罚酒。来！把他捆起来，送警察局去教训教训！"丁昌周暴跳如雷，歇斯底里地吼叫着。

李先尧被几个敌兵连推带拖地押到警察局，悬空吊打，坐老虎凳，被折磨得死去活来。但是，不管敌人如何凶残，李先尧嘴里始终是三个字——不知道。

李先尧从警察局被拖回学校时已是傍晚，天还下起了雨。国民党见时间不早，首先枪杀了共产党员方圣联，又继续威胁李先尧。

李先尧抬头望了望众乡亲，坐在面前的一百多人中，有十几个地下党员，还有许多游击队员家属和革命群众。如果自己一开口，他们就有惨遭杀害的可能。想到这里，他斩钉截铁地说："要杀就杀，想从我嘴里得到消息，做不到！"

眼看软磨硬泡都落了空，丁昌周恼羞成怒，拔出短枪，声嘶力竭地叫喊着："拉出去枪毙！"

枪声响了。16岁的大崧儿童团团长李先尧，为了保守党的秘密，保护共产党员和革命同志，视死如归，献出了自己年轻的生命。

乐清市革命老区开发建设促进会供稿，童未泯改编

陈 觉

用鲜血和生命坚持最后的战斗

1947 年 9 月 6 日下午，龙泉山城的天空乌云翻滚。荷花塘里，几支鲜艳的残荷依旧奋然地向上绽放。旧县衙旁，一所监狱的大门缓缓打开。一位中等身材、遍体鳞伤、戴着沉重镣铐的汉子，昂首挺胸、目光如炬，从容地走了出来。

他，就是陈觉。

一、铁骨铮铮的共产党员

1917 年，陈觉出生在缙云县大源镇雅亭村的一户农民家里。他 13 岁开始接受进步思想。1936 年，粟裕率领的红军挺进师转战经过雅亭村，红军的英勇善战、纪律严明，深深触动了他，从此便心向革命。抗战时期，在读中学的他积极投身抗日救亡运动。1939年，陈觉如愿加入了中国共产党，立志为共产主义奋斗终身。同年 12 月，他主持建立了缙云农村第一个党支部——中共雅亭支部。随后，他又发动周边十多个村庄建立起党的基层组织，为缙（云）仙（居）边界革命根据地的创建做了大量基础性工作。1941 年，他因身份暴露，化名隐蔽在青田和闽浙赣边界从事地下工作，后又转入中共闽浙边地委机关工作。

1947 年，浙西南革命斗争处于低潮时期。为发展革命力量，陈觉按照中共闽浙边地委书记陈贵芳的指示，两度回到缙云与处属特委秘密联系并开展武装斗争。鼎湖峰旁、武夷山下，闽浙赣边的崇山峻岭间留下了他英勇战斗的足迹。

1947 年 7 月，陈觉与另一名战友来到龙泉县安仁区金田乡庄山村，因酷暑和劳累过度，他不幸染上了疟疾。8 月 31 日，因叛徒出卖，病卧在床的陈觉落入敌人的魔爪。战友和安仁区地下党组织立即组织营救，但都未能成功。9 月 1 日凌晨，为防止陈觉逃脱，狡猾的敌人连夜改道走山路将其押解到了龙泉县城。

在监狱里，陈觉日日夜夜遭受非人折磨，但他始终严守机密，严刑拷打和威逼利诱都无法动摇他对党、对革命的忠诚。气急败坏的敌人吼叫着说："只要你弃暗投明，就能活命，就给你升官发财。否则，只有死路一条！"而铁骨铮铮的陈觉大义凛然地说："我是共产党员！要杀就杀，要毙就毙，不要再弄什么鬼把戏！"

反动派把情况上报省城，无计可施的他们最终下了毒手，国民党省长沈鸿烈下达了死刑判决。

二、英勇无畏的最后战斗

1947 年 9 月 6 日下午，陈觉被押赴刑场。千年古街戒备森严，国民党保安队和自卫队荷枪实弹、沿街密布，前来送行的民众被无情地隔离在外。国民党反动派惯用枭首示众的罪恶伎俩，企图用"共匪"的死来震慑百姓、恐吓革命者。

穿过荷花塘，走下三思桥，或许英雄的心中也有很多不舍。想到他那年迈的父母、年轻美丽的妻子，还有那被他带上革命道路的妹妹，想到十多年来与他并肩战斗的同志和战友，有无限的眷恋，有无限的不舍。

但铁骨铮铮的共产党人没有后悔，更没有畏惧。真正的共产党人舍小家为大义，早已置生死于度外，对革命的未来始终充满信心，勇毅前行，视死如归。

看到龙泉大街两旁挤满了前来送行的群众，陈觉高呼：

"敌人企图把这老街当作镇压革命的教场，而我要把它当作为革命奋斗到最后的战场！"

"打倒国民党反动派！"

"共产党万岁！"

……

敌人恼羞成怒，丧心病狂的卫队长给军警们下达命令，陈觉每喊一声口号，就用刺刀对着他的大腿猛戳一下。不一会儿，陈觉便血流如注。但敌人的疯狂并没有吓倒他，换来的是更响亮的口号。

一步一呼喊，一步一战斗。一步步向前，一次次跌倒，再一次次爬起来，再一次次顽强地战斗。当陈觉来到人头攒动的西街口时，战斗也进入高潮，口号也更加响亮。

"同胞们，反动派的末日就要到了！"

"革命一定会胜利！"

"山乡人民一定会解放！"

"打倒蒋介石！"

"共产党万岁！"

……

"你，你……给我住嘴！给我住嘴！"敌人开始咆哮，但始终无法掩盖陈觉那山一般坚定、火一般热烈的呼号。色厉内荏的敌人越来越恐慌，他们的暴行不仅没让英雄屈服，也没让群众畏惧，反而激起了民愤。

陈觉的鲜血染红了敌人的刺刀，也染红了龙泉大街……人们不忍再看而含泪转头，母亲们用手遮住了孩子的双眼。300米的龙泉大街其实并不长，我们的英雄用坚强的意志战胜了敌人，国民党反动派的脚步越来越凌乱，军警浑身颤抖差点把枪掉落在地上。

最后，军警推搡着陈觉，逃也似的离开了龙泉大街，沿着龙泉溪而去。在东郊的中山公园里，罪恶的子弹射向陈觉的胸膛，烈士年轻的生命永远定格在30岁。

三、永垂不朽的革命英烈

陈觉的一生虽然短暂，但却用奋斗书写了壮美的华章，在革命斗争中得到永生！就在陈觉被捕的龙泉东乡安仁镇，革命者急切地找到上级党组织，建立了新的中共安仁区委，又在短短几个月里，成立了 30 多个村党支部，发展了 300 多名党员。

1949 年 5 月，山区人民终于迎来了解放大军，龙泉解放了，浙西南解放了，浙闽赣边区解放了。还不到两年，陈觉烈士的心愿就实现了。1949 年 6 月 5 日，龙泉县人民民主政府成立（7 月 1 日改称人民政府），随后残害陈觉的国民党乡长刘大海，就被抓捕就地处决了。1950 年春，新政权尚未完全巩固，人们就在龙泉大街的荷花塘畔和丽水地区人民政府外，为陈觉烈士举行了隆重的追悼仪式。

70 多年来，陈觉烈士的名字和龙泉大街"最后的战斗"，永远激励着山区人民坚定不移跟党走，不断开拓进取，砥砺前行。人们相信，看到如今龙泉大街的新貌，陈觉烈士也一定会含笑于九泉。

岁月的长河里，无数革命先烈矢志不渝、前仆后继，为争取民族独立和人民解放、实现国家富强和人民幸福，以鲜血浇灌理想，用生命捍卫信仰，构筑起一座座不朽的精神丰碑。

龙泉市革命老区开发建设促进会供稿，

作者项一民、项光年，周晚改编

341

四明山妈妈

"游击队员就是我的孩子"

四明山位于浙江省东部，横跨宁波、绍兴两市，重峦叠嶂，蜿蜒连绵，是著名的旅游胜地。唐代大诗人李白曾留下诗句："四明三千里，朝起赤城霞。"

四明山又是著名的革命老区，曾是全国十九个革命根据地之一，也是南方七大游击区之一，为中国革命事业做出了不可磨灭的贡献，传颂着无数可歌可泣的英雄事迹。其中，有一对英雄母子，为了守住游击队的秘密，任凭敌人如何威逼利诱、严刑拷打，始终不吐露一个字。最终，16 岁的儿子献出了宝贵的生命。

一、游击队员之家

余姚市的四明山地区，在山连山、峰对峰之间，有个村庄叫上雾岗。村里有一户人家，只剩孤儿寡母，没人知道母亲的名字，只因她早年亡故的丈夫叫黄明海，因此村里大一辈的人叫她明海嫂，小一辈的人就叫她明海大妈。她的儿子叫永尧，当时还是个十几岁的孩子。

1942 年，四明山上来了共产党领导的抗日武装"三五支队"。革命队伍与穷人心连心，经常帮助、接济明海大妈，而明海大妈母子也常常帮部队做接待和联络工作。"三五支队"北撤后，我党在当地的负责人朱之光带领十多名游击队员又来到上雾岗，明海大妈家成了游击队的家。战士们视明海大妈为母亲，与永尧亲如兄弟。只要队伍一进门，游击队员们劈柴的劈柴，挑水的挑水，就像回到了自己的家里。

转眼到了 1947 年新春，四明山上依然是冰冻雪封，寒气袭人。这一天，上雾岗村却是一番热气腾腾的景象，村民们得知游击队今天要来村里，家家户户都忙着准备，要请战士们吃顿团圆饭。明海大妈更是忙得手脚不停，她早就开始把家里几只母鸡下的蛋一个一个地攒起来，已够满满的一篮。她知道前一天晚上游击队就住在离村不远的一个山夻里，同志们一定挨了冻。于是她吩咐永尧烧几壶开水，好让战士们喝杯热茶，暖暖身子。一切准备妥当，明海大妈带着永尧喜滋滋地到村口张望。

母子俩刚出门没几步，突然，村口传来一阵急促的呼喊声："黄狗进村啦，黄狗进村啦！"国民党部队来了！明海大妈心里一惊，赶紧拉着永尧折回家中，把鸡蛋藏起来，又随手摊开几件旧衣裳，佯装做起了针线活，心里却如翻江倒海，忐忑不安：同志们可千万不要进村呀！

二、宁死不屈的母子

进村的是国民党浙江省保安团的一个营。原来，国民党反动派从浙东新四军北撤后，就纠集了数万人马对四明山区实行"清剿"。但一年多过去了，四明山的共产党不但没有被剿灭，反而更加活跃。为此，国民党省政府专门在梁弄成立了"绥靖"指挥部，乘四明山冰天雪地之机，制定了一个所谓"雪天清剿"计划，企图将坚守在四明山上的革命力量冻死、饿死、困死在冰天雪地之中，突袭上雾岗就是他们"雪天清剿"行动的一部分。狡猾的国民党反动派已得知风声，知道游击队常在这一带出没。因此，这次大部队行动是有备而来，十分诡秘，等到群众发觉，国民党反动派已将整个村子团团围住了。

国民党反动派一进村就挨家挨户地搜查，见东西就抢，见人就抓，把上雾岗折腾得鸡飞狗跳，但没有抓到一个游击队员。他们恼羞成怒，便把与游击队关系密切的十余名群众抓了起来，连夜押送到梁弄，明海大妈和儿子永尧也在其中。

在梁弄国民党"绥靖"指挥部的监狱里，明海大妈母子等被捕群众都遭受了惨无人道的刑讯逼供。为了撬开这对母子的嘴，他们对明海大妈母子的刑讯更多、更残酷：一会儿挥着竹鞭打，一会儿将酸醋烧热灌进鼻孔，一会儿又把毛竹压在母子身上，上面铺上木板，再上去四个人狠命地踩……明海大妈和永尧被折磨得死去活来，血肉模糊。可是坚强的母子硬是咬紧牙关，一字不吐。国民党反动派更疯狂了，把母子俩拉开分别用刑。一个刽子手在一边声嘶力竭地狂喊："朱之光在哪里？游击队在哪里？你说不说？快说！"一个是亲生娘，一个是心上肉。看着娘被打得鲜血直流，永尧真想上前去拼命；看着儿子受酷刑，明海大妈心里更是比自己挨打还疼。

明海大妈怕儿子年纪小挺不住，便拖着伤痕累累的身躯，爬到奄奄一息的永尧身边，一边流泪，一边抚摸着儿子带血的脸庞，颤声嘱咐："儿啊，牙齿咬紧，嘴巴闭牢，你可要挺住啊！"

永尧泪眼模糊地望着母亲，轻轻地点点头："妈，我懂……放心……"一阵剧痛袭来，永尧又一次昏了过去。

所有的刑罚都用遍了，仍没有得到游击队的半点信息，国民党反动派决定下毒手了。

次日清晨，梁弄镇外的旷野上，天色阴沉，北风凛冽。明海大妈和永尧被反绑双手，押解到刑场。母子俩紧紧地依偎在一起，四目相对，看也看不够。一个刽子手挥动着手枪对着明海大妈咆哮："你现在说还来得及。只要你说出游击队在哪里，我就放你母子一条生路。要不说，就休怪我不客气！难道你真忍心眼睁睁地看着儿子去死？你掂量掂量，儿子和共产党，你要哪一个！"

明海大妈轻蔑地把头扭向一边，目光投向不远处被捆绑着的儿子，流露出无限的悲痛和柔情。她要让儿子明白：不是娘不疼你，天下的母亲，哪个不爱自己的骨肉。可是眼前的敌人是拿我们母子来当诱饵，去对付共产党、游击队啊！

明海大妈强忍着心头的悲愤，任凭泪水嘀嘀嗒嗒地落在地上，却丝毫没有屈服的样子。

敌人的阴谋又落空了，随着一声令下，刽子手举起了枪。枪声过后，明海大妈年仅 16 岁的儿子倒在了田野上。

天上的风在呜咽，四面的群山在呜咽，周围的人群在呜咽。

"永尧……"明海大妈在一声凄凉的哭喊后，昏倒在地上。

三、深明大义的四明山妈妈

残暴的国民党反动派杀害了永尧，又将明海大妈带回监狱继续拷问。明海大妈心头的怒火再也抑制不住，她豁出去了，厉声大骂："你们这帮强盗，等着瞧，'三五支队'迟早会来收拾你们，你们的日子长不了。"

国民党反动派做梦都没有想到一个普通的山村妇女竟会如此坚强，一个个目瞪口呆，无计可施。之后，因为当地一些士绅联名为明海大妈等村民作保，反动派只好将明海大妈和其他被捕的群众一起放了。

再说山上的游击队，自从明海大妈母子被捕后，一直在组织营救。战士们都争着要冲进梁弄镇，拼他个鱼死网破，但组织上考虑到敌众我寡，力量相比悬殊，不能贸然行事。于是，一面利用统战关系，发动当地有名望的士绅联合出面具保，一面紧张地部署营救方案。

明海大妈孤身一人回家后，游击队正准备派人深夜进村去看望。没想到傍晚时分，刚出狱的明海大妈就拎着一篮鸡蛋来到了游击队的驻地。大伙儿围着大妈，争着要做大妈的儿子，明海大妈红着眼说："我挺得住，大家不要为我难过。现在，你们就是我的孩子。"在场的游击队员再也忍不住，失声痛哭。

明海大妈母子的英勇事迹，深深地鼓舞了游击队员的斗志，也激起了余姚人民对国民党反动派的无比愤恨。不久，一批又一批的青年踊跃地参加了游击队，拿起枪杆，为永尧和其他死难的烈士报仇。国民党反动派的"雪天清剿"计划彻底破灭了。

春雷一声响，1949年5月，余姚解放了！明海大妈这才开始真正过上了好日子。进入晚年，这位英雄母亲被接进了敬老院，度过了一生中最安定的时光。当年的硝烟已经远去，但革命精神永存，"母子英豪"的故事一直流传在四明山区。

余姚市革命老区开发建设促进会供稿，
作者张杰、陈娟文，童未泯改编

一面老党旗

老区村缝制的忠诚与希望

在云和县安溪畲族乡黄家地村的党旗学堂，静静悬挂着一面承载着历史沧桑与革命回忆的老党旗。这面党旗，诞生于76年前的白色恐怖时期，每一道经纬间都浸染着硝烟的印记，来这里学习的党员干部、学生群众都会说：看到老党旗，真的仿佛闻到了硝烟的味道。

一、暗夜中的光芒：缝制党旗与希望

位于云和、景宁交界一带的山区，住着畲、汉两族群众，中华人民共和国成立前，由于这里地处偏远，加上苛捐杂税多如牛毛，群众生活非常贫苦。

1938年10月，严山村（云和管辖）的雷元昌受中共云和县委委派，回到严山、黄家地两个村发展党员、建立党组织，肩负起在此播种革命火种的使命。雷元昌回到严山村后，积极宣传革命思想，在两个村发展党员12名，并成立了党支部。之后党组织迅速壮大，星星之火渐成燎原之势，云和的黄家地村、东坑头村、木

榉花村和景宁的岚头村、香岗村、岭北村、十二渡村等都成立了党组织，并组建了云（和）景（宁）联合党支部。后来还成立了云景区委，领导畲汉群众闹革命。由于革命群众基础好，云和县游击队也长期驻扎这里训练和战斗。从此，畲汉群众有了领路人、主心骨，在斗争中取得了一个又一个胜利。

1948 年，全国革命虽已步入胜利的前夕，但国民党反动派的垂死挣扎让白色恐怖笼罩大地。当时云景区委党内还没有一面党旗，广大党员对党旗也不甚了解。在这样一个关键时刻，云和县委与云景区委意识到，一面党旗不仅是党的象征，更是坚定革命信念、鼓舞人心的力量源泉。"我们要亮出党旗，坚定革命信念。"云和县委、云景区委领导作出了决定。

二、昼夜不息：党旗的诞生

1948 年 10 月的一天，云和县委委员陈江海秘密潜入黄家地村，来到云景区委秘书柳恒章的住所。陈江海深刻剖析了革命斗争的蓬勃态势，他眼中闪烁着坚定的光芒，对柳恒章说："全国局势正朝着对我们有利的方向发展，共产党的胜利指日可待。为此，我们亟需一面党旗，它是我们信仰的旗帜，是党的象征。"柳恒章听后，微微蹙眉："可我们去哪里找党旗呢？"陈江海坚定地说："自己动手，丰衣足食。我此次前来，正是为了与大家共商此事。"

匆匆用饭后，两人不顾疲惫，连夜赶到邻近的香岗村王成久（时任岚头村党支部书记）家里。当晚，云景区委书记雷元昌、区委副书记叶光通，也根据事前通知来到了王成久家里。大家聚在一起后，陈江海再次阐述了当前的大好形势，说道："当前的工作和任务是我们要自己设法制作一面党旗。今晚召集大家来就是要商量制作党旗的事。"叶光通闻言，面露难色："党旗是什么样子？我们看也没看过，怎么做得起来？"陈江海胸有成竹地回应："我亲眼见过，那次我和傅振军同志（处属特委书记）从四明山学习归来，又到设在缙云的处属特委机关停留了一段时间。我对那两处挂的党旗印象很深，曾经用手指丈量过，能画出一个样子来。"王成久闻言，沉思片刻，提议道："可以去找我表弟王成亮，他住在石布坑村，既是党员又是裁缝老师。而且他家住在村子最深处，那里偏僻又安全。"

于是，一行人趁着夜色，前往石布坑村。香岗村距石布坑村有三四公里路程，山路崎岖，星光伴行，当他们赶到王成亮家时，已是深夜。王成亮见大家深夜到访，询问道："这么晚来，是有什么任务？"陈江海回答道："有一项很重要的任务交给你——制作一面党旗。"王成亮闻言，虽感惊讶，却也迅速进入状态："党旗？我从未见过，如何制作？"陈江海安慰道："别急，你把笔和纸找来，我画个图样给你做。"

在微弱的豆油灯下，陈江海凭借记忆，一笔一画，精心勾勒。可是画来画去，横看竖看，画出的铁锤、镰刀都不是很标准。他画好又改，改好又画，纸画了一张又一张，经多次修改每一次都更加接近心中的完美。直至凌晨5时，东方破晓，一幅栩栩如生的党旗图样才终于定稿。

一早，大家按照计划分头去购买所需的布料。制作党旗需要红、黄、白三种颜色的布料，红布由王成久负责去景宁外舍布摊买回，黄布和白布则由其他两人错开时间去景宁白岸村布摊购买。所需布料准备好后，接下来的工作就交给王成亮一个人来完成，最费时间的是缝制铁锤和镰刀。经过大家一天的忙碌和王成亮裁缝的巧手缝制，在晚上8时左右，一面宽75厘米、长123厘米的鲜艳党旗，在大山中的小楼里诞生了。

此时，众人激动不已，他们小心翼翼地将这面来之不易的党旗悬挂在楼间。随后六人并肩而立，面向熠熠生辉的党旗，庄严地举起右手，轻声重温入党誓词。

三、76载守护：党旗的传承与辉煌

经慎重决议，党旗的守护重任交予了叶光通。之后，为了安全，党旗又辗转隐匿于云和县呈里坑村，保管在云和县呈里坑村支部书记刘岩根家里。鉴于云景区委党员人数多，有用旗需要，之后刘岩根经过请示，又将党旗托付给了云景区委秘书柳恒章保管。

自此，一面鲜艳的党旗在云景边区高高飘扬，它不

仅是信仰的灯塔，更是激励人心的力量源泉。1949 年 4 月，云和县武工队组织黄家地战斗，柳恒章在战斗中亮出党旗，参战战士、民兵深受鼓舞，一鼓作气打败了敌人，取得了战斗的胜利。之后，这面党旗见证了云和的解放，又多次飘扬在剿匪战斗中，留下了不朽的印记。

两任护旗人（柳恒章、柳伟明）

这面党旗，一直由柳恒章保管，他小心翼翼地把党旗珍藏在一个木质的盒子内，防虫防潮，呵护备至。一有空，他就会轻轻拿出党旗，静静地凝视它。或与晚辈讲讲过去的革命故事，重温战斗岁月，让红色的记忆代代相传。他数次搬家，第一件要妥善安置的"宝贝"就是这面党旗。

时光荏苒，1991年，年事已高的柳恒章在深思熟虑后，把珍藏了多年的党旗转交给黄家地村支部书记柳伟明。至此，党旗有了第二任守护人。

"我接过这面老党旗，就是接过责任，就是继承老区光荣传统。一定做到人在旗在，人倒旗不能倒！"柳伟明誓言铿锵，向柳恒章表态。

柳伟明不仅精心守护着这面承载着历史与荣耀的党旗，更在关键时刻将其化作激励人心的力量。村里遇到困难时，他就会亮出这面老党旗，为全村干部群众鼓劲。他不仅带领党员和群众打通了通往山外的公路，建起了高山蔬果基地。2018年以来，更是依托老党旗，建成了"战斗黄家地·忠勇严山村"红色研学基地，带动了"红绿畲"融合发展，实现了老区村振兴，让党旗在新时代依旧熠熠生辉。

云和县革命老区开发建设促进会供稿，

作者蓝义荣、徐景舟，郑心怡改编

古岭热血

村民用生命掩护中共平阳县委

1948 年 2 月 29 日凌晨，由于叛徒告密，国民党平阳县警备局率武装部队，偷袭高楼镇张基村中共平阳县委秘密驻地。驻地村民郑作乾、郑作顺、郑作仕三兄弟为掩护县委安全撤离，被国民党军队逮捕。国民党反动派用尽各种手段折磨郑氏兄弟，企图获得县委情报，郑氏兄弟守口如瓶、宁死不屈，敌人怒不可遏，将郑氏兄弟枪杀在凤卧乡水口溪滩。

一、古岭，历史上重要的交通商贸战略要道

张基村位于瑞安市与平阳县交界处，属于瑞安市高楼镇管辖，历史上叫张基堡，也称"古岭""老岭"。"古岭"地形十分复杂，悬崖绝壁、层峦叠嶂，平均海拔在 500 米以上。岭上都是古红枫，每到深秋一片红霞。

"古岭"自古以来就是瑞平两县的交通要道，承载着两县西部山区的重要商贸往来，还是军事战略要地。

古岭由于地理位置特殊，是开展游击作战的理想之地，如有敌来犯，利用山顶地形，进可居高临下，打击敌人；退可凭借层峦叠嶂、连绵山坳，在平阳与瑞安境内与敌周旋。在那战火纷飞的年代，由于当地生活贫困、村民期盼翻身解放，群众工作基础好，这里很快发展为中国共产党的重要根据地，成为浙南革命根据地秘密工作区的一部分，时常有共产党的工作机构驻扎。

二、古岭，革命历史悠久的英雄村庄

1936 年 2 月，党组织派叶廷鹏在秘密工作区建立平安区委，并在高楼镇建立了石龙、场谷、石坑 3 个党支部。同年冬天，平阳党组织在古岭发展了 10 名党员，建立党支部，由林圣动担任党支部书记。1937 年，又在古岭建立瑞平两县交通站——张基交通站，古岭成为中共平阳县委机关另一个重要驻地。

1936 年春，敌人连续对古岭一带革命力量进行"清剿"。3 月 24 日夜，林太躲、杨成玲受骗与当时在石龙教书的特务梁某在张基王宅祠堂会面商量筹措资金事宜，被国民党便衣队包围，杨成玲当场被枪杀。林太躲破窗而出向山上奔逃，不幸腿部中弹被捕。

4 月，国民党反动武装 200 多人窜到丰裕乡第十三保，对全保 8 个自然村 300 户进行地毯式搜查。他们放火焚烧革命群众杨培丑、董光钩的 3 间房屋，掠去几头猪、十几只羊。几天后，游击队 60 多人在张基岭背和黄坛又与 100 多国民党军相遇，因寡不敌众，边战边退至甘坑。在甘坑又遭到国民党军包围，经激战，10 多名游击队员壮烈牺牲，其他同志冲出重围。

5 月的一天，国民党军又纠集数百人，突然包围了古岭，疯狂进行烧、杀、抢、掠。虽然白色恐怖笼罩着古岭，人民群众的革命斗争意志却更加坚定。"白皮红心"的保长林圣举负责筹集粮食，杨伍嫂则负责煮饭、送饭给隐蔽在山洞中的游击队同志们。

1940 年，叶廷鹏等平阳党组织的同志选择古岭作为重要落脚点，更选择小路边的郑作乾兄弟家作为基本户。郑家数代为农，全家十来口人仅一亩农田，每年要租种农田并且给别人打短工，没日没夜苦干一年才勉强糊口。他们渴盼着翻身解放，过上幸福日子。每当同志们来借宿，郑作乾、郑作顺、郑作仕三兄弟总是二话不说，立即张罗吃的，把床让给同志们，让妻子儿女去睡柴仓，自己则整夜守在门外。心灵手巧的作顺每年都会用自己种植的络麻和稻草给同志们打草鞋，有一年他打了 100 多双草鞋，而他自己却赤脚或穿笋壳鞋。当老海（郑海啸）、吴可厚等同志要化装转移时，三兄弟就尽己之力，拿出面条、番薯粉干或镰刀、斗笠，给他们当"伴手"和伪装的道具。机关干部或游击队指战员每次到来，兄弟仁就把家里仅有的米煮给同志们吃，县委机关同志与作乾兄弟之间结下了深厚的阶级友谊。他们还不时出没于夜色之中，奔走于包垟、黄坦、张基、吴小垟，为党

组织和游击队传送情报和信件，同志们亲切地称他们为
"不脱产的游击队员"。

三、古岭，村民用热血与生命保护党组织

1948 年 2 月 28 日，郑海啸率领中共平阳县委机关
和武工队进驻古岭，一个入伍不久的战士陈阿困外出赌
博，被老海发觉，老海对他进行了严肃的批评教育。陈阿
困怀恨在心，当晚偷偷向平阳警备队告密。次日凌晨，在
叛徒陈阿困的带领下，平阳县警备队和浙保二团 200 余
名武装人员，手持火把，兵分二路，悄悄包围了古岭。站
在古岭背上放哨的怀南同志发现敌情立即鸣枪报警，县委
机关迅速翻过古岭背向平阳方向撤离，避免了重大牺牲。

由于同志们匆匆撤离，留下的稻草、油印纸屑、鸡
蛋壳及零星生活用品来不及收拾。郑作乾三兄弟为了消
除痕迹，迅速镇定打扫场地，收拾同志们遗留的杂物。
然而为时已晚，国民党军冲进郑家，当场抓住郑作顺
的衣襟，大吼："共产党哪里去了？快说，不说就毙了
你！"面对凶神恶煞的国民党反动派，他冷冷地回答：
"这里没有共产党！"

国民党反动派暴跳如雷："你娘的，不老实，明明
住在你家里，还不肯承认，给我狠狠地打！"国民党兵
蜂拥而上，拳打脚踢，把他打倒在地，他的一排门牙被
打掉，鲜血直流……郑作顺用手擦了一卜嘴角，坚定地
说："我们山里人，怎么知道共产党的下落？"敌人无

可奈何，搜遍了郑家的每个角落，毁掉了所有家具，并抢去他们的衣物和粮食。

一名国民党反动军官恶狠狠地下命令："把他们捆起来，带走！"郑作乾、郑作顺、郑作仕三兄弟被捆得严严实实、不能动弹，同时被捕的还有林圣尧兄弟和徐玉昌等7人。到达平阳凤卧时，由于暴力摧残，他们已经鼻青脸肿、面目全非。后来，林圣尧兄弟因有亲戚在乡政府当差，被保释放了回来。徐玉昌因为是拐脚残疾人，也被放回了。唯独郑氏三兄弟和林圣举被押送到平阳县凤卧乡政府关押多日，国民党反动派用尽了方法进行严刑拷打，却没有使郑氏三兄弟屈服。他们自始至终没有吐露平阳县委机关和游击队的去向，还怒斥国民党反动派惨无人道、杀害无辜、坑害百姓。

国民党反动派怒不可遏，将遍体鳞伤的郑作乾、郑作顺、郑作仕三兄弟与其他同志一起枪杀在凤卧乡水口溪滩。一时间，烈士的鲜血染红了凤卧山岗。

古岭英雄的村民，为保卫中共平阳县委机关和游击队而献身的大无畏革命精神，将永远激励着我们，珍惜来之不易的幸福生活，珍惜军民一家亲，珍惜党群手足情！让我们永远记住：在浙西南大山深处，深藏着一座英雄的村庄。

瑞安市革命老区开发建设促进会供稿，

王学柒整理，晓路改编

温州和平解放

景德寺的煤油灯照亮未来

温州城区西南，瓯海区郭溪街道钟铜岭的山坳中，耸立着一座始建于宋代的千年古刹——景德寺。1949年5月，正是在这座隐蔽的寺院里，开启了温州和平解放的序幕，吹响了解放浙南和浙江全境的号角。温州和平解放，成为南方城市和平解放的范例。

一、拂晓前的风云涌动

时间追溯到1949年，新华社发表毛泽东的新年献词《将革命进行到底》。为了配合中国人民解放军渡江战役和全面解放浙南全境，1949年3月9日至4月13日，中共浙南地委在瑞安桂峰乡坳后村召开第十次扩大会议，重点研究了全面解放浙南的方针政策及军事部署问题，讨论通过了浙南人民临时行政委员会的《临时施政纲领》《浙南职工会章程》《征收公粮临时办法》《农民自卫队组织法》等文件。

4月20日，中国人民解放军发起渡江战役。21日，浙南地委发表《迎接解放军渡江南进宣言》，号召浙南党政军民展开全面斗争，迎接与配合解放军作战，坚决消灭浙南一切残余的国民党部队，彻底推翻其反动统治，建立人民自己的民主政权。为配合解放军主力南进作战，地委和纵队司令部制定了首先解放温州城，然后解放全浙南的作战方案。

在此之前，浙南游击根据地已经连成一片，浙南人民革命力量空前壮大。至4月，浙南游击纵队和各县武装力量已发展到4000余人，加上9万民兵，形成了主力部队、县区武装和民兵三者紧密结合的武装体系。而国民党在浙南的主力部队仅4000人，且兵力散弱，分驻于几座孤立的县城以及少数据点。

在汹涌澎湃的革命形势下，浙南的国民党政权四分五裂，人人自危。国民党温州专员兼保安司令叶芳，通过民主人士陈达人和国民党退役中将张千里向浙南地委表达了起义意愿，并派其幕僚卓力文三赴浙南游击根据地，与永嘉县委书记、浙南纵队第二支队政委曾绍文进行会商。

二、谈判桌上的斗智斗勇

景德寺位于郭溪岭头，山路陡峭。双方决定将第一次谈判地点设在景德寺的偏房。当时，浙南纵队第二支队第二中队驻守寺旁高地，居高临下，守卫景德寺。在谈判会场，正面板壁上挂着党旗，三张八仙桌拼成会谈桌，桌上铺着蓝白格子布，放着热水瓶和茶杯，旁边则放着小桌子，准备做记录之用。

5月1日下午，浙南游击纵队政治部主任胡景瑊作为浙南地委首席代表，率第二支队政委曾绍文、第七支队政委郑梅欣、纵队参谋长程美兴到达景德寺。当日黄昏，国民党200师政治部主任王思本、师部秘书金天然、新兵团政工室主任卓力文、独立团政工室主任吴昭征，秘密乘小船到达宋岙陈达人家，再由纵队设在该处的联络站派警卫人员护送至景德寺。

人员到齐，谈判开始，煤油灯闪出的光亮照着谈判席两边一张张严肃的脸。会议由胡景瑊主持，他首先代表地委书记、纵队司令员兼政委龙跃对叶芳将军深明大义、弃暗投明的义举表示赞赏，并欢迎四位代表前来会谈。他申明了我党不咎既往的政策和谈判的原则立场，接着分发我方拟就的协定草案，并解释其中的要点：完整保存起义部队不予分散，改编为浙南游击纵队一部；起义官兵一律原职任用，本人及家属享受人民解放军同样的政治、物质待遇；起义部队服从共产党的领导，建立政治委员制度和政治工作制度，遵守解放军的纪律。双方约定200师于5月6日夜间起义，协同浙南纵队接管温州城。

随着谈判深入，协商焦点出现了——莲花心掌握在谁手里？

莲花心在景山山顶，是整个温州城的制高点，这里又扼住浙南纵队进城路线的咽喉，重要性不言而喻。按照防区划分，如果莲花心由叶芳控制，浙南纵队将处在起义部队火力夹击的位置上。

5月2日凌晨3点，叶芳方面代表表示：第一，莲花心阵地必须由叶芳的200师控制；第二，协议必须由叶芳过目才能生效。此时，全场没有一点声响，只有煤油灯发出的嘶嘶声。

胡景瑊缓缓地站了起来，态度温和但很坚决地说："我们一向教育部队，前面有敌人，必须坚决、彻底、干净、全部地歼灭之。在我们进军中途，就可能在莲花心引起误会，造成严重的后果……"叶芳方面代表也做了一些解释，但他们无权改变叶芳的决定。此刻，程美兴霍地站了起来，厉声道："如果不让出莲花心，那就只有打了！"

气氛骤然紧张，胡景瑊宣布暂时休会，代表们离开会场，转为个别交换意见。然后，重新复会时，叶芳方面代表表示一定能说服叶芳撤出莲花心阵地。于是，双方于凌晨5时许，签订了六条十款《关于叶芳将军率部反正起义之协定》，并约定5月4日再进行一次会谈。其实，在这紧张而漫长的一夜中，龙跃秘密来到了谈判点，隔着板壁倾听会议的动静，做到一切了然于心。

起义协定签字后，曾绍文提出：他们作为全权代表签了字，纵队对协定的实现负全责，但叶将军的四位代表未被赋予全权，如果他不同意协议，怎么办呢？几个月来的心血和冒险，不是都白费了吗?

叶芳方面代表原先似乎没有想到这一点，都怔住了。曾绍文拿出一个协定附件草案，其中最关键的一条是：如叶芳将军拒绝本协定，或在原则上修改本协定，四位代表即以完全负责的态度自行采取积极行动，保证本协定（除有关叶芳将军本人之各项及无法说服其起义的部队外）之全部实现。

5月4日，双方谈判再次在景德寺举行。浙南纵队代表增加了第三支队支队长周丕振和第一支队副政委刘日亮；叶芳方面则由200师参谋长吴兆瑛任首席代表，增加了自卫团政工室主任徐勉和新兵团主力营副营长夏世辉。双方经谈判，最终达成一致协议：叶芳任浙南游击纵队副司令员，叶部独立团改编为浙南游击纵队第七支队，新兵团改编为第八支队。对军事任务的确定、防线划分、防地移交和接防办法、进城方式和时间、联络信号、接收和管理办法等，双方都作了详细明确的规定。

三、永载革命史册的"温州方式"

5月6日下午，叶芳召集所属部队营以上干部开会，宣布起义。当晚8时，全城戒严，起义部队集中于驻地、防地，严守军纪。当时规定，起义部队的营房门口，都挂一盏红灯，所有起义部队的战士左手扎一根白布条。除起义单位外，一律不准通电话、发电报；严密封锁港口；保护物资，维持正常生产和社会秩序，电厂通宵供电。

同日傍晚，浙南游击纵队集中在周岙的一个大草坪上，举行誓师大会。龙跃下达向温州城进军的命令，数千人马加上随军干部与民兵，列成战斗队形挺进温州。

当日子夜，浙南纵队从太平岭出发，分三路进入市区：一路由西郊入城，一路由九山入城，一路由三角门、小南门入城，接收了温州城外的莲花心、翠微山、松台山等制高点。

浙南游击纵队和叶芳部队按照协议分工，各自执行任务，进展顺利。不属于起义部队的国民党军事机关和零星士兵大多闻风丧胆，纷纷向浙南游击纵队缴械投降。驻守麻行僧街的国民党盐税警独立一中队向浙南游击纵队开枪，当即被纵队包围歼灭。国民党浙江保安第四团驻温州的一个连企图抵抗，被起义部队缴了械，团长胡梦祥被俘。城内国民党各重要机关及电厂、电信、港口码头等均被浙南游击纵队占领。

5月7日凌晨，浙南游击纵队3发照明弹腾空而起，宣告温州全城解放。此时，入城大军严格执行党的城市政策，指战员们都在人行道或屋檐下休息。当温州市民早晨醒来，发现满街都是身穿蓝灰色军服、头戴八角帽的浙南纵队战士时，全城沸腾。大家奔走相告，围着指战员们问长问短，十分热情。随军进城的纵队宣传队，分头进行宣传。城区地下党领导的工人、学生组织纷纷上街，张贴连夜赶写的标语和安民告示。临街商店住户挂起红旗，喜迎解放。人群涌上街头，军民都沉浸在胜利的欢乐之中。

从此，温州结束了国民党长达 22 年的反动统治。正因为"和平解放"，有着 1700 年历史的温州古城免于战火，古城里的百姓免受战争之苦。

温州城和浙南全境的解放，是党领导浙南人民长期进行革命斗争的结果。尤其温州城的和平解放，是军事攻势和政治争取相结合的成功典范，充分展现了浙南党组织正确的战略方针、卓越的政治智慧和高超的斗争艺术，创造了继北平和平解放之后的"温州方式"，被载入中国革命史册。

温州市瓯海区革命老区开发建设促进会供稿，

作者黄松光，童未泯改编

王立成

为了新中国，前进

　　"妈妈，王立成同志为了祖国和朝鲜的自由独立而贡献出自己的宝贵生命，祖国人民永远不会忘记，他是中国人民的好儿子，是我们党的好同志。他虽然牺牲了，但是他的事业将被后人继承。我们会踏着立成同志的血迹前进，保卫祖国，奔向建设社会主义的大道。你是立成同志的母亲，也同样是我们的母亲……王立成同志的遗体已运回国内，我们20军牺牲的烈士大都运到安东市市北的山上安葬。立成同志的遗体可能也在那里。"

　　这是王立成的战友程典型写给王立成母亲的信，其亲人一般的真挚感情，令人潸然泪下。王立成同志的民族大义为世人所敬仰，其精神万古长青。

一、艰难求学，家庭蒙难

　　王立成1921年出生于安吉县丰食溪乡狮子山村，即今天的安吉县递铺街道双河村。在他的青少年时期，中国社会整体上处于新旧军阀混战阶段。安吉虽然偏安一隅，但也免不了兵痞横行、地主欺压、民不聊生。日军侵占安吉前，由于父亲的精明能干，王家的日子还勉强过得去。五兄妹中，除小弟染病身亡外，都热爱读书学习，王立成读到初中，弟弟王贵金读到高小，两个妹妹也读了些书。

1937 年"八一三"事变后，日军分三路分别向杭州、南京、浙北进攻，中国军民奋起抵抗。十九路军从孝丰、安吉经过，奔赴上海、苏州、嘉兴、湖州等地同日军作战。其重型火炮、弹药、后勤补给除了自己携带外，还需要民众肩挑背托，王立成父亲王光裕组织能力较好，被推举为保长。1937 年底，安吉、孝丰两县相继被日军侵占，日军时常到乡下、山区扫荡，烧杀抢掠无恶不作，王光裕经常组织民众转移，也因此遭恶人陷害。1943 年春，有人在王光裕喝的中药里下毒，导致其不治身亡。

家庭的顶梁柱倒了，弟妹还要上学，家里只剩下母亲苦苦支撑，却也无法维持生计。王立成虽然初中尚未毕业，但再也不能继续求学了。1943 年 10 月，驻扎在孝丰的日军从上墅和下汤、老石坎两个方向朝统里村的省立浙西二中扑来，等于从南北两个方向夹击学校。疏散学生已不可能，也没有其他通道可以走，这五六百名学生只能向山上转移。按班级由班主任和任课老师带队，每人带上衣服、餐具、粮食向高山进发。南天目山山势陡峭，灌木丛生，空手都难行走，何况还带着东西。他们过小溪、爬山崖，在高山深谷中潜行。三四人一堆，五六人一伙，在山涧洞谷中过夜。即使如此，队尾的一名老师和几名学生还是被抓了去，师生们只好继续向高山攀登。王立成兄弟与其他三名同学只剩一点粮食了，学校已失去掌控力，师生们分散躲藏，各奔东西。王立成这一组只好向海拔900米的董岭奔去，那里有几块番薯地、几户分散的草屋，他们挖番薯充饥，后得到山民接济。由于粮食有限，他们只能向更高更大的大溪村转移。大溪村村民给了他们充足的玉米和番薯，他们终于填饱了肚子。

11月下旬，一行五人在海拔千米无人涉足的大山中穿梭，又过了三四天，他们经施善、上墅、塘浦回到狮子山。他们白天不敢赶路，怕遇到国民党反动派遭其迫害。浙江是蒋介石的老巢，浙西、皖南国民党的军队并不少，他们消极抗日，积极反共，从未真正地保护百姓、保护学生。这一个月山上逃难的经历，父亲病逝的痛苦回忆，在王立成兄弟二人心中埋下了国仇家恨的种子。

二、走向独立，迈向光明

1945年2月5日，以粟裕为司令的苏浙军区在长兴举行成立大会，新四军先后解放了长兴、安吉、孝丰、德清、余杭、临安等广大乡村地区。国民党顽固派不愿看到新四军在江南立足，其第三战区司令顾祝同多次调兵遣将"围剿"新四军。为粉碎顽军进攻，苏浙军区一面组织兵力防御，一面建立抗日民主政权。

王立成在地下党的教育指引下，加入新四军，并于1945年3月担任民主政权朗里乡（后改名凤凰山乡）乡长。王立成的工作是发动群众筹备粮草、救助伤员、传递信息、打击恶霸土匪。有时，他也组织民兵抓散兵和特务。日、伪、顽仇视抗日民主政权，他们相互勾结，杀害了安吉县南湖区区长。同年6月，组织上派王立成任南湖区区长。

土地革命时期，浙西北红军活动较少，共产党组织活动也几乎为零，而国民党兵力雄厚，地主武装猖獗，加上安城、梅溪的日伪，安吉、孝丰两县群众过着暗无天日的日子。苏浙军区成立不久，群众基础薄弱，军队粮食奇缺，三次反顽战役中弹药输送、伤员救助也颇为艰难，新成立的抗日民主政权显得尤为重要。

王立成率领乡、区干部向百姓、开明绅士宣传：新四军是咱们自己的队伍，是人民子弟兵，大家要尽自己的力量，将余粮献给新四军，支持抗战、支持反顽。他将干部队伍分配到各村，将征集到的粮食送到新四军驻地，解了新四军的燃眉之急。他还发动干部动员青年参军。在第二、第三次反顽战役阶段，他亲自组织担架队冒着枪林弹雨将伤员从阵地上抢下来送往战地医院，担架不够时就背下伤员。群众的支持，百姓的拥护，成为新四军反顽战役取得胜利的可靠保障。

新四军北撤后，顽军及地主武装、地方警察局对抗日民主政权的干部疯狂反扑，惨案不断发生。这也为杜大公、巢超、吴月平、匡白春等150余人的浙西留守部队，在长兴、德清、安吉、孝丰一带留下悲壮、光辉的一幕埋下伏笔。

三、南征北战，锻炼成长

1945年9月的一个夜晚，王立成秘密回到家中，神情严肃地告诉家人，他要出一次远门。到哪里，什么时候回来，一概不知。他要求弟妹们多帮母亲劳动，多读书，不能荒废学业，大家好好干，总会有出头之日。随后，他就消失在黑夜之中。在重庆谈判达成多项协议即将签字之时，中央下令江南新四军北撤。10月中下旬，苏浙军区新四军北撤后，王立成家属即被定为"匪军家属"，遭到国民党军队和地主武装的监视、围攻、审讯。一家人只好逃到5公里之外的孝丰山里搭棚居住，生活十分艰难。幸好有好心人送些杂粮、野菜、野果接济。这样的生活持续了一个半月，村邻们向调查人员多次说情，当地保安部门总算允许他们回家，不再抓捕。但王立成家仍被严密监视，还受到个别人的骚扰、侵袭。

北撤后的王立成隶属于解放军第九兵团20军58师173团2营5连，先后参加了孟良崮、豫东、淮海、渡江、上海战役，多次立功，升任 5 连指导员。1949 年 5 月 27 日，上海解放。他虽在上海，但 4 年间未与家人见过面，与母亲、妹妹以及在海宁县斜桥区工作的弟弟仅以书信联系。在信中，王立成嘱咐他们自力更生、认真学习，跟上时代步伐。

1950 年 6 月 25 日，朝鲜战争爆发。党中央发出"抗美援朝，保家卫国"的号召，以东北边防部队作为先头部队、以彭德怀为司令员兼政委的志愿军集结出发。10 月 19 日，第一批志愿军入朝。10 月 25 日，打响抗美援朝战争的第一战，歼灭南朝鲜一个营和一个炮兵中队。同一天，王立成所在的第九兵团北上，1 个月后，他参加长津湖战役。

他们经历了 50 年一遇的严寒天气，气温降到零下 40 多度，在行军途中就有 700 余人被冻伤。志愿军战士在冰天雪地里设伏 6 天，渴了只能吃雪，饿了就啃冻成石头似的土豆和压缩饼干，他们穿着单衣以至于冻死、冻伤无数。但就在武器装备和后勤保障实力相差很大、我军伤亡严重的情况下，敌军始终未能冲出我军的分割包围。11 月 28 日，美军试图突围，枪声与手榴弹爆炸声此起彼伏。子弹打光了、手榴弹炸完了，双方就用铲刀对劈、刺刀对刺、枪托对砸。王立成在与敌人拼刺刀时腰部受伤，眼看着美军士兵马上就到面前了，王立成眼疾手快迅速拔出手雷砸向敌人，一声巨响后敌人瞬间倒下，他也被弹片击中胸部，流血不止。美军撤退后，他被战友们抬下阵地，送到战地医院时，因失血过多而牺牲，时年 29 岁。

长津湖战役，历时 28 天，我英勇志愿军以钢铁般的意志和英勇无畏的战斗精神，克服极度恶劣的外部环境，与装备精良的美军进行血战，以巨大牺牲为代价，歼敌 17800 余人，全歼美军王牌"北极熊团"。长津湖战役扭转了抗美援朝战争的态势，为抗美援朝战争的胜利奠定了坚实的基础。

王立成和千千万万的志愿军将士将永载史册，他们的精神长存，激励着中国人民为中华民族复兴而努力奋斗。

安吉县革命老区开发建设促进会供稿，
作者汪时春，晓夏改编

后 记

AFTERWORD

江山就是人民，人民就是江山。中国共产党领导人民打江山、守江山，守的是人民的心。革命老区是党和人民军队的根，我们永远不能忘记自己是从哪里走来的，永远珍惜、永远铭记老区和老区人民的牺牲和贡献，永远继承和发扬老区和老区人民的光荣传统，并从革命历史中汲取智慧和力量。

为深切缅怀革命先烈先辈、赓续红色血脉，加强全民特别是青少年的革命传统教育，2023 年浙江省革命老区开发建设促进会（以下简称"省老区促进会"）编纂出版了《浙江省革命老区红色故事集》，截至目前已向党政机关、中小学和全省老区乡村发行近 2 万册，受到了社会各界的广泛好评。

在历史长河中，浙江这片红色热土承载着浓厚的革命记忆，革命先烈坚定理想信念，抛头颅、洒热血，涌现出的众多可歌可泣的英雄事迹需要继续挖掘和编纂面世。今年正值中华人民共和国成立 75 周年，省老区促进会决定继续编纂故事集第二辑《共和国不会忘记》，

4月—6月分别在慈溪、丽水、温州等地召开组稿会议，组织发动全省32个革命老区县（市、区）再次提供红色故事资料。

《共和国不会忘记》由李良福、郑汉阳任主编，晓路、童未泯、杨小敏、晓夏、周晚、郑心怡等分别承担编纂、改编和润色工作。全书共收集整理红色故事60篇，以时间为序记载了20世纪20年代至中华人民共和国成立前，在中国共产党领导下，浙江在大革命、土地革命、抗日战争、解放战争时期，红十三军、红军挺进师、苏浙军区、浙东和浙南游击纵队等革命武装，开辟革命根据地，开展波澜壮阔革命斗争的历程和可歌可泣的英雄篇章，力图使故事集成为弘扬革命传统、鞭策激励一代代年轻人奋勇前进的强大精神力量。

起心动念皆不易，凝心聚力尤为贵。在图书组编过程中，编写组以中共中央办公厅、国务院办公厅、中央军委办公厅印发的《关于加强新时代烈士褒扬工作的意见》，以及退役军人事务部、教育部、共青团中央、全国少工委等四部门联合印发的《关于用好烈士褒扬红色资源　加强青少年爱国主义教育的意见》精神为指导，多角度、全方位、深层次展现英烈故事，力图把图书打造成为弘扬革命传统、"培根铸魂、启智增慧"的优秀读物。

本书的编纂得到了省委党史和文献研究室、浙江大学出版社等单位和全省各地老区促进会的大力支持，在此一并表示感谢。

诚挚地欢迎读者们提出宝贵意见。

浙江省革命老区开发建设促进会
2024 年 12 月 16 日

图书在版编目（CIP）数据

共和国不会忘记：浙江省革命老区红色故事集 / 浙江省革命老区开发建设促进会组编；李良福，郑汉阳主编. -- 杭州：浙江大学出版社，2025. 3. -- ISBN 978-7-308-26069-5

Ⅰ. I247.81

中国国家版本馆CIP数据核字第2025QD6096号

共和国不会忘记：浙江省革命老区红色故事集

浙江省革命老区开发建设促进会　组编

李良福　郑汉阳　主编

策划编辑	金更达　寿勤文
统筹编辑	徐　婵
责任编辑	周　宁　李嘉慧
文字编辑	郑心怡　徐　瑾　章　涵
责任校对	吴美红
装帧设计	郑心怡
出版发行	浙江大学出版社
	（杭州市天目山路148号　邮政编码310007）
	（网址：http://www.zjupress.com）
排　　版	杭州林智广告有限公司
印　　刷	浙江新华数码印务有限公司
开　　本	880mm×1230mm　1/32
印　　张	12.25
字　　数	223千
版 印 次	2025年3月第1版　2025年3月第1次印刷
书　　号	ISBN 978-7-308-26069-5
定　　价	29.80元